AF138037

THOMAS MARIA CLASSEN

Felgenkiller

BLUTIGER NIEDERRHEIN Manfred »Manni« Hanraths lebt
mit seiner Frau Britta und den Kindern Freddy und Mitch in der kleinen
Großstadt Grawenhorst am schönen Niederrhein. Jede Woche von April
bis in den Oktober führt er für den ADFC eine sportliche Abendradtour
durch Wald und Feld. An diesem Mittwoch fährt ein Neuer mit, der nach
einem mysteriösen Unfall auf einem schmalen Waldpfad stirbt. In den Tagen
danach kommen weitere Menschen ums Leben. Immer waren sie mit dem
Rad unterwegs. Dezimiert ein Wahnsinniger die Fahrradfahrer der Stadt?
Die Kriminalpolizei ermittelt in alle Richtungen. Auch Manfred recherchiert
und wird selbst verdächtigt. Ein SEK-Einsatz versetzt die Öffentlichkeit in
Aufregung, dann verschwindet der leitende Ermittler – und Mannis Radtour führt ins furiose Finale.

© Alois Müller

Thomas Maria Claßen ist leidenschaftlicher Fahrradfahrer.
Mit seinem Tourenrad bevorzugt er Strecken durch Wald
und Feld fern jedes Autolärms. Als profunder Kenner des
Niederrheins und der niederländischen Provinz Limburg
verbindet der Autor seine spannenden Kriminalgeschichten
mit touristischen Highlights seiner Heimat. Außerdem er-
schienen mehrere Radtourenführer aus seiner Feder.
Claßen ist Mitglied im Verband Deutscher Sportjournalisten
e. V., im Vorstand des ADFC in Mönchengladbach engagiert
und dort seit Jahren aktiv als Tourenleiter.

THOMAS MARIA CLASSEN

Felgenkiller

NIEDERRHEIN-KRIMI

GMEINER

Personen und Handlung sind frei erfunden.
Ähnlichkeiten mit lebenden oder toten Personen
sind rein zufällig und nicht beabsichtigt.

Die automatisierte Analyse des Werkes, um daraus Informationen
insbesondere über Muster, Trends und Korrelationen gemäß § 44b UrhG
(»Text und Data Mining«) zu gewinnen, ist untersagt.

Immer informiert

Spannung pur – mit unserem Newsletter informieren wir Sie
regelmäßig über Wissenswertes aus unserer Bücherwelt.

Gefällt mir!

Facebook: @Gmeiner.Verlag
Instagram: @gmeinerverlag

Besuchen Sie uns im Internet:
www.gmeiner-verlag.de

© 2024 – Gmeiner-Verlag GmbH
Im Ehnried 5, 88605 Meßkirch
Telefon 0 75 75 / 20 95 - 0
info@gmeiner-verlag.de
Alle Rechte vorbehalten
1. Auflage 2024

Lektorat: Christine Braun
Herstellung: Julia Franze
Umschlaggestaltung: U.O.R.G. Lutz Eberle, Stuttgart
unter Verwendung eines Fotos von: © »Manon / stock.adobe.com und
Thomas Siepmann / stock.adobe.com«
Druck: CPI books GmbH, Leck
Printed in Germany
ISBN 978-3-8392-0588-4

Für Hilde und Josef, die mich früh als Kind mit dem Fahrrad zur Schule fahren ließen.

FÜNFUNDZWANZIG

Viel zu schnell hetzten sie über die Spielstraße der Siedlung. Vorneweg Manfred Hanraths, der in bester Stimmung seine wöchentliche Radtour anführte.

Noch.

Manfred fragte sich bisweilen, warum ausgerechnet er sich das jeden Mittwoch antat. Immerhin war er mit 49 durchaus einer der ältesten Teilnehmer. Seine offiziellen 103 Kilo sah man ihm zwar auf den ersten Blick nicht an, aber sein Übergewicht machte ihm trotzdem keine Freude. Zudem waren es in Wirklichkeit 108 Kilogramm, die er auf die Waage brachte, und mit denen fuhr er meist ohne große Probleme vorneweg. Die wenigen Hügel am Niederrhein und so mancher lange Brückenaufstieg ließen ihn jedoch ganz schön keuchen, und jedes Mal nahm er sich aufs Neue vor, bald mindestens zehn Kilo abzunehmen.

Heute waren sie zu acht unterwegs. Vier Stammgäste, zwei gelegentliche Mitfahrer, Manfred selbst und der Achte, Erwin, Eugen oder Egon. Der war zum ersten Mal dabei. Manfred verfluchte sein schlechtes Namensgedächtnis. Beim ersten Zwischenstopp würde er in die Teilnehmerliste schauen, damit er den Neuen bei nächster Gelegenheit mit seinem Vornamen ansprechen konnte.

Der Neue redete pausenlos. Seit Minuten schon war Manfred das Opfer und erfuhr gerade, wie viel schöner es doch wäre, in die andere Richtung zu fahren. »Ich kenn hier jeden Regenwurm mit Vornamen. Da drüben führt eine wunderschöne Strecke durch den Wald. Sollen wir nicht da lang?«

Der Kerl nervt langsam, dachte Manfred. Der ist ja nicht zu stoppen in seinem Redefluss. Manfred erhöhte sein Tempo und setzte sich wieder allein an die Spitze der Gruppe.

Seine Touren plante er in einem Internetportal, übertrug die ausgearbeitete Route auf sein Smartphone und ließ sich unterwegs von einer App führen. Das klappte meistens hervorragend. Nur manchmal, wenn er in Gedanken woanders war, verpasste er einen Abzweig. Das merkten seine Mitfahrer selten, denn mit einem Blick auf sein Handy am Lenker konnte er sie unauffällig wieder auf die vorgesehene Strecke führen.

»Mist!« Manfred ärgerte sich. Nun war genau das passiert. Eigentlich hätte er rechts abbiegen müssen, war aber geradeaus weitergefahren. Die sieben Teilnehmer waren ihm blind gefolgt, und hintereinanderher waren sie mit rasanten 30 Stundenkilometern in die Sackgasse mitten in der Tannengrund-Siedlung gerauscht.

»Weeenden!« Manfred hatte keine Chance, seinen Fehler unbemerkt zu korrigieren, bremste abrupt ab und drehte sein Rad um 180 Grad.

Ihr neuer Mitfahrer meldete sich zu Wort. »Ja, die Tourenführung üben wir noch mal.«

Alle lachten, und Manfred stimmte notgedrungen ein. Sie machten kehrt, und plötzlich fuhr der Neue vorneweg und übernahm ungefragt das Kommando.

Manfred dachte sich seinen Teil. Soll er doch, der wird uns schon nicht auf die A 34 führen.

Nicht auf die nahe Autobahn, aber in den Heyderwald lotste der Neue die Gruppe, und genau diesen Weg hätte auch Manfred eingeschlagen. Es hatte seit Tagen nicht einen Tropfen geregnet, und der schmale Weg durch den herbstlichen Mischwald war staubtrocken.

Manfred sorgte sich um ihre Sicherheit. Sie waren trotz der Enge auf dem abschüssigen Pfad mit fast 25 Stundenkilometern unterwegs. Darum wies er seine Mitfahrer lauthals auf »Mehr Abstand!« hin.

Wie gewohnt hatte er vor dem Tourstart die wichtigsten Regeln vorgetragen. »Jeder fährt auf eigenes Risiko. An Kreuzungen niemals ›frei‹ rufen. In Kurven nie nebeneinander fahren.«

Eigentlich nervten ihn diese Regularien, aber ein Minimum musste sein, vor allem wenn Neue mitfuhren. Am wichtigsten war die Kurvenregel, und die betonte Manfred immer wieder. »Wenn einer alleine abschmiert, ist das blöd und gibt ein paar Schrammen. Wenn ihr beim Sturz in einer Kurve jemanden mitreißt, dann kann das richtig, richtig weh tun.«

Der Pfad wurde immer schmaler, der Wald immer dichter und dunkler. Ihr neuer Führungsfahrer, offensichtlich in seinem Element, war vier, fünf Meter vor Manfred unterwegs.

Manfreds Bedenken verstärkten sich. Da kommt gleich das Loch zwischen den beiden Eichen, wenn der weiter so schnell fährt, kann das eng werden, dachte er, hob kurz die rechte Hand zum Zeichen für die nachfolgenden Fahrer und bremste ein wenig ab.

Die kannten seine Handzeichen und achteten darauf. Laute Kommandos wie »Poller«, »Hund« oder »Gegen« –

Letzteres bedeutete »da kommt uns jemand entgegen« – vermied Manfred möglichst. Die Schreierei ging irgendwann allen auf die Nerven.

Ihr Vordermann fuhr in unvermindertem Tempo auf die beiden Eichen zu. Plötzlich rutschte sein Mountainbike unter ihm weg und krachte in der Rechtskurve mit erheblicher Wucht in einen Holunderbusch. Der Fahrer selbst hing aufrecht wie festgetackert zwischen den dicken Eichenstämmen.

»Achtung!« Manfred schrie laut auf, versuchte eine Vollbremsung, rutschte jedoch halb links in die Büsche. Holunderbeeren regneten auf ihn herab.

Die anderen landeten hinter ihm einigermaßen glimpflich auf dem Boden. Zum Glück gab es keine Zusammenstöße. Nur Thorsten prallte gegen einen spitzen Ast, der sich in seine rechte Wade bohrte. Beim dritten Versuch konnte er endlich aufstehen und lehnte sich mit schmerzverzerrtem Gesicht an den nächsten Baum. Der Ast lag neben ihm, aber ein abgebrochenes Stück ragte aus seiner Wade. Als er das sah, ließ er sich vorsichtig fallen und hockte am Boden wie ein Häufchen Elend.

Werner und Daniel stürzten nach vorne zum Neuen.

Daniel rief noch im Laufen: »Erich, was um Himmels willen hast du dir dabei gedacht?« Dann stoppte er abrupt, Werner direkt hinter ihm.

Das Bild, das sich ihnen bot, konnten sie kaum fassen.

»Der blutet ja wie ein Schwein, lass mich mal ran.« Werner schob Daniel zur Seite.

Erich heißt der also. Manfred hatte gehört, was Daniel gerufen hatte. Er richtete sich auf und schaute zu dem Neuen. Ungläubig versuchte er zu begreifen, was er da sah. Erich, ihr Mitfahrer, stand nicht auf seinen Beinen, vielmehr schien es, als klebe er an der rechten Eiche. Sein Kopf hing leicht schräg. Blut strömte, nein, es spritzte wie aus einer kleinen Wasserpistole geschossen, aus einer verletzten Ader am Hals.

»Erich! Lass dir helfen!« Werner packte ihn vorsichtig an den Schultern, aber die kleine Bewegung genügte, und der scheinbar schwebende Erich brach mit einem gurgelnden Stöhnen direkt vor ihnen zusammen.

»Wir brauchen Hilfe! Ich hab kein Handy.« Werner stupste Daniel an. »Ruf die 112. Schnell!«

Erich lag nun auf dem Rücken, Werner hockte vor ihm und drückte vorsichtig mit seinem Daumen auf die Wunde.

Manfred wusste, dass Werner Rettungssanitäter war. Was für ein Glück, dachte er und sah entsetzt, wie sich auf dem sandigen Boden immer mehr rote Flecken bildeten.

Ein tiefer Schnitt verlief wie eine rubinrote Kette knapp unter dem Kehlkopf um Erichs Hals. Werner schaffte es mühsam, den Blutstrom etwas abzuschwächen. »Ich kann am Hals nicht abbinden, wir brauchen meine Kollegen. Und das ganz schnell!«

Daniel hatte mit zittrigen Händen die Verbindung zur Notrufzentrale hergestellt und hektisch berichtet, was passiert war. »Wo sind wir? Sie wollen wissen, wo wir uns befinden«, rief er aufgeregt.

Werner antwortete ruhig, aber bestimmt: »Wir sind im Wald vor dem Heyder See. Sag ihnen, sie sollen dich per Messenger kontaktieren, deine Handynummer sehen sie ja. Dann kannst du ihnen unseren Standort schicken. Und jede Minute zählt! Hier besteht Lebensgefahr!«

Daniel folgte Werners Anweisung, erhielt kurz darauf die erbetene Nachricht und schickte ihren Standort an den Mitarbeiter in der Notfallzentrale.

Manfred wurde schwarz vor Augen. Er hockte sich hin und legte seinen Kopf auf die Knie. Das half, und nach und nach konnte er wieder klar denken. Er nahm sein Handy vom Lenker und überprüfte ebenfalls ihren Standort. Der blaue Punkt auf der Karte zeigte ihm, wo sie sich befanden. Rechts schlängelte sich der Heydbach durch das Gebüsch, wenige 100 Meter nördlich entdeckte Manfred ein großes Anwesen, dahinter verlief die L 197. Er vergrößerte die Ansicht auf das Anwesen und erkannte eine Beschriftung, doch die Schrift war zu klein. Er wandte sich an Friedel und hielt ihm sein Handy vor die Augen. »Kannst du das lesen? Schau mal!«

Friedel war wesentlich jünger und brauchte noch keine Brille. »L 197«, sagte er.

»Nein, das Gebäude hier«, erklärte Manfred.

»Ach so. Da steht ›Kinderheim Sankt Moritz‹.«

Manfred wählte auch die 112. »Es geht um den Unfall im Heyderwald. Ihre Leute können über die L 197 und das Kinderheim Sankt Moritz anfahren. Sie müssen dann jedoch etwa 500 Meter zu Fuß durch den Wald gehen. Ich werde ihnen entgegenkommen.«

Manfred informierte die anderen und lief mit Blick auf seine Handy-Karte ein Stück weiter in Richtung See. Dann bog er links auf einen fast zugewachsenen Pfad zum Kinderheim ab. Er folgte der gestrichelten braunen Linie auf dem Display und stand wenig später vor einem rostigen Maschendrahtzaun. Den Zaun überstieg er, ohne zu bemerken, dass seine Sporthose einen langen Riss und sein Oberschenkel eine dicke Schramme abbekamen. Keuchend lief er auf das Gebäude zu und dann links an den blassgelben Gemäuern aus dem späten 19. Jahrhundert vorbei.

Es war kein Mensch zu sehen, keine Kinder, niemand. Lediglich eine weiße Katze schreckte auf und sprang davon.

Zumindest keine schwarze, durchfuhr es Manfred mit einer Spur von Galgenhumor.

Er entdeckte ein schmiedeeisernes Tor mit Doppelflügeln, das in der Mitte mit einer mächtigen Edelstahlkette verschlossen war. »Hallo, ist hier jemand? Hallooo! Hilfe!«

Doch es kam keine Antwort. Die Fenster waren verstaubt, die Türen verschlossen. Alles wirkte, als wäre das Heim vor langer Zeit verlassen worden.

Stetig lauter werdend hörte er das Martinshorn des näherkommenden Rettungswagens. Erleichtert fand er neben dem großen Tor eine kleine Tür, die unverschlossen war. Er sprang auf die Straße, winkte dem Fahrer, und als er den Wagen in die Einfahrt gewiesen hatte, erklärte er, dass sie zu Fuß zur Unfallstelle laufen müssten.

Die Sanitäter packten ihre Trage und rannten im Schweinsgalopp hinter Manfred her.

VIERUNDZWANZIG

Erich war bereits seit 20 Minuten im Operationssaal. Nach der Erstversorgung durch die Sanitäter im Wald und dem Transport im Laufschritt auf der Trage hatte der Notarzt übernommen, während der Rettungswagen mit hoher Geschwindigkeit zum nächstgelegenen Krankenhaus in Aldenbach gerast war.

Die sieben Radfahrer hockten nebeneinander im Gang vor der Notaufnahme. Niemand sagte ein Wort. Alle konnten immer noch nicht fassen, was geschehen war. Nachdem sie ihre Räder eingesammelt hatten, waren sie hinter den Sanitätern über den Pfad gelaufen. Vorher hatten sie mit dem Seitenschneider aus Manfreds Rucksack einen Durchgang in den alten Zaun des Heims geschnitten.

»Wohin bringen Sie ihn?«, hatte Karl in letzter Sekunde gefragt, bevor der Rettungswagen davongebraust war.

Auch Thorsten war von den Sanitätern mitgenommen worden. Seine Verletzung war harmlos, aber schmerzhaft. Er saß nun zwischen den anderen auf der Bank, sein rechtes Bein war dick mit einem weißen Verband umwickelt. Es würde sicher einige Wochen dauern, bis er wieder aufs Fahrrad steigen konnte. Sein teures Edelrad hatten sie an einer abgelegenen Stelle am Geländer der Kellertreppe des ehemaligen Kinderheims angeschlossen und hofften, dass es niemand entdecken würde. Erichs Mountainbike lag noch im Wald, das Vorderrad war völlig zerstört. Dennoch hatten sie es an einen Baum abseits des Pfads gekettet.

Sie waren dem Rettungswagen auf dem Radweg neben der L 197 gefolgt. Das Martinshorn war noch lange in ihren Ohren nachgeklungen, auch als der Wagen längst außer Hörweite gewesen war.

Im Krankenhaus »Die drei Apostel« waren sie zunächst kaum beachtet worden. Nur Manfred als Tourenleiter war zum Empfang gebeten worden. Erichs Name auf seiner Teilnehmerliste war kaum lesbar, gemeinsam mit einer Nachtschwester hatte Manfred mühsam das Gekritzel entziffert und sie hatten sich auf den Namen Normbrecht geeinigt.

»Nein, wir haben keine Versicherungskarte gefunden.« Manfred hatte mit den Schultern gezuckt. Auch das Krankenhauspersonal hatte nichts in Erichs Sportdress entdeckt.

Der war ohne Tasche unterwegs gewesen, an seinem Fahrrad hatten nur eine Wasserflasche und ein ziemlich neues Garmin geklemmt. Manfred hatte sich daran erinnert, dass Erich erzählt hatte, er komme aus Gelderath, wohne dort aber erst seit sieben Monaten. Niemand in ihrer Gruppe hatte ihn zuvor je gesehen, niemand kannte ihn.

Die Schwester hatte wissen wollen, ob er mit dem Verletzten verwandt sei.

»Nein, ich bin kein Angehöriger, nur der Tourenleiter. Jeder kann zum bekannten Treffpunkt kommen und mitfahren. Niemand muss sich anmelden oder ausweisen.«

Die Schwester hatte ihn erstaunt angeschaut und Manfreds Namen, seine Adresse und Handynummer notiert.

Die Wartezeit im Gang kam ihnen endlos vor. Jeder hatte

seine Angehörigen bereits informiert, dass es bestimmt spät werden würde.

Werner kannte sich aus. »Nervt das Personal nicht, sie wissen, dass wir warten, und werden sich melden, wenn es Neuigkeiten gibt. Sie geben ihr Bestes, da bin ich sicher.«

Inzwischen war es fast zehn. Normalerweise wäre die Tour bereits kurz nach 20 Uhr am Juliapark, ihrem Treff- und Startpunkt, zu Ende gewesen. Manchmal legten sie kurz vor dem Ziel eine Abschlusspause ein. In irgend-einer Kneipe mit Biergarten, wo sie ihre Räder im Blick hatten und nicht unbedingt abschließen mussten. Dort gönnten sie sich ein schnelles Radler, Bier oder Wasser, bevor sie die letzten Meter zurücklegten. Sie zahlten stets sofort, damit sie direkt aufbrechen konnten, wenn alle ausgetrunken hatten. Sie waren dann verschwitzt und wollten nicht ausgekühlt weiterfahren. Die kurze Einkehrpause war immer angenehm, denn so lernten sie sich besser kennen. Während ihrer schnellen Fahrt wurde wenig geredet, und ansehen konnten sie sich dabei sowieso nicht. Weil Erich zum ersten Mal dabei gewesen und der Unfall vor der Einkehr passiert war, wussten sie so gut wie nichts über ihn. Und heute war nun wirklich kein Tag für Abschlussbiere.

»Es geht ihm den Umständen entsprechend gut. Wir konnten ihn stabilisieren.« Der Oberarzt stand plötzlich vor ihnen. Es klang wie ein Satz aus einem Film.

Manfred fühlte sich auch so – wie in einem schlech-ten Kinofilm.

»Bitte fahren Sie nach Hause, hier können Sie nichts mehr tun. Gute Nacht«, sagte der Arzt und verschwand wieder.

Manfred hatte den Namen des Oberarztes auf dem Schild seines weißen Kittels gelesen und notierte ihn in sein Handy.

Werner drängte zum Aufbruch. Er hatte recht, auch wenn keiner von ihnen wirklich gehen wollte. Inzwischen war es nach elf.

Vor dem Krankenhausportal standen ihre Fahrräder. Sie entriegelten die Schlösser und schauten sich an. Die Frage »Wie fahren wir zurück?« hing unausgesprochen in der Abendluft. Manfred googelte eine sinnvolle Route, nicht ganz ohne Risiko, denn während Google für Autofahrer zuverlässige und verkehrsoptimierte Routen berechnete, funktionierte das für Fahrradstrecken noch höchst fehlerhaft. Man wurde zwar nicht auf Autobahnen geleitet, aber es gab immer wieder unangenehme Überraschungen, wenn man blind auf eine gegoogelte Radroute vertraute.

Manfred wählte eine Strecke, die er kannte, über Landstraßen mit Radwegen. Längst war es dunkel, und nicht alle hatten die vorgeschriebenen Leuchten dabei. Diejenigen ohne Licht nahmen sie in die Mitte, und sie fuhren zügig, aber nicht im gewohnten Tempo, heim. Thorsten war bereits einige Minuten vor ihrem Aufbruch von seiner Frau abgeholt worden. Sein verletztes Bein schmerzte, musste jedoch nicht weiter behandelt werden.

DREIUNDZWANZIG

Die Türglocke weckte Manfred nur mühsam aus seinem Tiefschlaf. Es war halb eins gewesen, als er endlich sein Fahrrad in die Garage gestellt hatte. Sie waren nicht gemeinsam zurück bis zum Park gefahren, sondern hatten sich vor dem Stadtzentrum getrennt, damit jeder den kürzesten Weg zu sich nach Hause wählen konnte. Unterwegs war wenig geredet worden, sie hatten nur verabredet, dass Manfred den Kontakt zum Krankenhaus halten würde und sie ihn am nächsten Abend anrufen könnten.

Er hatte noch Stunden auf der Couch gesessen. Normalerweise postete er nach einer solchen Tour ein paar Bemerkungen, kleine Highlights, manchmal auch Bilder, selten die Routenkarte. Per Facebook kündigten die ADFC-ler ihre Touren an, und da war es ganz nett, im Nachhinein auch etwas davon zu berichten. Diesmal gab es etwas Besonderes, aber wahrlich nichts Nettes. Manfred hatte auf sein Posting verzichtet, aber in aller Kürze per E-Mail Bernd Brachten, den Vorsitzenden des Grawenhorster ADFC, informiert.

Ein wenig wackelig ging er nun die Treppe hinunter, zog sich schnell seine Jeans und das Polohemd vom Vortag an. Britta war längst unterwegs zu ihrem Nebenjob im Haus der Stadtgeschichte. Ihr hatte er noch in der Nacht alles erzählt, und sie hatte ihn heute Morgen schlafen lassen, wohl wissend, dass er lange wach gelegen hatte.

Durch das kleine Rundfenster in der Haustür schaute ihn ein Mann an, den er nicht kannte. Er war gut angezogen, hoffentlich kein Versicherungsvertreter.

Manfred öffnete die Tür einen Spalt breit. »Ja, bitte?«

Der schlanke Mann in schwarzem Trenchcoat stellte sich vor. »Martin Brockmann, Kriminalhauptkommissar, guten Morgen. Darf ich kurz zu Ihnen reinkommen?«

Manfred erkannte auf den ersten Blick die Metallmarke, die der Besucher ihm entgegenhielt. Nach dem Ausweis des Beamten fragte er gar nicht erst. Sein verstorbener Vater war bei der Kriminalpolizei gewesen und hatte auch dieses Messingoval besessen, das er immer mit einer stabilen Chromkette an einer Gürtelschlaufe befestigt in der Hosentasche getragen hatte. Jedenfalls bis wenige Tage vor seiner Pensionierung, da war die Dienstmarke plötzlich verschwunden. Er hatte behauptet, sie verloren zu haben. Den Ruhestand hatte sein Vater wahrlich nicht herbeigesehnt. Liebend gerne hätte er noch ein paar Jahre verlängert, aber Polizisten waren damals schon mit 60 pensioniert worden, Ausnahmen von dieser Regelung hatte es nicht gegeben.

Als Manfred nach dem Tod seines Vaters dessen Wohnung aufgelöst hatte, hatte er eine blaue Geldkassette hinter einer Bücherreihe im Wohnzimmerschrank entdeckt. Den Schlüssel dazu hatte er, zusammen mit denen für die Wohnung und das Fahrrad, auf dem Marmorboard neben der Eingangstür gefunden. In der Kassette hatte sein Vater ein paar Hundert österreichische Schilling, den Ehering von Manfreds Mutter, die vier Jahre früher gestorben war, und die Kriminaldienstmarke mit der Nummer 4287 aufbewahrt. Manfred hatte die Polizeimarke in die Hand genommen und mit Tränen in den Augen lange im Sessel seines Vaters gesessen. Es hatte ihn an die Zeit als Kind erinnert, wenn ihm sein Vater nach Feierabend gelegentlich erlaubt hatte, die ovale Marke in den kleinen Händen zu halten.

Manfred schüttelte die Gedanken ab, ließ den unerwarteten Besucher herein und bat ihn, Platz zu nehmen. Anschließend sah er nach, ob seine Frau Kaffee aufgesetzt hatte, und war froh, dass er seine Lebensgeister mit einer heißen Tasse beleben konnte. Sein Gast winkte dankend ab, und bevor Manfred den ersten Schluck getrunken hatte, legte der Kripomann los.

»Sie sind Manfred Hanraths und waren gestern bei dem Fahrradunfall im Heyderwald dabei?«

Manfred nickte und setzte zu einer Gegenfrage an, kam aber nicht zu Wort.

»Ich muss Ihnen leider sagen, dass der Verunglückte noch in der Nacht an seiner Verletzung verstorben ist.«

Die Nachricht kam wie aus einer Nebelwand in Manfreds Hirn gekrochen. Unverständlich. Langsam, aber unerbittlich. Manfred schloss die Augen, konnte keinen klaren Gedanken fassen und musste urplötzlich zur Toilette. »Tschuldigung.« Er stürzte aufs Gästeklo, erleichterte sich und blieb danach erst einmal auf der Schüssel sitzen.

»Herr Hanraths?« Aus Brockmanns Stimme klang eine gewisse Sorge.

Manfred säuberte sich, nahm danach schwer atmend wieder Platz am Tisch und versuchte sich zusammenzureißen.

KHK Brockmann erklärte in ruhigem Tonfall, wie es zum Tod des Tourenneulings gekommen war. »Der Verunfallte hatte einen tiefen Schnitt über die volle vordere Halsfront. Zum erheblichen Blutverlust kam eine überraschende Infektion. Das hat ihm den Rest gegeben.« Brockmann räusperte sich verlegen, ihm war die laxe Bemerkung anscheinend peinlich.

Manfred versuchte sich zu konzentrieren, irgendwas stimmte nicht. »Stopp! Sie haben ›Schnitt‹ gesagt? Wieso ein Schnitt? Erich ist doch nur an der Eiche angeschlagen, da war nichts Scharfes, nur Holz.«

»Leider doch, Herr Hanraths.« Brockmann machte eine Kunstpause. »Zwischen den Eichen muss so etwas wie ein Seil gespannt gewesen sein. Das hätte ihn beinahe geköpft.«

»Ein Seil? Da war ein Seil? Ein Irrer hat ein Seil gespannt?« Manfred war fassungslos. Der Albtraum jedes Fahrradfahrers, der im Wald unterwegs war. Immer wieder wurden solche lebensgefährlichen Fallen entdeckt, zuletzt hatte er von einem solchen Ereignis im Sauerland gelesen.

»Die Schnittwunde Ihres toten Fahrradfreundes stammt mit hoher Wahrscheinlichkeit von einem gespannten Seil. Haben Sie denn kein Seil gesehen, Herr Hanraths?«

»Da war kein Seil!« Manfred überlegte. Wenn er ehrlich war, hatte er darauf nicht geachtet, auch nach dem Unfall nicht. Die Situation auf dem engen Waldweg war zu hektisch gewesen. Das viele Blut, die Telefonate mit der Notrufzentrale.

»Ich weiß nicht, Herr Bockmann, ich habe kein Seil gesehen. Aber ich kann auch nicht ausschließen, dass da eins gewesen ist.«

»Brockmann, ich heiße Brockmann.«

Manfreds Gedanken rasten. Jetzt lässt er auch noch den Beamten raushängen. Als ob es wichtig wäre, ob er Brockmann oder Bockmann heißt. Erich ist tot! Tot! Durch ein Seil? Entsetzt schaute er dem Kriminalbeamten direkt in die Augen. »Dann war das ja kein Unfall, sondern … Mord?«

»Das müssen die Gerichte entscheiden. Auf jeden Fall ermitteln wir in einer Verdachtslage zu einem Tötungsdelikt. Und zuerst müssen wir den Täter finden. Werden wir den Täter finden! Ich bitte Sie, heute Nachmittag ins Polizeipräsidium zu kommen, wir müssen Ihre Zeugenaussage protokollieren. Außerdem brauche ich eine Liste all derer, die dabei waren. Sie haben mit sechs weiteren Personen im Krankenhaus gewartet?«

»Ja, die Teilnehmerliste kann ich Ihnen gerne kopieren. Wäre 15 Uhr okay?«

Manfred stand auf, aber Brockmann hielt ihn zurück. »Es gibt eine Teilnehmerliste? Wieso?«

Manfred erklärte ihm, dass es eine ADFC-Tour gewesen war, von ihm geleitet wie jeden Mittwoch, pünktlich um 18 Uhr mit Start am Südeingang des Juliaparks. »ADFC, mit F wie Fahrrad. Das ist der Allgemeine Deutsche Fahrrad-Club.«

»Dann konnte jeder vorher wissen, dass diese Tour gestern stattfand?« Brockmann betonte das »jeder« wie eine Mordanklage.

»Ja, wir kündigen alle Touren frühzeitig an, auf unserer Website und bei Facebook. Außerdem hat sich meine Sporttour herumgesprochen. Es fahren zwar oft weniger als zehn mit, dafür gibt es einen festen Stamm von Teilnehmern. Aber es sind nicht immer alle dabei. Mal hat der eine Spätschicht, mal ein anderer Urlaub, mal ist es dem einen zu warm, dem anderen zu regnerisch. Oder die Kinder haben Zahnweh. Also ich meine, es gibt 1.000 Gründe, nicht mitzufahren.«

»Und der Getötete? Wie oft ist der dabei gewesen?« Brockmann sah aus, als hätte er schon eine Spur, aber sein Gesicht entspannte sich, als Manfred ihm erklärte, dass Erich zum ersten Mal mitgefahren war, niemand ihn kannte und er auch nicht sicher wüsste, ob der Nachname wirklich Normbrecht lautete.

Brockmann hakte nach. »Also zum Mitschreiben: Jeder konnte wissen, dass es diese Tour an diesem Mittwoch gab und wo sie lang führt?«

»Jein.« Manfred schaute seinen Gast an. »Jeder konnte wissen, wann und wo die Tour startet, aber nur ich kannte die Route. Ich arbeite jede Woche eine andere Route aus. Für jeden Mittwoch eine neue. Keiner außer mir wusste vor dem Start, dass wir gestern durch den Heyderwald fahren würden.«

ZWEIUNDZWANZIG

Manfred saß wieder an seinem Wohnzimmertisch. Der Kaffee, den er vorhin so dringend gebraucht hatte, war längst kalt geworden. Nur einen kleinen Schluck hatte er genommen, dann war Brockmann über ihn hereingebrochen.

Nun war der Kripomann endlich weg, dafür nervte ihn der chaotische Spanier. Mit seinem südländischen Charme schaffte es die importierte Edelmischung trotz der Penetranz immer wieder, dass Manfred und seine Frau Britta alles stehen und liegen ließen, um den Hunger ihres Lieblings zu stillen. Heute machte Manfred keine Dose auf, sondern servierte seinem Pakko die liegengebliebene Wurst vom Sonntag. Mindesthaltbarkeitsdaten interessierten Hunde nicht, solange sie genießbar waren. Hauptsache, sie waren nicht vegan, die Lebensmittel.

Keiner konnte wissen, dass wir diesen Weg durch den Heyderwald fahren. Niemand kannte die Strecke! Außer mir. Manfred wurde ganz übel bei dem Gedanken. Plötzlich kam ihm eine weitere Erkenntnis: Normalerweise wäre er vorneweg gefahren, wenn ihn dieser Erich mit seinem Gerede nicht so genervt und er den Abzweig im Tannengrund nicht verpasst hätte.

Niemand kannte die Strecke! Oder? Ihm fiel etwas ein, und hektisch ging er die Treppe hinunter in sein Büro. Das großzügige helle Souterrain bot ausreichend Platz für drei

Arbeitsplätze, mehr brauchten sie nicht. Eingerichtet hatten sie bisher erst zwei.

Manfred startete den Computer unter seinem Schreibtisch, meldete sich an und kontrollierte die gestrige Route. »Verdammt!«

Er hatte die Strecke gespeichert, aber nicht geblockt. Jeder, der seinen Benutzernamen kannte oder zufällig über die Route gestolpert war, hätte sie sehen können. Seit Montag, da hatte er die Tour im Portal vorbereitet, gespeichert und vergessen, sie für jedermann zu sperren.

»So ein Mist!« Manfred ärgerte sich. Normalerweise vergaß er das nicht, weil es nervig war, wenn ein Mitfahrer die Daten der Route heruntergeladen hatte und dann während der Tour kontrollierte, ob sie auch exakt nach Plan unterwegs waren. Deswegen hatte Manfred sogar schon einmal Streit mit einem Teilnehmer bekommen. Aber bei seinen Mittwochstouren kannten sich fast alle, waren locker und wollten nur Spaß und Sport genießen. Außer Erich, den kannte keiner und dem war der Spaß nun endgültig vergangen.

Als Britta zurückkam, erzählte Manfred ihr aufgewühlt vom Besuch des Kommissars.

»Wenn Erich mich nicht so genervt hätte, wäre ich an der Spitze gefahren. Dann wäre ich jetzt tot, wegen des verdammten Seils!«

Britta hörte ihm zu und wusste nicht, wie sie ihm widersprechen und ihn aufmuntern konnte. »Du kannst nichts dafür, Manni. Du hast nur die Tour organisiert. Und passieren kann immer mal etwas.«

»Ja, aber nicht so was.«

Die Teilnehmerliste fiel ihm ein, die hatte Brockmann dann doch vergessen. Manfred scannte sie, nahm die Visitenkarte des Kriminalbeamten zur Hand und tippte die Mailadresse ab.

Sehr geehrter Herr Brockmann,
anbei sende ich Ihnen wunschgemäß die Teilnehmerliste meiner Tour vom Mittwochabend.
Mit freundlichen Grüßen
Manfred Hanraths

Manfred fügte die PDF-Datei an und drückte auf »Senden«. Mit dem Versand der E-Mail wurden gleich sechs neue E-Mails abgerufen.

17:30 bonny@willdich.de	*Ich will ich dich jetzt*
17:46 TKD-Gruppe	*KV-Optimieren Sie …*
18:01 elkebab@web.de	*Lust auf eine Tour*
18:03 geili@geilomat.de	*Ruf mich an!!*
18:30 info@tonerchef.net	*Toner, supergünstig …*
18:46 Versicherung 24	*Beste im Juli-Test 2…*

Manfred sah auf einen Blick, dass es sich nur um Spam handelte. Drei eindeutig sexuelle Angebote, zwei Offerten von Krankenversicherungen und eine für besonders preiswerte Druckerpatronen.

Sein Telefon klingelte, Bernd war am anderen Ende der Leitung. »Hey, alles gut bei dir?«

Nichts war gut. Manfred brauchte ein paar Minuten, bis er dem Vorsitzenden ihres Ortsverbands die Situation erklärt hatte. Ein Toter. Kein Unfall.

Bernd war sprachlos.

»Gleich bin ich erst mal bei den Bullen. Die ermitteln tatsächlich wegen Mord oder so. Stell dir das vor! Da hat jemand ein Seil gespannt, ein Seil! Was für eine unfassbare Scheiße! Und was soll ich über Erich sagen? Noch nie gesehen, wir wissen nichts über ihn, nur seinen Namen. Den Nachnamen noch nicht mal sicher, weil sein Gekrakel kaum zu lesen ist.«

Ein paar Minuten später hatte Bernd aufgelegt, er würde das Gehörte erst mal sortieren müssen.

Manfred grinste. »Und ich hab ›Bullen‹ gesagt.«

Sein Vater würde sich im Grabe umdrehen, aber vor Lachen. Weil Manfred ihn auch immer mal wieder »Bulle« genannt hatte. Ihn und seine Kollegen in der Kaserne, wie das Präsidium früher genannt worden war. Dort war Manfred aufgewachsen, in der angrenzenden Bolundstraße. Die Kaserne war sein Spielplatz gewesen. Unvorstellbar heute, dass jeder in ein Polizeipräsidium spazieren konnte, wie er wollte, vor allem Kinder. Damals gab es den hässlichen Schotterparkplatz in der Mitte der denkmalgeschützten Gebäudegruppe noch nicht. Stattdessen war da ein Riesensportplatz für den PSV gewesen, den Polizeisportverein, und auch die Kinder und Jugendlichen aus dem ganzen Stadtteil hatten den wunderbar gepflegten Rasen zum Kicken genutzt. Aber in der alten Turnhalle wurde noch gespielt, das hatte er in der Zeitung gelesen. Auch die Umkleide in der Halle war vielleicht noch da, auf die man raufklettern und heimlich Zigaretten rauchen konnte. Manfred und sein Freund waren natürlich prompt erwischt worden, was weder die beiden Jungs noch der damalige Kriminalhauptmeister Peter Hanraths lustig gefunden hatten. Jedenfalls hatte es ein ernsthaftes Gespräch gegeben

mit Manfreds Eltern, wobei sein Vater Pitt wahrscheinlich heimlich gelacht hatte, da war Manfred sich heute
fast sicher.

EINUNDZWANZIG

Wieder so ein Gang wie im Krankenhaus, ging es Manfred durch den Kopf. Nur diesmal saß er allein auf der Bank und wartete ungeduldig, dass ihn endlich jemand aufrief und befragen würde. Er war im Polizeipräsidium, pünktlich um 15 Uhr war er angekommen.

Mit 20 Minuten Verspätung erschien Kriminalhauptkommissar Brockmann, begrüßte Manfred und führte ihn in die zweite Etage durch eine Tür, neben der auf einem kleinen weißen Schild »Vernehmung 1« stand.

Vernehmung? Manfred fragte sich, was das bedeuten sollte. Wurde er nun befragt oder vernommen?

»Nehmen Sie Platz. Bitte, Herr Hanraths.« Brockmann schaltete sein Aufnahmegerät ein und leierte ein paar Sätze herunter, die er sicher schon unzählige Male vorgetragen hatte. »Herr Hanraths erscheint heute als Zeuge in der Tötungssache Normbrecht. Herr Hanraths, bitte beachten Sie, dass Sie sich strafbar machen können, wenn Sie wissentlich die Unwahrheit sagen und damit eine andere Person be- oder entlasten. Und Sie müssen sich selbst nicht belasten. Sind Sie mit dem Opfer verwandt oder verschwägert?« Brockmann schaute ihn auffordernd an.

Manfred schüttelte den Kopf.

»Bitte, Sie müssen laut und deutlich antworten.« Der Kriminalbeamte klang ungeduldig, zeigte dabei auf den Audiorekorder.

»Nein, ich bin nicht mit dem Toten verwandt oder verschwägert.« Dabei dachte Manfred wieder daran, dass er Erich nicht mal richtig kennengelernt hatte und der nun schon im Leichenschauhaus lag.

»Herr Hanraths, ich stelle Ihnen jetzt einige Fragen, die Sie wahrheitsgemäß beantworten müssen.«

Zuerst wiederholte Brockmann die Fragen vom Vortag, wo und wann sie losgefahren waren, wer dabei war, und Manfred beantwortete fürs Protokoll geduldig die aus seiner Sicht unwichtigen Details. Danach beschrieb er ausführlich die Route über Beven, Lottern und den Tannengrund bis zum Unglück auf dem Pfad im Heyderwald.

Bevor er weiterreden konnte, unterbrach ihn sein Gegenüber. »Sie sind also die ganze Strecke mit sieben Teilnehmern gefahren?«

»Ja genau, mit mir waren wir zu acht. Sie haben ja die Teilnehmerliste.« Manfred fragte sich unwillkürlich, ob sein Vater zu seiner Kripozeit auch so blöde Fragen gestellt hatte.

Brockmann griff in eine grüne Aktenmappe, holte ein Blatt heraus und legte es vor Manfred auf den Tisch. Seine Teilnehmerliste. Nicht das Original, sondern ein Ausdruck des Scans, den er gesandt hatte. Mit allen Namen in der zweiten Spalte, davor in der ersten die vorgedruckte aufsteigende Nummerierung, sodass man auf einen Blick die Anzahl der Mitfahrer erkannte. Vor dem letzten Eintrag stand eine Neun.

Auch Manfred sah das nun, denn Brockmann hatte seinen rechten Zeigefinger genau neben die Zahl gesetzt.

»Neun? Acht?« Brockmann betonte jede Zahl, wie sonst Ringrichter das Auszählen beim Boxen.

Manfred war ratlos, suchte zunächst eine übersprungene leere Zeile, fand aber keine, und las dann von oben nach unten die Namen nacheinander laut vor. »Ach ja, der hier, Ger... Gernot Bal..., Bel... Keine Ahnung, kann ich nicht lesen. Der war beim Start dabei. Richtig, da waren wir neun. Ich habe noch gesagt, dass ich nach zwei, drei Kilometern fragen werde, ob alles gut ist, weil zwei Neue dabei waren.«

Brockmann verstand ihn offensichtlich nicht, und er erklärte es dem Kriminalbeamten.

»Wenn jemand nach wenigen Kilometern merkt, dass unser Tempo zu schnell ist, dann empfehle ich demjenigen, abzubrechen. Es macht sonst keinen Sinn für die Truppe. Alle wollen sportlich fahren und keinen gemütlichen Ausflug machen. Genau so ist die Tour angekündigt, und das halten wir auch ein. Wissen Sie, Herr Blockmann, nach 30 Kilometern kann jeder mal Konditionsprobleme haben, das ist mir auch schon passiert. Dann passen wir uns halt an und fahren ein paar Takte langsamer. Aber 30 Kilometer muss man mithalten können, sonst ist das blöd für die Tour.«

»Brockmann, mein Name ist Brockmann, nicht Blockmann! Sie korrigieren also Ihre Aussage, dass Sie nur acht Personen waren?«

»Ja. Nein. Also am Anfang waren wir neun, das stimmt, aber der eine, dieser Gernot, war plötzlich weg, schon nach ein paar Kilometern. Noch bevor ich am Kriegerdenkmal gefragt habe, ob alles klar ist. Wir haben uns noch umgeschaut und kurz gewartet, aber er kam nicht, und dann sind wir weitergefahren.«

»Finden Sie das normal?«

»Was? Dass der weg war? Oder dass wir ohne ihn weitergefahren sind?«

»Dass er so schnell wieder verschwunden ist. Ist das normal?«

»Tja, was ist schon normal? Dass jemand zu langsam für die Tour ist, kommt öfters vor. Die meisten schaffen aber einige Kilometer und melden sich dann von selbst ab. Das nimmt ihnen keiner krumm. Vor ein paar Wochen war eine Frau dabei, die hat bereits vor dem Marienkapellchen gesagt, dass sie abbreche, weil wir ihr zu schnell seien. Wir hatten auch mal einen, der kam mit Hundeanhänger, so einem breiten für große Hunde. Den habe ich gleich vorgewarnt, dass das schwierig werden könnte, weil wir auch über schmale Wege fahren. Der ist zwar mitsamt seinem Anhänger mit uns losgefahren, hat sich aber schnell wieder verdrückt, ohne sich zu verabschieden.« Manfred dachte an den schmalen Waldweg zum Heyder See. Plötzlich kam er sich blöd vor, weil er dem Kommissar diese völlig unwichtige Episode erzählt hatte. »Wenn der Erich mit Anhänger gekommen wäre und abgebrochen hätte, würde er vielleicht noch leben.«

Die Tür ging auf, jemand steckte den Kopf durch. »Marti, hast du wieder dein Handy aus? Deine Ex versucht dich seit Stunden zu erreichen, sagt sie jedenfalls.«

Brockmann griff in seine Tasche und sah auf sein Handy. »Mist! Aus. Der blöde Akku. Kannst du fragen, ob jemand ein Ladegerät hat, das passt?«

»Ladegerät? Für dein Handy? Schaff dir was Neues an. Nennt sich Smartphone. Damit kannst du auch E-Mails lesen oder schreiben. Du weißt, was eine E-Mail ist?«

Brockmann machte mit seinem Handy eine Wurfbewegung Richtung Tür, und sein Kollege verzog sich vorsorglich.

»Hmhm …« Brockmann räusperte sich, um die Aufmerksamkeit seines Gastes zurückzuerlangen. »Ich fasse zusammen: Sie machen diese Touren jede Woche und haben eigentlich keine Ahnung, wer mit Ihnen durch die Landschaft fährt?«

Manfred wusste nicht, was er darauf antworten sollte. Ja, so war es eben üblich. Überall in ganz Deutschland wurden jede Woche Fahrradtouren angeboten. Niemand fragte vor der Tour genauer nach. Es gab diese Namenslisten, die mussten sein, auch wegen der Haftung. Die Unterschrift der Teilnehmer entband den ADFC und den Tourenleiter davon. »Das sind offene Angebote. Sollen wir Ausweise verlangen?«

Brockmann schüttelte den Kopf. »Wenn ich also was über die Grenze schmuggeln will, mache ich bei einer Ihrer Touren mit, vielleicht bei der Maastour am kommenden Sonntag, trage irgendeinen Namen in Ihre Liste ein, und auf der Rückfahrt sind meine Fahrradtaschen voller Rauschgift. Zurück in Grawenhorst sage ich Tschüss und werde nie mehr gesehen.«

Ah, Brockmann hat sich unsere Tourenseite angesehen und Hartmuts Maastour gefunden, registrierte Manfred im Kopf und verkniff sich ein Grinsen. Auf die Variante mit dem Dope-Import war er noch nicht gekommen. »Interessante Idee.«

»Das führt zu nichts. Auf jeden Fall brauchen wir die Namen und Adressen aller Teilnehmer.« Brockmann zog mit seinem Kugelschreiber einen dicken Strich quer über seinen Notizzettel.

»Von den meisten werde ich die Daten zusammenbekommen, die haben sich irgendwann mal mit ihrer E-Mail-Adresse in eine Teilnehmerliste eingetragen. Die Listen sind zwar längst im Altpapier, aber gescannt, weil wir eine Statistik für den Verband erstellen müssen. Die Scans habe ich alle noch und werde Ihnen die entsprechenden Mailaddis zusenden.« Manfred erkannte den fragenden Blick seines Gegenübers und erklärte unaufgefordert seine lockere Formulierung. »Die E-Mail-Adressen. Vielleicht habe ich sogar die eine oder andere Handynummer. Aber von Erich weiß ich nichts, nur dass er in Gelderath wohnte. Hat er mir jedenfalls erzählt.«

»Die Personalien des Getöteten konnten wir inzwischen ermitteln. Was ist mit diesem Gernot B.?«

Manfred war ratlos. »Da kann ich Ihnen beim besten Willen nicht helfen, den habe ich im Leben noch nicht gesehen. Ich glaube, keiner von denen, die gestern dabei waren, kannte den.«

»Okay, wir werden sehen. Sie besorgen mir die E-Mail-Adressen der sieben Teilnehmer inklusive Ihrer und schicken mir die Teilnehmerlisten Ihrer Touren der letzten sechs Monate.«

Manfred wollte schon nicken, stutzte dann aber. »Alle Teilnehmerlisten? Von allen Touren?«

»Ja, bitte, das wäre hilfreich. Vielleicht erkennen wir ein Muster.«

Ein Muster. Unter seinen Teilnehmern. Vermutete der Kriminalbeamte den Täter unter seinen Leuten? »Wir unterstützen Sie selbstverständlich gerne, aber alle Listen? Da muss ich erst mal klären, ob ich das darf. Die rausgeben. Wegen Datenschutz. Sie verstehen.«

Brockmann verzog die Mundwinkel. »Prüfen Sie das, und dann her mit den Listen, die bekomme ich so oder so.«

Manfred machte Anstalten aufzustehen, aber Brockmann winkte ab. »Stopp, wir sind noch nicht fertig! Sie haben noch nichts zum eigentlichen Unfallgeschehen gesagt.«

Ach ja, der Unfall, den hatte Manfred fast verdrängt. »Was wollen Sie wissen?«

»Alles! Den ganzen Ablauf von der Abfahrt bis zum Crash.« Brockmann ließ keinen Zweifel, und Manfred holte tief Luft.

»Also, wir sind um 18:03 Uhr los, das weiß ich so genau, weil wir immer nur zwei, drei Minuten über die Zeit warten und ich dann meinen Tourtrack starte. Die, die sich auskennen, kommen meist auf den letzten Drücker in den fünf Minuten vor Abfahrt, manchmal auch ein oder zwei Minuten zu spät.«

Brockmann unterbrach ihn. »Tourtrack? Sie starten was?«

»Ich verwende eine Touren-App. Sie wissen, was eine App ist?«

Brockmann nickte unwillig.

Manfred fuhr fort: »Weil ich immer eine neue Strecke vorbereite und die anderen damit gerne überrasche, habe ich den Routenverlauf in meinem Smartphone vorne am Lenker. Die App weist mir den Weg, vor jedem Abzweig piept sie und ein Pfeil zeigt mir an, wohin ich abbiegen muss. Sobald ich den Track starte, läuft nebenbei eine Art Rekorder und zeichnet den Streckenverlauf auf. Das funktioniert per GPS, das ist die Abkürzung von Global Positioning System, kennen Sie vielleicht aus dem Auto.«

Brockmann fixierte ihn wie einen Gegner im Boxring. »Ich weiß, was GPS ist. Soll heißen, Sie haben die Strecke in Ihrem Handy gespeichert?«

»Ja, klar, auf fünf, zehn Meter genau, seit Mittwoch 18:03 Uhr bis … Ach herrje, bis jetzt hier zum Präsidium.« Manfred fiel ein, dass er vergessen hatte, die Aufzeichnung zu stoppen, und seine App seit gestern Abend jede Bewegung seines Handys festgehalten hatte.

»Dann hätte ich jetzt gerne Ihr Handy mit der Aufnahme. Bitte!« Brockmann hielt die Hand auf.

Manfreds Gedanken rasten, aber nicht wegen seines Smartphones. Beim Stichwort »Aufnahme« war ihm siedend heiß etwas eingefallen. Er hatte ja noch eine Aufnahme. »Vergessen Sie mein Smartphone, Herr Brockmann. Das bekommen Sie nicht einfach so.« Manfred wurde energisch. »Da sind nicht nur alle meine Mails aus den letzten Wochen drauf, sondern auch meine Kontakte und Termine. Und vor allem brauche ich das Handy, um erreichbar zu sein. Immer! Für meine Kunden, ich bin nämlich freiberuflich als Marketingberater tätig und schreibe auch für verschiedene Fachzeitschriften. Daher kann ich es mir nicht leisten, einen Anruf zu verpassen. Für mein Handy brauchen Sie einen Gerichtsbeschluss. Punkt! Aber die Trackdaten, die können Sie sofort haben, die kann ich Ihnen mailen.« Er hielt sein Handy krampfhaft in der Hand, nur für den unwahrscheinlichen Fall, dass sein Gegenüber durchdrehte und sich das Gerät mit Gewalt aneignen wollte. »Ich muss mal zur Toilette, dringend.«

Brockmann erklärte ihm den Weg, und Manfred folgte ein paar Meter der Anweisung, machte dann jedoch kehrt, rannte, so schnell er konnte, zur Treppe, diese hinunter ins Erdgeschoss und aus dem Gebäude hinaus. Da stand sein Rad.

ZWANZIG

Lange nach dem Abendessen mit Britta – er hatte ihr ausführlich berichten müssen – saß Manfred allein am Gartenteich und ließ den Nachmittag Revue passieren. Vorher hatte er noch die geforderten Daten versandt.

Sehr geehrter Herr Brockmann,
anbei sende ich Ihnen den GPX-Track meiner Mittwochstour und hier die Kontaktdaten der Teilnehmer, soweit bekannt:
Werner Plückmann oder Pluckmann (?)
Daniel Tuscher
Erich Normbrecht (?)
Abdi Demirci (oder so ähnlich)
Friedel Kasner
Karl Johnen
Thorsten Däppen
Gernot B... (?)
In dem Word-Dokument im Anhang habe ich Ihnen alle Namen inklusive der Telefonnummern oder E-Mail-Adressen, die mir vorlagen, aufgeführt.
Mit freundlichen Grüßen
Manfred Hanraths

Im Gartenstuhl auf seiner Terrasse sitzend hielt er die alte Dienstmarke seines Vaters fest in der Hand. Die hatte er vorhin wieder einmal aus der blauen Geldkassette genommen. Seitdem er sie gefunden hatte, stand die Kassette in seinem Büro hinter Büchern versteckt. Er hatte nach Pitts Tod lange überlegt, was er mit der Marke machen sollte, letztlich aber entschieden, dass er sie behalten würde. Zur Erinnerung. Und weil er nicht am Andenken seines Vaters kratzen wollte.

Kaum neun, da wird es schon dunkel. Nur noch ein paar Wochen, dann ist die Saison endgültig vorbei, ging es Manfred durch den Kopf. Auch seine Mittwochstour lief nur noch bis Ende Oktober, dann war Schluss. Nach der Zeitumstellung wurde es zu früh dunkel, da ging am Abend nichts mehr. Stattdessen bot er in den fünf Wintermonaten bis März eine Sonntagstour an. Start um 8 Uhr morgens, auch zwei Stunden, auch 40 Kilometer, auch schnell. Die Zahl der Teilnehmer konnte er an einer Hand abzählen. Die unchristliche Tageszeit war nicht jedermanns Sache. Auch Manfred musste am frühen Sonntagmorgen immer seinen inneren Schweinehund besiegen, sich aus dem Bett quälen, sich bei oft weniger als fünf Grad Außentemperatur in die lange Winterradlerhose und die anderen warmen Sachen zwängen, dann aufs Rad steigen und die sieben Kilometer zum Treffpunkt fahren. Nur nicht zu früh ankommen. Warten bei kaltem Sauwetter war höchst unangenehm.

Wenn es im Winter an einem Wochentag mal trocken blieb, fuhr Manfred auch am Abend bei Dunkelheit. Allein, nicht ganz so schnell und vor allem nicht über Stock und Stein auf engen Waldpfaden.

Waldpfad. Erich fiel ihm wieder ein – furchtbar.

Zurück im Verhörraum hatte er dem Kriminalbeamten geduldig die Tour beschrieben, vor allem die letzten Minuten. Dass er sich im Wendehammer im Tannengrund verfahren hatte, Erich danach ungefragt die Führung übernommen und auf dem schmalen Pfad das Tempo erhöht hatte. Und wie er selbst im Wald das Abstandhalten angemahnt hatte. Da der Unfall in Zeitlupe ständig durch seinen Kopf lief, war es ihm nicht schwergefallen, genau zu beschreiben, was er gesehen hatte. Aber eine Erklärung, die war ihm immer noch nicht eingefallen. Und ein Seil hatte er definitiv nicht gesehen.

Brockmann hatte ihm erklärt, dass seine Aussage abgetippt werde und er noch einmal kommen müsse, um sie zu unterschreiben. Manfred wollte schon fragen, ob das nicht per E-Mail ginge, aber er ließ es bleiben, denn er würde sowieso noch mal ins Präsidium fahren. Aus einem anderen Grund. Er würde zurückkommen und seine Bombe platzen lassen.

Längst war es im Garten so düster, dass er trotz Teichlampe keinen einzigen Fisch im Wasser mehr erkennen konnte. Nur den alten und fetten schwarzen Frosch entdeckte Manfred an der gewohnten Stelle neben dem großen, hellgrünen Glasstein.

Pakko fixierte ihren Hausfrosch hartnäckig, er hoffte, dass er sich zum Rasen hin aufmachte. Aber der Frosch war nicht blöd und tat ihm den Gefallen nicht. Viel später würde er auf Jagd in den Garten hüpfen, wenn ihr Köter längst im Tiefschlaf versunken auf einem seiner Lieblingsplätze lag.

In der ersten Zeit im eigenen Garten hatten sie den Fischen und Fröschen noch Namen gegeben, zusammen mit Freddy, ihrer Tochter. Ihr Sohn Mitch war da gerade

erst geboren und hatte sich noch nicht an der Namens-
findung beteiligen können. Mit den Jahren hatten sie
das Ritual immer mehr vernachlässigt, zu groß war der
Schwund durch verfressene Reiher, hungrige Katzen aus
der Nachbarschaft, kalte Winter oder einfach wegen der
starken Pumpe, die den Wasserfall versorgte.

Manfred sah seine neuen E-Mails auf dem Notebook
durch. Die meisten Eingänge löschte er sofort wieder,
nur drei blieben übrig. Das Angebot der Brüggener Dru-
ckerei prüfte er sorgfältig und telefonierte dazu kurz mit
dem Geschäftsführer Marko Schmitz, der erwartungsge-
mäß noch an seinem Schreibtisch saß. Den Juniorchef des
Unternehmens hatte er vor Jahren bei einem Kongress in
Berlin kennengelernt.

Die anderen Mails überflog er flüchtig im Vorschau-
modus.

17:03 Schmitz Druck Medien   *Angebot #75214*
17:30 ots.e-mail POL-GH   *Sachbeschädigung im*
                        Mehrbahntunnel …
17:46 B.Brachten, ADFC GH   *Veranstaltungshin-*
                        weis: Bike-Night am …

Im Geiste kommentierte er die Pressemeldung der Polizei
mit: Idioten! Hauen die schönen neuen Lampen im Tunnel kaputt. Vollpfosten!«

Bernd und Ellen hatten ihn vor Monaten gefragt, ob
er den ADFC-Vorstand ab und zu bei der Pressearbeit
unterstützen könnte. Seitdem schrieb er gelegentlich ein
paar Zeilen, die Bernd für seine Pressemitteilungen nutzte.
Die der Polizei und Stadtverwaltung hatte Manfred schon

länger abonniert, beachtete die PMs aber nun ein wenig genauer, wenn das Thema passte.

Seine Überraschung fürs Präsidium lag vor Manfred auf dem Gartentisch: seine Action-Cam. Die kleine Videokamera hatte er völlig vergessen und erst bei seiner Befragung wieder daran gedacht. Sie steckte immer in einem wasserdichten Gehäuse am Lenker seines Tourenrads. Er hatte sie angestellt, als sie um 18:03 Uhr losgefahren waren. Gestern. Nachdem er hektisch die Treppe im Präsidium hinuntergerannt war, hatte er draußen erleichtert festgestellt, dass die teure Kamera noch am Lenker war. Er hatte den kleinen viereckigen Kasten herausgenommen und gehofft, dass ihm keiner dabei zusah, vor allem nicht Brockmann. Auf dem Weg zurück zum Verhörraum hatte er krampfhaft überlegt, ob er die Bombe sofort platzen lassen sollte, hatte sich aber dagegen entschieden, weil er den Film zuerst selbst sehen wollte.

Darum saß er nun im Garten, die Speicherkarte steckte bereits im Adapter seines Notebooks, und er wartete ungeduldig, bis die sechs Clips von je zwei Gigabyte endlich auf die Festplatte kopiert waren. Nach endlosen Minuten war es geschafft, mit spitzen Fingern nahm er die winzige Karte und steckte sie vorsichtig zurück in seine Kamera.

Dann startete er den vierten Clip, der war von 19:10 Uhr und musste die entscheidenden Unfallsekunden enthalten. Aufgeregt spulte er vor, zuerst bis zum Wendehammer im Tannengrund, dann langsam bis zum Einstieg in den Waldpfad. Das Weitwinkelobjektiv der Kamera verzerrte die Randbereiche gehörig, rechts und links huschten die Bäume und Büsche undeutlich vorbei. Erich fuhr in hohem Tempo voraus, stehend in den Pedalen seines Fahrrads.

Das war Manfred gestern gar nicht aufgefallen. Schnell kam die enge Kuhle mit den beiden Eichen ins Bild, und es sah aus, als würde Erich gegen eine unsichtbare Wand fahren, so abrupt war sein Stopp. Nur sein Rad holperte ungebremst geradeaus unter ihm weg in die Büsche. War da ein Seil? Manfred ließ die Szene immer wieder laufen, doch er sah kein Seil.

Nun meldete sich sein schlechtes Gewissen: Ist das Unterschlagen von Beweismaterial? Habe ich einen Fehler gemacht?

Aus seinem Portemonnaie zupfte er die schlichte Visitenkarte, die ihm Brockmann am Nachmittag zum Abschied in die Hand gedrückt hatte mit den Worten: »Wenn Ihnen noch etwas einfällt, rufen Sie mich jederzeit an. Jederzeit!« Wieder so ein Filmspruch, mindestens einmal in jedem Krimi gehört, und nun war der Satz in echt gesagt worden.

Manfred schaute auf sein Handy, es war fast Mitternacht. Konnte er den Kripomann jetzt noch anrufen? Er wusste, dass er wegen seiner blöden Aktion bis zum Morgen kein Auge zutun würde, und er hasste schlaflose Nächte. Was soll's, dachte er, wenn es ihm zu spät ist, hat er sein Handy bestimmt ausgeschaltet.

Er wählte die Mobilnummer von der Karte, und kaum ging der Ruf durch, meldete sich die bekannte dunkle Stimme. »Brockmann. Ja, bitte?«

Manfred erschrak, er hatte gedanklich noch gar nicht sortiert, wie er das mit der Kamera erklären sollte.

Aber Brockmann verschaffte ihm ungewollt etwas Zeit. »'n Abend, Herr Hanraths, auch nicht schlafend? Kann ich verstehen, waren wohl etwas zu aufregend, die letzten Stunden. Gut, dass Sie anrufen. Die Kollegen von der Kriminaltechnik würden gerne Ihr Fahrrad untersuchen, vor allem die Reifenprofile. Wir rekonstruieren gerade, wer wo gewesen ist bei dem Unfall. Sie kommen ja eh morgen früh, bringen Sie bitte Ihr Fahrrad mit. Und was kann ich für Sie tun zu dieser späten Stunde?«

Manfred hegte den Verdacht, dass der Kripomann an seinem Feierabend ein paar Bier getrunken hatte, so aufgeräumt hatte er ihn bisher nicht erlebt. »Herr Brockmann, mir ist etwas eingefallen, ich verstehe selbst nicht, wieso ich das vergessen habe. Eben wollte ich mein Fahrrad putzen, da fällt mir ein, dass ich die Tour gefilmt habe.« Das war eine glatte Lüge, denn er putzte sein Rad eigentlich nie, höchstens mal Kette und Schaltung.

»Sie haben was?« Brockmann klang nun gar nicht mehr bierselig.

»Ich habe immer eine Action-Cam am Lenker, und die hatte ich eingeschaltet, als wir losgefahren sind. Die ganze Tour ist drauf, auch der Unfall, aber ich habe nichts Ungewöhnliches erkennen können.«

»Sie haben einen Film und sich den schon angesehen? Ohne uns vorher darüber zu informieren?«

Manfred verfluchte seine unüberlegten Worte, doch er konnte sie nicht mehr rückgängig machen, darum trat er die Flucht nach vorne an. »Ja, war ein Fehler, sehe ich ein. Ich wollte nachprüfen, ob der Unfall wirklich drauf ist. Ob es sich lohnt, Sie aus dem Bett zu holen.«

»Ich bin in zehn Minuten bei Ihnen!«

Manfred wollte fragen, ob das wirklich nötig wäre, aber sein Gegenüber hatte schon aufgelegt.

»Ihnen ist doch klar, dass Sie sich damit keinen Gefallen getan haben?«

Brockmann hatte Wort gehalten und saß 15 Minuten nach dem Ende des Telefongesprächs mit Manfred am Gartentisch. Und er war nicht alleine gekommen, ein junger Kollege war bei ihm. Der hatte sich beim Eintreten als Jürgen Schäbe vorgestellt und Manfred seine Visitenkarte in die Hand gedrückt.

Als es geklingelt hatte, war Pakko nach vorne zur Haustür gestürmt. Besuch fand er toll, stand dann immer aufgeregt und wild schwanzwedelnd vor der Tür. Manfred hegte den Verdacht, dass ihr Hund auch Einbrecher herzlich begrüßen würde.

Brockmann mochte keine Hunde, das hatte Manfred sofort gemerkt. Pakko auch, denn der hatte nur Schäbe begrüßt und sich ausgiebig von ihm knuddeln lassen.

»Wir untersuchen einen Mord! Und Sie spielen mit Ihrem Video, anstatt uns sofort zu informieren? Wo steht Ihr Fahrrad? Ich möchte es sehen.«

Manfred ging durch die offene Hintertür in die Garage, holte sein Tourenrad und stellte es auf die Terrasse.

»Geputzt sieht das aber nicht aus.« Brockmann monierte übelgelaunt den dreckigen Rahmen.

»Ich habe sofort abgebrochen, als mir die Kamera auffiel.« Manfred war froh, dass ihm spontan die simple Ausrede eingefallen war, und er schwor sich, dass er der Polizei nie mehr Informationen vorenthalten würde.

Brockmanns Kollege mischte sich ein. »Lasst mal das Fahrrad Fahrrad sein. Wo ist sie denn, die Cam?«

Manfred hatte die kleine Kamera die ganze Zeit in der Hand gehalten und streckte sie Schäbe nun in der offenen Handfläche wie auf einem Silbertablett entgegen.

»Ah, 5er, ordentlich.« Ohne Zögern klaubte Schäbe die Speicherkarte aus dem Gehäuse, er kannte sich offensichtlich aus. »Micro SD 64 Gig.« Schäbe grinste Brockmann an.

Für Manfred sah das aus, als hielte er nicht viel von den technischen Talenten seines Chefs.

»Mit welcher Auflösung fährst du die?«

Polizisten, die Leute duzen, kannte Manfred auch aus Filmen, doch dieses Du war anders, irgendwie nett, ganz natürlich. Der Typ war aber auch recht jung, fast zu jung für eine wichtige Position bei einer Polizeibehörde.

»Full-HD, höchste Auflösung.« Manfred war froh, dass er nie der Versuchung nachgegeben hatte, die Kamera auf eine geringere Auflösung zu stellen. Das wäre zwar bequem gewesen, weil er wochenlang jede Fahrt hätte filmen können, ohne wieder und wieder die Speicherkarte zu bereinigen. Aber er hatte immer den Hintergedanken gehabt, dass er irgendwann etwas filmen würde, bei dem die Qualität der Aufnahme sich als wichtig erweisen würde.

Vor ein paar Wochen wäre bei einer anderen Waldfahrt fast ein Bussard auf seinem Helm gelandet. Er wusste nicht, wer sich mehr erschrocken hatte, der Riesenvogel oder er selbst. Blöderweise hatte sich seine Videokamera vorher abgeschaltet, weil der Akku leer geworden war.

Dass sie nun ausgerechnet das schreckliche Geschehen des vergangenen Tages in bester Bildqualität ansehen konnten, war wahrlich nicht der Plan gewesen.

Manfred klappte sein Notebook auf, aber Schäbe winkte ab.

»Viel zu lahm, der Oldtimer.«

Er holte aus der Innentasche seines Jacketts ein weißes Tablet heraus, schaltete es ein und schob zeitgleich Manfreds Speicherkarte in den passenden Slot.

Brockmann rückte näher heran, damit er etwas sehen konnte. Manfred zeigte auf die Datei mit der entscheidenden Uhrzeit, und Schäbe startete mit einem Klick das Video.

»Das dauert gut zehn Minuten. Vielleicht vorspulen?« Manfred schaute fragend auf die beiden Kripoleute.

Brockmann winkte ab. »Nein, ich will das jetzt ganz sehen, die Zeit nehmen wir uns. Wo sind Sie da gerade? Lottern?«

»Das muss kurz vor Lottern sein. Genau, wir sind durch Beven durch und fahren ein ganzes Stück an der L 185 entlang, gut zehn Minuten, ganz neuer Belag. Flüsterasphalt vom Feinsten, ausnahmsweise mal auf einem Radweg, da schwebt man dahin wie auf Wolken.«

»Kann man da auch mit Inlinern fahren?«, wollte Schäbe wissen.

»Absolut, Herr Schäbe, bestens! Der Radweg ist breit genug. Es sind kaum Fußgänger unterwegs, nur ab und zu ein paar Fahrradfahrer. Aber das Hinkommen ist von hier aus nicht ganz einfach. Die meisten Wirtschaftswege sind zwar asphaltiert, aber oft dreckig. Hier am Niederrhein reinigt kaum einer diese Wege. Das ist hinter der Grenze in Limburg ganz anders. Ich glaube, die holländischen Bauern hängen hinter jeden Trecker einen Reinigungsanhänger.«

»Das kann sein!« Schäbe lachte und nickte zustimmend.

Brockmann dagegen interessierte die Fachsimpelei überhaupt nicht, und er wurde deshalb laut. »Habt ihr sie nicht mehr alle? Wir untersuchen einen Mord, und ihr lamentiert über Bauernwege?«

»Sie haben ja recht, sorry. Aber bitte nicht ganz so laut.« Manfred dachte an seine Nachbarn, vielleicht saß einer im Garten. Bei diesem Gespräch musste niemand zuhören. »Da vorne kommt gleich der Abzweig nach Hendigen. Wir fahren dann links, ganz blöde Querung, sehr unübersichtlich. Echt gefährlich, dass der schöne neue Radweg urplötzlich im Nirwana endet.«

Brockmann warf Manfred einen drohenden Blick zu.

Der verstand sofort und kehrte zurück zur Streckenbeschreibung. »Nun fahren wir in den Tannengrund. Da verpasse ich den Abzweig und wir landen im Wendehammer.« Manfred zeigte auf den Bildschirm. »Und ab jetzt fährt Erich voran.«

Gebannt beobachteten sie, wie Erich vor der Kamera in den Hohlweg einfädelte und auf dem abschüssigen Pfad stetig an Geschwindigkeit gewann.

»Mannomann! Das geht ganz schön bergab und wird immer enger. Und der tritt in die Pedale, um noch schneller zu werden!« Schäbe war beeindruckt.

»Das sehe ich jetzt auch, ich schätze mal, wir sind deutlich schneller als mit 20 km/h da hinunter. Haben Sie eigentlich meine Trackdaten ausgewertet? Es müsste festzustellen sein, wie schnell wir waren.«

»Ruhe! Gleich kommt die entscheidende Stelle!« Brockmann brüllte wieder, Schäbe hob beschwichtigend die Hände und Manfred schien es, als verdrehe er dabei die Augen.

Die beiden Eichen tauchten auf, dann folgte der entscheidende Augenblick. Danach kippte das Bild weg, Man freds Rad mit der Kamera am Lenker lag nun am Boden. Zuerst wackelte das Bild, kurz darauf fror es auf dem braunen Lehmboden ein, zeigte grüne Grashalme und ein paar Holunderbeeren. Von oben rechts ragte ein Ast ins Bild, und der Hintergrund verlor sich in der Tiefe des Heyderwaldes.

Keiner sagte etwas. Die kurze Stille würdigte den schlimmen Moment, bis Brockmann die Frage entfuhr, warum Manfred sich mit seinem verdammten Fahrrad nicht anders hingelegt habe.

Bevorzugt so, dass meine Kamera Erich zeigt, fügte Manfred in Gedanken hinzu. Am besten auch das Seil und den Täter. Dieser Brockmann ist ja ein toller Bursche! Manfred schüttelte den Kopf.

»Feierabend, Schäbe! Das war's für heute. Haben wir alles? Brauchen wir die Kamera? Das Notebook?« Brockmann stand auf.

Schäbe winkte ab. »Ich hab die SD mit den Originaldaten. Alles gut.«

Brockmann klopfte mit den Knöcheln seiner Faust unnötig laut auf den Tisch, so wie sich Menschen verabschieden, die nicht jedem einzeln die Hand geben wollen. »Gute Nacht, schlafen Sie gut, Herr Hanraths.« Aber das war es noch nicht. Einen musste der Kripomann noch rauslassen. Er drehte sich im Gehen um, sah erst Manfred, dann seinem Kollegen Schäbe tief in die Augen. »Habt ihr beiden Wegereinigungsspezialisten eigentlich den Radfahrer registriert, der die Gruppe auf der Landstraße zwischen Lottern und dem Abzweig überholt hat?«

Manfred und Schäbe sahen sich betreten an. Jemand hatte die Gruppe überholt? Das hatten sie beide nicht bemerkt.

Brockmann wandte sich zum Gehen, da fiel Manfred noch etwas ein, und er hatte sich doch vorgenommen, keine Informationen mehr zu verschweigen.

»Ach, Herr Brockmann, übrigens, die Tour von gestern, äh, vorgestern, also die mit dem Unfall, konnte jeder einsehen. Ich hatte nach der Planung vergessen, im Tourenportal den Privat-Schalter zu setzen.«

»Was? Was für einen Schalter meinen Sie?«

Manfred versuchte es zu erklären, und mit Schäbes Hilfe schaffte er es, Brockmann verständlich zu machen, dass der Routenplan öffentlich gewesen war, weil Manfred vergessen hatte, ihn für den Jedermann-Zugriff zu sperren.

»Na toll. Das erleichtert die Tätersuche ja enorm! Nur ein paar Tausend Internetfreaks mehr, die infrage kommen.« Es war Brockmann aber nun zu spät, um sich richtig aufzuregen. Ohne weiteren Gruß verließ er den Garten.

Schäbe trotte hinter ihm her, drehte sich halb um zu Manfred und sagte: »Tschüss, bis morgen!«

Manfred war wieder allein, Pakko auf der Couch neben ihm, und Britta lag längst schlafend im Bett.

Pübüpp. Sein Handy-Messenger.

BRITTA:

Sind die endlich weg?

01:23

MANNI:

Ups ... noch wach?

01:25

BRITTA:

Ich hab gelesen, und ihr
wart ziemlich laut!

01:25

MANNI:

Ja, sorry.

01:27

BRITTA:

Was war denn los?

01:28

MANNI:

Die hatten noch Fragen,
erzähl ich dir morgen.
Gute N8

01:29

BRITTA:

Nacht!

01:30

NEUNZEHN

Freitagmorgen. Manfred hatte seinen ersten Kaffeeliter getrunken, dazu sechs Scheiben von der frischen Kornkante gegessen, einem herzhaften Brot aus der nahen Bäckereifiliale. Der nervige Pakko war beim Frühstück wie ein hyperaktiver Torero um den Tisch getanzt, bis er endlich seine halbe Scheibe Kochschinken bekommen hatte, ein Wochentagsritual, das dem Hund und seinem Herrchen Spaß machte.

Gleich stand sein nächster Besuch im Polizeipräsidium an. Manfred hätte nicht gedacht, dass er dort nach so vielen Jahren wieder zum Dauergast werden würde. Die Kripo erwartete seine Unterschrift auf dem Vernehmungsprotokoll, außerdem sein Fahrrad wegen der Reifenabdrücke. Das war es dann aber, hoffte er.

Bis zum Präsidium war es nicht sonderlich weit, 15 Minuten mit dem Fahrrad. Britta würde ihn mit dem Auto abholen, dann wären sie in fünf Minuten wieder daheim. Und er im Büro mit seinem vollen Schreibtisch.

Im Präsidium suchte er lange, bis er den Trakt der Kriminaltechnik fand. Sein Rad verschwand hinter der Tür des KTU-Labors, aber er hatte die Zusage, dass er es ausnahmsweise schon nach der Mittagspause wieder abholen könne. Darum hatte er höflich, aber eindringlich gebeten, denn den Gedanken an ein Wochenende ohne Fahrrad fand Manfred nicht so toll. Auch wenn er längst nicht täglich per Rad unterwegs sein konnte – zumindest die Möglichkeit wollte er sich offenhalten. Eine Quittung erhielt er nicht, sein Fahrrad sei nicht beschlagnahmt worden. Er lasse es ja freiwillig da und nur für kurze Zeit.

Die Unterschrift auf dem Vernehmungsprotokoll war eine Formsache. Er überflog den Text nochmals und unterschrieb anschließend. Alles regelte eine nette ältere Dame. Brockmann war nicht in Sicht, und Manfred war zufrieden. Den muss ich heute nicht schon wieder haben, fand er.

Während er die Treppe hinunterlief, telefonierte er mit seiner Frau. »Das ging schnell hier, du kannst los. Ich komme dir entgegen und gehe die Bemelmannstraße hoch.«

Er überquerte die vierspurige Bernaustraße, eine der Hauptachsen der Stadt, da meldete sich sein Handy. Bernd war am Apparat. Manfred wunderte sich. Bernd war tagsüber in seinem neuen Job völlig eingespannt und während seiner Arbeitszeit nie erreichbar. Ob er einen Urlaubstag eingelegt hatte?

»Hey, Bernd, watt gibbet?«

»Du, wir müssen uns sehen. Bald! Geht heute Abend?«

Heute, an einem Freitag? »Bernd, du weißt schon, dass Wochenenden für mich tabu sind, Familienleben und so.«

»Hast du die PM der Polizei nicht gesehen?«

»Pressemitteilung? Polizei? Nein, hab seit Stunden keine Mails gecheckt.« Irgendwer hupte wie ein Verrückter, und Manfred sah sich ärgerlich um. Britta wartete im Auto. »Ich rufe dich gleich zurück.« Er drückte das Gespräch weg. Britta war offenbar sauer, weil er sie nicht bemerkt hatte.

»Mit deinem Handy wirst du mal begraben«, begrüßte sie ihn. »Ich stehe hier seit Minuten, und du hörst und siehst nichts. Mach mal ein bisschen flott. Ich habe gleich eine Hochzeit und keine Lust, zu spät zu kommen.«

»Tut mir leid, Bernd war dran und hat was von einer Pressemeldung gequasselt.« Manfred setzte sich auf den Beifahrersitz und schnallte sich an. »Ich muss kurz nachsehen, was die Polizei veröffentlicht hat.«

Britta fuhr los, und Manfred rief seine Mails mit dem Handy ab. Mindestens 20 neue Nachrichten wurden ihm angezeigt. Schnell scrollte er die Liste nach unten. Er fand gleich drei Pressemeldungen der Grawenhorster Polizei auf einmal.

09:20 ots.e-mail POL-GH	*Unfallbeteiligter stand unter Drogen ...*
09:32 ots.e-mail POL-GH	*Bei 50 km/h überleben 8 von 10 Fußgängern*
11:05 ots.e-mail POL-GH	*Unfall in Heyd, Fahrradfahrer lebens...*

Manfred klickte auf die dritte Mail. Sein Handy vibrierte, ausgerechnet jetzt. Ein Anruf mit unterdrückter Nummer. Bernd? Oder wieder ein Rentenberater? Er musste das Gespräch wohl oder übel annehmen, denn er leitete den Festnetzanschluss stets auf sein Mobiltelefon, wenn das Büro nicht besetzt war.

Bevor er sich melden konnte, dröhnte Brockmann ihm ins Ohr. »Unsere Pressestelle hat eben die Medien informiert, also über Herrn Normbrecht. Nur damit Sie sich nicht wundern, wenn Sie es im Radio hören oder morgen etwas in der Zeitung steht. Wir sprechen von einem

Unfall und halten unter der Decke, dass er getötet wurde. Die offizielle Sprachregelung lautet ›Lebensgefahr‹. Bitte halten Sie sich daran.«

Manfred hatte sein Handy vom Ohr weg auf Abstand genommen. Wenn Brockmann hektisch war, brüllte er so laut ins Telefon, als müsste ihn jeder über drei Straßen hören können. Bevor Manfred etwas erwidern konnte, hatte Brockmann das Gespräch beendet.

Manfred holte die Meldung der Polizeipressestelle auf sein Handydisplay und las sie laut vor, damit Britta verstand, um was es ging.

POL-GH: Unfall im Heyderwald – Fahrradfahrer lebensgefährlich verletzt
Grawenhorst – Am späten Mittwochabend kam es bei einer Radtour zu einem Unfall. Auf einem schmalen Waldweg verlor ein 49-jähriger Fahrradfahrer die Kontrolle über sein Fahrrad, prallte gegen einen Baum und zog sich schwere Verletzungen im Halsbereich zu. Das Unfallopfer schwebt aktuell in Lebensgefahr und konnte bisher nicht befragt werden.
Zeugen des Unfalls waren mehrere Teilnehmer einer Gruppe Fahrradfahrer. Die Unfallursache konnte bisher nicht ermittelt werden. Die Polizei untersucht zurzeit das Fahrrad des Verunglückten.

»Britt, der Brockmann hat mir gerade erzählt, dass sie nicht bekannt geben wollen, dass Erich tot ist. Was das nur soll? Das weiß doch eh schon halb Grawenhorst. Als wenn sich das nicht längst herumgesprochen hätte. Mich haben gestern noch ein paar Tourteilnehmer angerufen, und denen habe ich es gesagt. So was kann man in diesem Dorf nicht geheim halten. Oder?«

Britta nickte, sagte aber nichts. Sie hatte das ungute Gefühl, dass der Unfall sie beide bald mehr belasten würde, als ihnen lieb war. Aber sie wollte sich damit nicht beschäftigen. Sie musste sich auf die Hochzeit einstimmen und verdrängte dafür alles andere. Für 11:30 Uhr war der Termin auf dem Standesamt angesetzt. 120 Gäste. Im kleinen Grawenhorster Standesamt hatten die jedoch nicht alle Platz. 80 Leute mussten draußen bleiben und auf den Sektempfang warten.

Danach würde es auf Schloss Mildenrath weitergehen, dem Sternerestaurant am westlichen Stadtrand mit dem niederrheinischen Starkoch Ferdinand Altenbach.

Ein langer Tag stand Britta bevor, acht Stunden fotografieren. Zwischen den Paarfotos im Schlosspark und dem Menü am Abend würde sie zwei Stunden Pause haben. Das machte es angenehmer, sie würde sich im Auto ein wenig ausruhen.

Während Britta gedanklich schon bei der Hochzeit war, hatte Manfred wie versprochen Bernd zurückgerufen.

»Geht in Ordnung, Bernd. Wann heute Abend?«

»Um acht im Nero. Danke, Manni, und bis später.«

ACHTZEHN

Endlich wieder daheim. Als Manfred ankam, sah er kein Licht im Schlafzimmer. Britta schlief also schon. Sie war gewiss völlig erledigt von der langen Feier, bei der sie fotografiert hatte. Nur Pakko begrüßte ihn stürmisch; er mochte es nicht, wenn Mitglieder der Familie ohne ihn unterwegs waren.

Die Eltern von Pakko kannten sie nicht, wussten also nicht, welche Hunderassen in ihm steckten. Immer mal wieder wurden sie danach gefragt. Ihre Standardantwort lautete: »Niederrheinischer Bäsbo.« Das kam gut an, denn von dieser Rasse hatten die Leute noch nie gehört und nun stand so ein Hund leibhaftig vor ihnen. »Bäsbo« war die Abkürzung für Basset-Bobtail. Britta hatte sie erfunden, ihrem Köter war es egal.

Tatsächlich hatte ihr Hund typische Eigenschaften von beiden Rassen, nur die unterschiedlichen Augenfarben passten nicht. Rechts aquamarinblau, links dunkelbraun. Je nachdem, wie Pakko einen anschaute, sah er entweder gefährlich aus wie ein hungriger Wolf oder lieb wie ein neugeborenes Lamm.

Vor drei Jahren hatten sie ihren ersten gemeinsamen Hund in hohem Alter nach langem Zögern einschläfern lassen. Zuerst wollten sie keinen neuen, aber dann hatte Britta aus Langeweile im Internet gesurft und einen Video-clip gesehen. Sie hatte sich prompt in den Hund verguckt und ausdauernd mit der Tierschutzorganisation telefoniert. Die Organisation hatte daraufhin sogar eine ehrenamtliche Mitarbeiterin geschickt, die sie und ihr Heim unter die Lupe genommen hatte. Manfred hatte das völlig überzogen gefunden, aber als die Frau da gewesen war, hatte er sich freundlich und nett gegeben.

Britta hatte ihn vergattert, sie wollte diesen Hund haben. »Wehe, wenn du das vermasselst«, hatte sie ihm gedroht.

Sechs Wochen später war Manfred gemeinsam mit Mitch, ihrem Sohn, nach Saarbrücken gefahren. »600 Kilometer für 'ne Töle«, hatte er gemault. Dabei hatte er sich auch längst in ihren neuen Hund verliebt gehabt.

Vor dem von Bernd verordneten Treffen hatte er sein Rad im Präsidium abgeholt. Die freundlichen Kriminaltechniker hatten es an der Wache neben der Schranke deponiert, nachdem er sie am Mittag telefonisch darum gebeten hatte. Um sieben war er losgezogen, die 35 Minuten Fußmarsch hatten ihn zuerst geärgert. Dann aber war er gemütlich den kürzesten Weg gegangen und hatte sein Fahrrad zurückbekommen. Das hatte auch ohne Quittung problemlos funktioniert.

Im Nero hatte er überrascht festgestellt, dass nicht nur Bernd, sondern sechs der sieben Vorstandsmitglieder auf ihn warteten. Er berichtete detailliert vom Unfall, sagte aber nicht, dass Erich tot war. Wie vermutet, wussten jedoch alle bereits Bescheid. Wahrscheinlich hatte Bernd es ihnen erzählt. Oder die Tourteilnehmer, die Manfred am Abend nach dem Unfall angerufen hatten.

Die Vorstandsmitglieder verständigten sich darauf, keine Stellungnahme zu veröffentlichen. Bernd gab diese

Marschrichtung vor. »Lasst uns erst mal die Füße still-halten.«

Manfred bestätigte ihn darin und sagte, dass die Polizei den Tod Erichs noch nicht bekanntgeben wolle. Sie würden also auch abwarten, wie der Fall sich entwickelte. Man war sich einig, das Geschehene erst mal nicht weiter zu verbreiten.

Danach organisierten sie fast zwei Stunden lang ihre Bike-Night für den morgigen Samstag. Manfred freute sich auf den Event und hörte einfach zu. Die traditionelle Nachtfahrt war ein Highlight während des Stadtradelns, der dreiwöchentlichen Klimaschutzaktion, an der die Stadt seit ein paar Jahren teilnahm. Start war um 21 Uhr, sie würden Knicklichter verteilen und grellgelbe Warnwesten. Aus der Erfahrung der vergangenen Jahre wussten sie, dass die Teilnehmer großen Spaß daran hatten, ihre Räder mit allen möglichen Lichtern und blinkendem Allerlei zu schmücken.

Ellen verkündete begeistert, dass die ersehnte Lieferung aus den Staaten gerade rechtzeitig angekommen war. Ein LED-Lichtsystem für die Speichen. »Kann man per Handy-App bedienen. Mein Rad wird so geil aussehen, lasst euch überraschen!«

Nach etlichen Detaildiskussionen, es war schon fast elf, stellte Bernd fest, dass alles geregelt war. Die Polizei würde mit einem Mannschaftswagen vorneweg fahren wie in den Vorjahren. »Die Polizeifahrradstaffel sichert links und rechts die Kreuzungen ab, und wir unterstützen sie dabei.«

Manfred gähnte. Er dachte an Erich und daran, dass es wahrscheinlich Mord gewesen war. Irgendwann würde ein Journalist kapieren, was wirklich passiert war, und dann würde die Post abgehen. Den Zweckoptimismus der Vorstandsleute teilte er nicht, hielt sich aber bewusst mit Spekulationen zurück.

Seltsamerweise hatte ihn den ganzen Abend über niemand gefragt, ob er seine Mittwochstour fortführen werde, und Manfred war ganz froh darüber. Er wusste es nämlich noch nicht. Alles in ihm sträubte sich dagegen, die geliebten Touren abzusagen, und er verschob die Entscheidung auf den Wochenanfang. Lebendig werden würde Erich durch eine Absage auch nicht wieder.

Es war fast zwölf, als er zu Hause ankam. Er stellte sein Fahrrad in die Garage, ging ins Haus und ließ sich auf die Couch fallen.

Ein paar Zeitungsseiten später stieg er leise neben Britta ins Bett. Jetzt ist erst mal Samstag und am Abend ist die Bike-Night. Ein Tag ohne Brockmann, dachte er, zog die Decke über den Kopf und war innerhalb weniger Minuten eingeschlafen.

Der Samstag war nicht halb so toll, wie Manfred ihn sich gewünscht hatte. Brockmann blieb zwar unsichtbar, dafür hatte Britta zwei Bäume im Visier, die wegmussten. Aus ihrem Garten. Durch ihn. Eigentlich hatte er eine schöne Tour durch den Grenzwald ins Maastal und zurück angedacht, aber er kam bei ihrem späten Frühstück nicht mal ansatzweise dazu, die Idee zu äußern.

»Die beiden Koniferen müssen gefällt werden, die sind schon halb kaputt, zu groß und sehen furchtbar aus! Der Garten ist mir zu dunkel, ich will da ein Blumen- und Kräuterbeet anlegen.« Britta verkündete den Tagesplan, bevor er sein erstes Brötchen geschmiert hatte.

Manfred ergab sich in sein Schicksal – gegen Brittas endlose Argumentationskette war kein Kraut gewachsen. Er handelte jedoch ein Zugeständnis aus. »Okayyy, aber dann fährst du heute Abend mit.«

Britta reagierte nicht, doch er wusste aus Erfahrung, dass der Deal stand und sie nicht kneifen würde.

Manfred stand auf, ging zur Treppe und rief hinauf: »Mitch, kommst du bitte mal runter? Miiitch!«

»Mitch ist bei Lion.«

»Shit, der hätte mir gut im Garten helfen können.«

Zwei Stunden nachdem Manfred endlich die letzten Reste der Koniferen durch das Gartentor geschleppt und in den Anhänger verfrachtet hatte, war er mit Britta zum Welling-platz unterwegs. Dort würde gleich die nächtliche Radko-lonne starten. Sie fuhren auf der Lindenallee und würden in 20 Minuten am Ziel sein. Per Messenger entschuldigte er sich bei Bernd.

MANNI:

Bin spät dran, kann beim Aufbau nicht helfen.

20:14

BERND:

Alles gut, mach mal.

20:16

Am Wellingplatz war beste Stimmung.

»Super, der Platz ist proppenvoll, Britt.« Manfred schätzte, dass mehr als doppelt so viele wie im Vorjahr gekommen waren.

Es war schon Viertel vor neun, fast dunkel, und überall blinkten, glitzerten, leuchteten und strahlten die unterschiedlichsten, oft aufwendig geschmückten Fahrräder. Ein tolles Bild.

»Mein Bruder hat mir am Morgen geholfen und die LEDs programmiert.« Ellen präsentierte stolz ihre neuen Speichenlichter. Die Räder glichen einer kleinen Lasershow aus wechselnden bunten Lichtern, und sie drehte unter Applaus Ehrenrunden um den Platz.

15 Minuten später, nach erfreulich kurzen Ansprachen, startete Bernd gemeinsam mit dem Grawenhorster Oberbürgermeister die Nachtfahrt. Bernd hatte eine Starterpistole besorgt und dem OB in die Hand gedrückt Die beiden Fotografen der Lokalzeitungen griffen das Motiv mit OB Hansgerd Maudert gerne auf.

Ellen hatte während ihres Vorbereitungstreffens eine Leuchtspurpistole vorgeschlagen. Sie hatten kurz diskutiert, ob so etwas in der Innenstadt denkbar wäre, die Idee aber verworfen. Vielleicht im nächsten Jahr.

Manfred und Britta fuhren vorne mit. Die Route ging zum Theater ins Gründerzeitviertel, von da nach Süden auf der Horgallee am Weiher und den Szenekneipen vorbei, wo sie von den Jugendlichen, die hier abhingen, grölend begrüßt wurden. Hinter dem alten Rathaus, wo Britta gestern die standesamtliche Hochzeit fotografiert hatte, querten sie die Bemelmannstraße, fuhren dann in einem großen Bogen um den Juliapark herum, unter der Bahn durch und auf der Zabelsberger Straße in den Grawenhorster Osten, die sogenannte Bronx. Eigentlich hieß der Stadtteil Brongen.

Nun waren sie schon 50 Minuten in der Stadt unterwegs, mitten auf der Straße. Bei solchen Sonderveranstaltungen war das erlaubt, vor allem mit Polizeibegleitung. Der Rundkurs über zwölf Kilometer war fest geplant und frühzeitig abgestimmt mit dem städtischen Ordnungsamt und der Verkehrsdirektion der Polizei.

Nicht mit den Behörden abgestimmt waren die vielen Bengalos, die eine Gruppe junger Leute zündeten. Der grelle Lichtschein überstrahlte alles, und die Rauchentwicklung war beachtlich.

»Das wird sicher ein Thema in der Nachbesprechung sein.« Manfred zuckte mit den Schultern. Und nächstes Jahr würde in der Genehmigung stehen, dass Bengalos nicht mitgeführt werden dürfen. Wie der Veranstalter das gewährleisten sollte, würde den Behörden egal sein.

Die Kids, etwa 20 an der Zahl, fuhren mit Gejohle im Pulk, alle mit einer Hand am Lenker, in der anderen eine gleißend hell brennende Fackel. Alle waren komplett schwarz bekleidet und trugen Shirts mit einem fetten gelben Aufdruck. Eine geschlossene Faust auf zwei Rädern und darunter der geschwungene Schriftzug »RADGUERILLA«.

Manfred erkannte die Faust als das Logo der Critical-Mass-Bewegung und grinste. »Radguerilla, nicht schlecht.« Die CM-Aktivisten hatten wieder einmal eine neue Idee realisiert.

Die weltweite Critical-Mass-Bewegung hatte Grawenhorst vor fünf Jahren erreicht. Seitdem fand der Event an einem festen Freitag im Monat statt. Um sechs am Abend ging es los, und Startpunkt war immer der Horgweiher.

Bei einer Critical Mass trafen sich viele Radfahrer scheinbar zufällig und fuhren gemeinsam los. Wer gerade vorne fuhr, entschied, wo es lang ging. Das war in New York so, in Berlin wie in München. In Grawenhorst drehten die Teilnehmer traditionell zwei Runden um den Weiher, bis vorne einer ausscherte und aus der verkehrsberuhigten Zone auf eine der angrenzenden Straßen wechselte. Oft ging es zuerst über die Horgallee zum Primatenhügel und dann am Landgericht vorbei nach Norden. Egal wo die CM-Kolonne unterwegs war, der Feierabendverkehr der Stadt lag dort lahm. Mit dem Slogan »Wir sind der Verkehr« demonstrierte die bunte Fahrradgemeinde einmal im Monat für mehr Rechte der Fahrradfahrer und für bessere Radwege. Am letzten Augustfreitag waren über 500 Teilnehmer mitgefahren.

Noch ein paar Hundert Meter, dann würde die Schlange der Bike-Night-Teilnehmer links abbiegen in die lange Bahnunterführung. Der Mehrbahntunnel war seit einem Jahr für Autos gesperrt und ausschließlich für Fußgänger, Fahrräder und Mofas freigegeben.

»Das sieht wirklich toll aus. Die vielen Lichter im dunklen Tunnel. Bin ich froh, dass ich mitgefahren bin, Manni.« Britta war begeistert.

»Ja, Britt. Davon werden alle noch lange erzählen. Perfekt.«

Kurz vor dem Start hatte er Chris Bernhard getroffen, mit neuer Lebensgefährtin an der Seite. Manfred hatte sich ein paar Minuten auf Small Talk eingelassen und dann die Planung zur Central-City angesprochen. In dem Gebiet waren bereits vor fünf Jahren die maroden alten Markthallen abgerissen worden. Und nun sollten dort in bester Stadtlage viele hochwertige, sicher auch teure Wohn- und Gewerbeeinheiten entstehen.

Beim Aktiventreffen hatte Bernd ihm erstmals davon erzählt und angekündigt, dass sich die Bezirksvertretung

West damit beschäftigen werde. »Geh da mal hin und hör dir das an, Manni.«

Und ein paar Tage später hatte er sich erstmals auf die Besucherstühle der Bezirksvertretung gesetzt.

In der Zeitung hatte er vorher gelesen, dass in dem Projekt auch eine neue Fahrradtrasse geplant war, der »Oweras«. Die Abkürzung stand für Ost-West-Radschnellweg. Beginnend in der neuen Central-City, sollte die komfortable Fahrradstrecke weitgehend kreuzungsfrei über sieben Kilometer das zeitgleich entstehende neue Gewerbegebiet im städtischen Westen anbinden.

Die Stadtverwaltung hatte das Projekt vor drei Jahren angeschoben und damit die Öffentlichkeit und auch die Mehrheitsfraktion im Stadtrat ziemlich überrascht. Der neue Dezernent, damals gerade mal 100 Tage im Amt, hatte Elan und Kompetenz demonstrieren wollen und sein erstes Leuchtturmprojekt in Sachen Verkehr gestartet.

Schade nur, dass fast zwei Kilometer des angedachten Schnellwegs mitten durch die historische Bebauung des Gründerzeitviertels verliefen, und etliche Anwohner des »Gründer«, wie die Grawenhorster den alten Stadtteil liebevoll nannten, nun um ihre Parkplätze fürchteten. Die ersten erhoben schon Einwände, und Chris Bernhard gehörte zu den lokalen Politikgrößen, die gerne den Finger in den Wind hielten, bevor sie sich festlegten.

Nach der Sitzung hatte Manfred ein Bier im Ratskeller getrunken, Chris Bernhard war auch da gewesen. Sie waren ins Gespräch gekommen, und seitdem duzten sie sich.

Eigentlich war Verkehrspolitik nicht Manfreds Ding, aber das Projekt fand er spannend. Von den alten Markthallen führte seit jeher auch ein holpriger Radweg in den Süden; vielleicht bestand ja die Chance, dass der neue Schnellweg irgendwann bis zu ihnen nach Minssen fortgeführt wurde.

Inzwischen zockelten sie im gemächlichen Tempo der Bike-Night nebeneinander her. Britta links auf ihrem geliebten alten Hollandrad, Chris Bernhard rechts von ihm auf einem City-E-Bike und daneben ihre neue Liebe auf einem blitzblanken Mountainbike. Siggi, der Technikfreak des Grawenhorster ADFC, hatte das Rad vor dem Start fachmännisch inspiziert. Ein »Santa Cruz Bronson«, sicher über 3.000 Euro. Und Manfred hatte sich gefragt, was Feuerwehrfrauen so verdienen. Die Neue von Chris, Heide Simonns, hatte kürzlich einen Wettbewerb als »Toughest Feuerwehrfrau vom Niederrhein« gewonnen.

Manfred warf einen Blick nach rechts. Die durchgestylte schlanke Frau auf dem Bronson sah aus, als könnte sie gut bezahlte Fernsehwerbung für jede anspruchsvolle Fitnesskette machen.

Chris Bernhard war seit gut 15 Jahren ständiges Mitglied der Bezirksvertretung und seit der letzten Kommunalwahl Bezirksvorsteherin im Westen. Sie war bestens vernetzt und immer gut informiert. Wenn sie nicht dabei war, wurde sie nur CB genannt, jeder wusste warum, die Langfassung »CB-Funk« musste niemand mehr aussprechen.

Chris Bernhard war viele Jahre gut situiert verheiratet gewesen mit Hans Bernhard. Sie hatten zwei gemeinsame Kinder, schon einigermaßen erwachsen, irgendwo im Ausland studierend und selten in Grawenhorst. Was für die beiden Zöglinge in diesen Tagen auch ganz angenehm war, denn vor sechs Monaten, beim alljährlichen Grawenhorster Theaterball, trat die Bernhard erstmals nicht an der Seite ihres langjährigen Gatten auf, sondern Hand in Hand mit Heide Simonns. Gegen den üblen Stadtklatsch war das die ideale Offensive. Das Bild der beiden in der Zeitung am nächsten Morgen war ähnlich eindeutig wie vor Jahren der Spruch eines Berliner Bürgermeisters: »Und das ist auch gut so.«

»Wie ist der Planungsstand, Chris? Kommt der Oweras?«, wollte Manfred wissen, kurz bevor sie in die Bahnunterführung fuhren.

Chris Bernhard musste brüllen, denn nun passierten sie die Bahnlinie und ein Intercity raste über ihnen auf der Hochbahntrasse vorbei. »Wir wissen noch nicht, wie wir uns entscheiden. Die Frage ist, ob der Radweg durchgehend vier Meter breit sein muss.«

Manfred hatte so etwas schon befürchtet. Die Verwaltung präsentierte endlich einmal eine gute Idee für Fahrradfahrer, und nun ging das manchem Bürger und ihren gewählten Vertretern zu schnell und zu weit, und die traten möglicherweise auf die Bremse. Die Central-City war ein Megaprojekt, fette dreistellige Millionensummen würden aufgerufen, die örtliche Sparkasse und ein internationales Finanz-Konsortium waren im Boot. Der Dezernent hatte das Hand in Hand mit der GHWF, der städtischen Wirtschaftsförderungsgesellschaft, eingefädelt. Aus ersten Gesprächen bei der Expo-Real in München waren ernsthafte Kontakte mit potenten Investoren entstanden.

Nun wollten alle etwas vom Kuchen haben, auch die Platzhirsche, dabei aber keine Kratzer am Geweih davontragen.

Manfred überlegte und wandte sich wieder an die Bezirksvorsteherin auf dem Rad neben ihm. »Chris, ihr müsst klarstellen, wo ihr steht.«

Der Bernhard ging das Gespräch zu weit, sie verlangsamte ihr Tempo, fiel schnell zurück, und Manfred verlor sie aus den Augen. Er glaubte noch gesehen zu haben, dass die CB mit dem Handy am Ohr anhielt, war sich aber nicht sicher.

»Britt, bin gleich wieder da, ich dreh mal eben 'ne Runde.« Manfred wendete sein Rad und fuhr vorsichtig, aber gezielt zurück, immer so, dass die laufende Kamera an seinem Lenker möglichst viele Radfahrer einfing, und drehte dabei ein paar gewagte Runden mitten durch den Pulk. Die Bernhard sah er nicht mehr.

Fünf Minuten später hatte er seine Frau wieder eingeholt und sie fuhren gemeinsam die letzten Meter zum Wellingplatz.

Um zehn saßen sie zusammen im Biergarten des Petros. 15 aus dem Aktivenkreis, außerdem zehn oder elf, die irgendwen kannten und mitgekommen waren. Bernd hatte OB Maudert und zwei Mitarbeiter der Stadtverwaltung einladen wollen, aber alle hatten sich entschuldigt und waren schnell weg gewesen, genau wie die Polizisten, die einen guten Job gemacht hatten, doch nach der Bike-Night möglichst schnell nach Hause wollten.

Manfred suchte in der Menge nach Chris Bernhard, fand sie aber nicht. Nur Heide Simonns erkannte er auf der Bank neben dem Schachbrett inmitten des Wellingplatzes. Sie sah sich immer wieder um, wahrscheinlich hielt auch sie Ausschau nach ihrer Lebensgefährtin.

Die Kneipen am Wellingplatz waren ein beliebter Treffpunkt, seitdem der Platz im Frühjahr neugestaltet und der

Autoverkehr drum herum reduziert worden war. Gleich zwei neue Restaurants hatten eröffnet, nun gab es sechs. Alle waren begeistert: die jungen Leute, die längst grau gewordenen Herrschaften der früheren linken Szene, die Gastwirte wegen des Umsatzes. Sogar die Stadtverwaltung, die saftige Sondernutzungsgebühren für Tische und Stühle im öffentlichen Raum kassieren konnte.

»Bernd, das mit dem Tunnel war eine tolle Idee.« Britta ging selten aus sich heraus, aber wenn sie etwas bewegte, dann wurde sie schnell überschwänglich.

Alle nickten, Bernd aber winkte ab. »Ich habe keine Ahnung, warum die Lampen in der Unterführung ausgefallen sind. Das war also eher ein schöner Zufall.«

Manfred sparte sich einen Kommentar. Er hatte die Sachbeschädigungsmeldung der Polizei gelesen, wollte die schöne Stimmung damit jedoch nicht trüben.

»Booohhh, Leute, ich war eben beim Kebab-König. So lecker, da müsst ihr mal hin. Da gibt's die besten Döner vom Niederrhein.« Rolf machte sich lautstark in der Runde bemerkbar.

Manfred kannte den Imbiss an der Martinstraße, er hatte dort schon eine Portion Pommes Frites gegessen. Allerdings war ihm der Laden ziemlich leer vorgekommen und er hatte lange warten müssen, weil das Frittenfett erst aufgeheizt werden musste.

»Warum der Laden läuft, weiß kein Mensch.« Siggi bestätigte seine Einschätzung. »Das ist bestimmt 'ne Geldwaschanlage.«

Alle lachten. Die Kellnerin brachte ein volles Tablett und zeigte auf Rolf. »Ist 'ne Runde. Von ihm.«

Rolf, die Quasselstrippe, wie sie ihn heimlich nannten,

kam seit anderthalb Jahren regelmäßig zu ihren monatlichen Dienstagstreffen, beteiligte sich lebhaft an allen Diskussionen, steuerte aber selten etwas Substantielles bei. Immerhin half er gerne beim Auf- und Abbau ihres Infostands. In den letzten Wochen hatten sie ihn jedoch kaum gesehen.

»Ich gebe einen aus. Erbschaft! Heute Morgen haben wir Elkes Tante unter die Erde gebracht. Nun gehört die Firma mir, also uns, und ich übernehme den Laden als Geschäftsführer.«

Sie wussten, dass »die Firma« ein großer Sanitärhandwerksbetrieb war. Rolf hatte öfter ausführlich davon erzählt. Und obwohl sich alle über ihr Freigetränk freuten, schauten sie sich doch etwas betreten an. Rolfs pietätlose Freude am Tag der Beerdigung kam nicht gut an.

Manfred dachte zurück an sein erstes Treffen mit Rolf beim letzten NRWT, dem Niederrheinischen Radwandertag am ersten Julisonntag. Zusammen mit Siggi hatte er den Infostand am Juliapark gerade aufgebaut, als Rolf mit seiner hübschen Frau angefahren gekommen war. »Schatzi, hier können wir endlich unsere neuen Räder kodieren lassen«, hatte er gesagt und angehalten.

Die Kodierung schützte zwar nicht vor Diebstahl, konnte aber helfen, gestohlene Fahrräder dem Besitzer zurückzubringen. Dafür wurde in den Rahmen der Räder eine Kombination aus Buchstaben und Ziffern gefräst, die Aufschluss über den Eigentümer und seinen Wohnort gaben. Manfred verstand bis heute nicht, warum das nicht mit einer Registrierung der werkseitigen Rahmennummern funktionierte, wie bei Autos mit der Fahrgestellnummer. Letztlich war es ihm aber egal, denn der Service des ADFC wurde gerne angenommen. Und gelegentlich gewannen sie dabei sogar ein neues Mitglied.

Immer wenn sie gemeinsam den Infostand betreuten, machte Siggi den Versuch, Manfred in die Bedienung seiner Kodierfräse einzuführen. Manfred hielt ihm dann jedes Mal beide Hände mit Daumen nach links entgegen.

»Siggi, das hat keinen Sinn, ich bin Sesselfurzer, kein Handwerker. Es reicht, wenn ich an meinem eigenen Rad etwas kaputtrepariere. Von anderen Fahrrädern halte ich mich besser fern.«

Auf jeden Fall war Rolfs Ehefrau eine wirklich sympathische Person. Während Siggi die Kodierung durchgeführt und Rolf ihm zugeschaut hatte, hatte Manfred sich angeregt mit der attraktiven Blondine unterhalten. Mit glänzenden Augen hatte sie ihm von ihrer letzten GBI berichtet. Sie waren zu zwölft über 630 Kilometer quer durch Norwegen gefahren. Von Bergen über Myrdal durch den Hallingskarvet Nationalpark bis Oslo und von dort mit der Fähre zurück nach Kiel. Manfred kannte die Global Biking Initiative, aber nur aus den Erzählungen einiger Teilnehmer. Touren über Tage und vor allem über Berge waren nichts für ihn, da würde er nie mitmachen.

Rolfs Frau hatte gelacht. »Jetzt kommen wir aber nur aus der Wochenendhütte, nicht aus Norwegen.«

Später hatte Rolf das legendäre Wochenendhaus immer wieder erwähnt. Es lag direkt am nahen Sibalsee und musste ein stattliches Anwesen sein, eher keine Hütte. Seine Frau hatte es mit in die Ehe gebracht.

Während Rolf noch immer vom Kebab-König schwärmte, überlegte Manfred angestrengt, wie Rolfs Frau hieß. Aber an den Namen konnte er sich beim besten Willen nicht erinnern. Nun zog er seine Kamera aus dem Plexiglasgehäuse – dieses Mal hatte er sie nicht am Lenker vergessen – und hielt sie stolz hoch.

»Hab alles aufgenommen und im Tunnel ein paar Extrarunden gedreht. Keine Ahnung, ob die Kamera die Atmosphäre so wiedergibt, wie wir es erlebt haben. Morgen weiß ich mehr. Auf jeden Fall schneide ich einen schönen Clip zusammen, auch als Werbung für nächstes Jahr. Oder … Eigentlich könnten wir die Bike-Night auch monatlich fahren, was meint ihr?«

Während alle um die zusammengeschobenen Tische zustimmend klatschten, spürte Manfred plötzlich, wie jemand seinen rechten Arm festhielt und nach seiner kleinen Kamera griff. Manfred stand verärgert auf, drehte sich um und stieß fast mit Brockmann zusammen.

»Ihre Kamera ist hiermit beschlagnahmt. Und bevor Sie fragen, warum – in der Bahnunterführung haben wir eine Leiche gefunden. Mitsamt einem Fahrrad. Tut mir leid für Ihren fröhlichen Abend.«

Bernd, der die Bike-Night auch in diesem Jahr wieder federführend organisiert hatte, stand ruckartig auf, sprach ein paar Worte mit Brockmann, und sie tauschten ihre Visitenkarten.

Brockmann machte kehrt, ging grußlos und schnellen Schrittes zu einem wartenden Pkw, stieg ein und entschwand in der halb dunklen Einbahnstraße.

Bernd setzte sich wieder hin. Alle sahen ihn gespannt an und erwarteten etwas Neues.

»Tja, die Polizei geht davon aus, dass es kein Unfall war. Mehr hat er nicht gesagt.«

Plötzlich redeten alle durcheinander. Die zum Mittwochsvorfall eingeweihten Vorstandsmitglieder hielten sich bedeckt, schauten sich nur betreten an.

Bernd versuchte zu beschwichtigen. »Leute, lasst das erst mal sacken. Machen wir Schluss für heute. Morgen ist ein neuer Tag, morgen wissen wir sicher mehr.«

SIEBZEHN

Auf dem Heimweg redeten sie pausenlos, mal Britta, mal Manfred. Brockmann hatte angekündigt, dass sie allesamt vorgeladen werden würden. Und ernsthaft gefragt, ob es eine Teilnehmerliste gebe. Von der Bike-Night. Nach Brockmanns Auftauchen hatte keiner mehr gelacht, alle waren fassungslos gewesen. Zwei Tote Radfahrer in vier Tagen, beide Male bei ADFC-Veranstaltungen und beide Male war es kein Unfall gewesen.

Morgen würde niemand mehr erfahren. Im Sonntagsblatt konnte noch nichts dazu stehen, das war längst gedruckt und würde schon in ein paar Stunden ausgeliefert werden. Spätestens am Dienstag jedoch würden die beiden Opfer die Titelseiten füllen, vielleicht bereits am Montag. Das kam darauf an, wann die Polizei mit den Informationen an die Öffentlichkeit ging. Darüber sprach er mit Britta auf dem Heimweg.

»Möglicherweise schon morgen, dann würde es zumindest im Radio und Fernsehen kommen«, überlegte Britta.

»Unwahrscheinlich«, gab Manfred kurz angebunden zurück. »Und bei unserem Treffen am Dienstag brauchen wir keine Tagesordnung, da wird es nur ein Thema geben.«

Manfred fielen die kaputten Lampen im Tunnel ein. Ob das wirklich jugendliche Chaoten gewesen waren? Oder hatte da jemand gezielt vorgearbeitet?

Zu Hause angekommen, ging Manfred ungewöhnlich

früh zu Bett, schlief fest und traumlos und wachte ansatzlos auf, als sich um kurz nach fünf sein Handy meldete.

Pübüpp. Der Messenger. Bernd? Der Frühaufsteher trank wahrscheinlich gerade seinen ersten Kaffee.

BERND:

> http://rp-online.de/nrw/
> staedte/grawenhorst/
> bikenight

05:11

Manfred folgte dem Link und gelangte zum Online-Portal der Rheinischen Post. Er landete bei einem schönen Bericht über ihre Bike-Night mit dem nächtlichen Foto. Der OB mit der Pistole in seiner nach oben gestreckten Hand, daneben Bernd im orange-blauen Dress, dahinter viele bunt leuchtende Fahrräder.

Manfred war froh. Eigentlich hatte er mit dem Unfallbericht gerechnet. Er schwang sich aus dem Bett und lief die Treppe runter zu Haustür und Briefkasten. Das wöchentliche Anzeigenblatt lag wie an jedem Sonntagmorgen im Kasten.

Bevor er sich versah, schlüpfte Pakko durch seine Beine, rannte zum nächsten Baum, hob sein Bein und blickte sein Herrchen dabei erwartungsvoll an. Manfred brauchte einige Minuten, bis er seinen Hund wieder ins Haus gelotst hatte.

Er schlug die Zeitung auf dem Tisch auf, ging die Seiten durch und fand auf der vierten die gesuchte Notiz:

Unfall im Heyderwald
Radfahrer in Lebensgefahr

Grawenhorst. Am Mittwochabend verlor ein 49-jähriger Grawenhorster auf einem Waldweg in Heyd die Kontrolle über sein Fahrrad, prallte gegen einen Baum und zog sich schwere Verletzungen zu.

Das Unfallopfer schwebt nach Polizeiangaben in Lebensgefahr und ist nicht ansprechbar. Die Grawenhorster Polizei befragt zurzeit Teilnehmer einer Fahrradtour und untersucht das Fahrrad des Verunglückten.

Britta und er machten sich einen schönen Sonntag in Limburg bei Maaslo. Mit Pakko wanderten sie etliche Kilometer am ruhigen Fluss entlang. Hier, nah an der Maas, konnten sie ihren Hund frei laufen lassen, weit und breit waren keine Rinder oder Schafe in Sicht, und die belebten Radwege verliefen weiter oben. Manfred vergaß tatsächlich ein paar Stunden die angehäuften Probleme. Britta erzählte von der Hochzeit am Freitag mit wirklich netten Leuten und dem ausgezeichneten Essen vom Altenbach im Schloss Mildenrath. Das Hochzeitspaar hatte seine Fotografin spontan dazu eingeladen.

»Morgen sitze ich erst mal etliche Stunden am PC. Fast 1.400 Bilder. Puh!«

Die Fotos würde Britta sichten, aussortieren und auf etwa hundert pro Auftragsstunde reduzieren. Sie hatte neun Stunden fotografiert, erst im Grawenhorster Standesamt mit dem kleinen Sektempfang vor dem Portal, danach beim großen Fest im Schloss. Außerdem die üblichen Paarbilder im Schlosspark und am Abend die Schlacht am reichhaltigen Buffet. Zuletzt zwei Stunden Party. Gegen elf hatte sie Feierabend gehabt. Sie war noch nicht lange zu Hause gewesen, als Manfred heimgekommen war.

Auf der Heimfahrt von Maaslo summte Manfreds Handy. Er saß jedoch am Steuer und konnte nicht nachsehen.

»Das ist 'ne E-Mail.« Manfred hörte das am Tonsignal. Er bat seine Frau, das Mail-Programm zu öffnen.

»Von der Polizei, von Brockmann.« Britta öffnete die E-Mail. »Du sollst morgen um zehn im Präsidium sein. Der fragt nicht mal, ob das geht.«

»Kein Wunder, Britt, die rotieren gerade. Zwei tote Radfahrer hintereinander, und beide Male kein Unfall. Ich werde da hinmüssen. Und ich will auch hin. Wir sollten helfen, wo wir können, damit diese Verbrechen aufgeklärt und die Täter gefasst werden.«

Weg war die Entspannung. Manfred hatte wieder die Toten im Kopf. Und fragte sich, wer die Täter waren. Oder war es ein Täter? Gab es einen Zusammenhang? Unsinn! Manfred schalt sich einen Idioten. Was sollte ein einsamer Pfad im fernen Heyderwald mit dem Tunnel mitten in Grawenhorst zu tun haben? Oder waren es die Toten, die eine Verbindung zueinander gehabt hatten?

Kurz bevor sie in Grawenhorst ankamen, entschieden er und Britta sich für ein Abendessen außer Haus und waren sich schnell einig, dass sie dafür erst nach Hause und anschließend mit den Rädern zum Wellingplatz fahren würden. Nach den viel zu kühlen und vorwiegend nassen Sommermonaten war es seit Tagen endlich richtig warm, und sie würden draußen sitzen können. Manfred freute sich auf das Essen. Die neuen Restaurants waren eine Bereicherung für den Platz. Nicht schickimicki, nur gut. Na ja, vielleicht ein bisschen viel Grünfutter für Manfreds Geschmack. Aber vegetarisches und veganes Essen war angesagt. Jedoch gab es ein neues Lokal, das auch seine Vorlieben bestens bediente. Deshalb war er mit Britta in den letzten Monaten wieder öfter auf dem Wellingplatz gelandet. Ein Hauch ihrer persönlichen Nostalgie begleitete jeden Besuch dahin.

Im Petros, dem alten Griechen am Platz, hatten sie sich kennengelernt, vor fast 25 Jahren, und waren anschließend oft bei ihm eingekehrt, nach fast jedem Kinobesuch oder wenn sie sich, nächtens von einem Besuch bei Freunden, auf dem Heimweg ein letztes Bier genehmigt hatten.

Heute probierten sie aber den neuen Türken aus. Ein junger Koch, Serdar Bakkan, hatte über drei Jahre beim Altenbach im Schloss Mildenrath die Segnungen der feinen deutschen Küche gelernt, war nun selbstständig und hatte einen Volltreffer gelandet.

Britta und Manfred kannten und liebten die türkische Küche seit jeher, aber was Serdar seinen Gästen servierte, war sensationell anders. Den von Vorspeisentellern bekannten Musportionen, die wie Eiskugeln aussahen, hatte der Koch einen neuen Pfiff gegeben, beispielsweise mit Avocado oder Sellerie. Die traditionellen gefüllten Weinblätter variierte er mit Sushi-Elementen, fein geschnittenen Ingwerstreifen oder, in der First-Class-Edition, mit fangfrischem Thunfisch oder Lachs vom Amsterdamer Großmarkt. Dazu wurden die üblichen knusprigen Pide-Brote in einer Miniausführung gereicht.

»Diese Pide sind superlecker, aber leider nicht sehr ergiebig. Wenn sie noch etwas kleiner wären, könnten es auch Pumpernickel sein.«

Britta winkte ab. Manchmal gingen ihr Manfreds ironische Kritteleien gegen den Strich. »Genieße das Essen, es ist köstlich! Und wenn du danach nicht piepesatt bist, fällst du sowieso über den Käse in unserem Kühlschrank her.«

An ihrem Tisch vor Serdars Restaurant saß Manfred mit dem Rücken zu den Fenstern und mit Blick über den ganzen Platz. »Schau mal, Britt. Gleicht geht's los. Die lebenden Spielfiguren gehen schon in Stellung. Kennst du einen der beiden Spieler?«

Britta sah hin und überlegte. »Der Linke sieht aus wie Wolfgang aus der alten Bratsche. Den hab ich ewig nicht gesehen. Ist der nicht ausgewandert, nach Australien oder Bayern oder so?«

Manfred lachte. »Richtig weg war der nie. Hat nur immer erzählt, dass er raus will aus Grawenhorst, auf Nimmerwiedersehen. Ist aber nie weiter als Düsseldorf gekommen. Bis vor ein paar Monaten war er bei der Landesregierung, irgendwas mit Lehrerfortbildung. Inzwischen in Frühpension, glaube ich. Aber der Typ da ist nicht Wolfgang.«

Sie kannten keinen der beiden Kontrahenten, sahen sich dennoch interessiert das beginnende Spiel an. Von der erhöhten Bürgersteigterrasse des Restaurants hatten sie einen guten Ausblick auf das überdimensionale Schachbrett.

Die Idee der Wellingplatzinitiative über eine Lebendschachanlage hatten die Stadtplaner nach einigem Zögern aufgegriffen und mit der Realisierung des neuen Platzes umgesetzt. Im Gegensatz zu den meisten anderen solcher Anlagen wurden hier keine historischen Partien nachgespielt. Nach dem Motto »live is live« fanden ausschließlich reale Schachpartien statt. Die beiden Hauptakteure mussten ihr Match anmelden und dafür sorgen, dass an ihrem Spieltag jeweils 16 Personen bereitstanden, um für sie zu spielen.

Inzwischen gab es eine Warteliste von mehreren Wochen. Von freitags bis sonntags und an Feiertagen waren kaum noch Lücken vorhanden. Das Schachbrett war fast immer ausgebucht.

»Bauer von A2 auf A3.« Der weiße Spieler gab laut seine Spieleröffnung bekannt und sein Bauer, Manfred erkannte ihn als gelegentlichen Teilnehmer seiner Mittwochstour, grüßte kurz mit seiner weißen Kappe und wechselte mit zwei langen Schritten die angegebene Position.

Der weiße Spieler bediente schnell die große Schachuhr neben dem Spielfeld, ein Geschenk vom Inhaber des neuen »Medité« nebenan. Der Name des französischen Restaurants war gut lesbar auf dem überdimensionalen Kasten platziert. Wie auch bei Turnierspielen üblich, wurde die Zeit für jeden Spieler separat gestoppt, jedes Match war auf 60 Minuten limitiert. Gab es bis dahin kein Matt, endete die Partie unentschieden.

Britta und Manfred verfolgten das Spiel ein paar Minuten lang, anschließend besannen sie sich wieder auf ihren Abend zu zweit. Sie planten die anstehende neue Woche, dann wurde ihr Essen serviert. Serdar persönlich tischte auf und stellte lachend einen Extrateller mit Pides vor Manfred auf den Tisch. »Für den hungrigen Ehemann.«

Britta hatte gepetzt, aber das war Manfred egal. Er griff sich sofort das erste Brot, tunkte die Pide in die randvolle Schale mit Süzme und genoss die minzige Joghurt-Zubereitung. Britta sagte nichts, doch den missbilligenden Blick kannte er, und folgsam schöpfte er ab sofort den Joghurt und die anderen Köstlichkeiten zuerst auf seinen Teller.

»Springer von C4 auf E3.« Der schwarze Spieler war am Zug, und ein leises Raunen ging um den Platz. Diejenigen, die sich auskannten, ahnten, dass das Match vorzeitig enden würde. Der weiße König war nur noch durch seine Dame gedeckt, und die würde der weiße Spieler gleich verlieren. Der Springer lupfte sein schwarzes Cap und wechselte getreu der Anweisung seine Position.

Nach dem Essen bat Manfred Britta: »Lass uns aufbrechen, ich muss morgen in aller früh an den Schreibtisch.«

Sie zahlten, stiegen auf ihre Räder und machten sich auf den Heimweg. Pakko hatte lange entspannt zu ihren Füßen gelegen, nun war er hellwach und lief angeregt neben ihnen am Seil der Hundehalterung parallel zu Manfreds Fahrrad. Sie hatten es nicht sonderlich weit, nur die Steigung an der Lindenallee war ein bisschen lästig. Aber 25 Minuten später standen ihre Räder in der Garage.

»Du, das war ein schöner Abend am Welling, sollten wir öfter machen.« Manfred schaute Britta erwartungsfroh an.

Aber Britta war müde und hatte wenig Lust, das Thema zu dieser späten Stunde zu vertiefen. »Gut's Nächtle, schlaf gut, ich bin jetzt im Bett.«

Es war elf und Manfred nahm sich nochmals die Zeitung vom Samstag vor. Er war mehr ein Nachtmensch, sein Biorhythmus tickte einfach anders. Morgens brauchte er seine Kaffeedosis. Am späten Nachmittag sank er gegen fünf für eine halbe Stunde auf die Couch. Das reichte ihm, um nächtens weiterzuarbeiten oder stundenlang etlichen TV-Aufzeichnungen zu folgen, die er programmiert hatte. Seine Auswahl war recht einseitig: Fußball, Fußball, auch mal Skisport, aber nur Alpin und dann wieder Fußball. Und ein paar Krimiserien.

Den Beitrag über den Unfall im Heyderwald hatte er schon am Morgen gelesen. Nun durchforstete er den Rest der Tageszeitung. Das meiste war langweilige Lokalberichterstattung. Die üblichen Schützenfestartikel mit großen Fotos der Honorationen. Der stellvertretende Bürgermeister traf auf den Bezirksvorsteher und den Vereinsvorsitzenden bei der 111. Besichtigung der Location X.

»Ob das die Erfüllung ist?«

Manfred gähnte. Mit 15 war er am Gymnasium in der Redaktion der Schülerzeitung gewesen. Das hatte ihm viel Spaß gemacht, eine ganze Zeit. Bis zu dem Interview mit dem städtischen Sozialdezernenten. Sie hatten ihre Notizen vom Gespräch mühsam abgetippt, bearbeitet, die Zeitung gedruckt und stolz die neue Ausgabe verteilt. Selbstverständlich hatten sie auch dem Sozialamt ein Exemplar geschickt. Am nächsten Morgen mussten sie beim Direktor antreten, der stocksauer war, weil der Dezernent ihn ganz früh am Morgen angerufen und sich lautstark bei ihm beschwert hatte, dass die Schüler ihn nicht korrekt zitiert und die Sachlage völlig falsch dargestellt hätten.

Das war es dann mit der freien Schülerzeitung gewesen. Der Direktor hatte verfügt, dass zukünftig jeder Beitrag von ihm persönlich freigegeben werden musste. Die

engagierte Redaktion war frustriert auseinandergebro-
chen, und Manfred hatte beschlossen, dass er nicht haupt-
beruflicher Journalist werden wollte.

SECHZEHN

Montag. Manfred war schon um sechs auf den Beinen, duschte, schmiss danach die Kaffeemaschine an, schmierte seine Brote und schnappte sich die druckfrische Tageszeitung aus dem Briefkasten. So früh, das war normalerweise nicht seine Zeit, aber irgendwie musste die Arbeit getan werden.

Längst schrieb er wieder, immer mehr für verschiedene Fachzeitschriften, meistens Sport, aber nur Equipment. Manchmal Textil oder Mode, und heute war ein Abgabetermin. 500 Zeilen, die raus mussten, vor zwölf. Und da er nicht wusste, wie lange es im Präsidium dauern würde, ging er auf Nummer sicher.

Doch vorher las er die Zeitung, sein Morgenritual musste sein. Als Erstes fischte er sich die Lokalseiten, danach kam Sport, dann der Hauptteil, zuletzt Kultur und Wirtschaft, wenn überhaupt. Morgens arbeitete er alle Seiten im Eiltempo durch, las das meiste nur oberflächlich. 15 Minuten für die Zeitung, dabei ein Glas eiskalte Milch, drei große Tassen Bohnenkaffee und Butterbrote mit Kochschinken und Salami. In mancher Hinsicht war er ein langweiliges Gewohnheitstier.

Abends auf der Couch oder im Gartenstuhl nahm er sich die Zeitung dann noch mal vor, las alles, was ihn interessierte, auch ausführliche Betrachtungen und Kommentare, in aller Ruhe, vollständig und konzentriert.

Pakko stupste sachte mit der Nase an seine nackte Wade. Manfred begrüßte ihn mit einem kurzen Streicheln um die Ohren und gab ihm seine obligatorische Schinkenhälfte.

Das Bild der Bike-Night, mit dem OB und der Pistole am ausgestreckten Arm, war auch Aufmacher der Papierausgabe des Grawenhorster Lokalteils der RP.

Um Viertel vor sieben saß er am Rechner und fasste in routinierter Eile zusammen, was er in den letzten Tagen zwischendurch über funktionale Sportbekleidung recherchiert hatte. Mit zwei großformatigen Bildern und ein paar Grafiken würde die Redaktion den Beitrag auf vier schöne Seiten aufblasen. Das Magazin bediente primär die sogenannten Dinks, kinderlose Menschen zwischen 30 und 45, die Wert auf ihre Figur legten, bewusst aßen und Qualität über alles schätzten, besonders bei ihrer Bekleidung.

Manfred sprach meist von seinen »Klamotten«, aber das Wort war in der Modeszene einigermaßen verpönt, darum textete er: »Funktionelle Outfits für Sport und Freizeit«.

Sein Telefon klingelte. Diese Unterbrechung konnte er gerade gar nicht gebrauchen. Trotzdem ging er ran.

Brockmann war dran. »Haben Sie meine E-Mail erhalten?«

»Ja, klar, wieso nicht?«

»Sie haben mir den Eingang nicht bestätigt.«

»Lieber Herr Brackmann.« Manfred betonte das »a«, weil er den Kripomann ärgern wollte. »Hatten Sie denn um eine Bestätigung gebeten? Ich bin pünktlich um zehn bei Ihnen, aber nur, wenn Sie mich weiterarbeiten lassen. Okay?«

Manfred wartete nicht ab, ob Brockmann seinen Namen korrigierte, legte auf und arbeitete weiter an seinem Text. Er konnte in hoher Geschwindigkeit fast fehlerfrei tippen, mit zwei Fingern. Zehnfingerblind hatte er nie begriffen.

Schnell war er wieder in seinem textilen Thema. So ein Quatsch, dachte er. Du schreibst dir hier einen Wolf, dabei könnte man den Text auf ein paar knappe Zeilen reduzieren. Und im Kopf formulierte er seine ganz persönliche Interpretation.

»Funktionswäsche ist teuer und funktioniert gut, wenn man ein bisschen schwitzt. Die Mikrofaser innen fühlt sich trocken an, weil die Baumwolle die Feuchtigkeit nach außen zieht. So die Theorie. Wenn man aber stark und dauerhaft schwitzt, schafft es keine Faserkombination dieser Welt, den vielen Schweiß zu verarbeiten. Irgendwann ist man einfach pitschnass, und das fühlt sich auch so an.«

So etwas wollte jedoch keiner lesen, weder die Hersteller von Funktionswäsche noch die vielen Sporttreibenden und Fitnessjunkies und auch nicht sein Auftraggeber, der die Anzeigen der fraglichen Textilproduzenten längst verkauft hatte.

»Außerdem müssen die Verbraucher ja nicht verstehen, dass die natürliche Baumwolle außen ist und die synthetischen Fasern direkt auf der Haut liegen«, hatte Manfred seiner Frau am Wellingplatz erklärt und feilte nun brav weiter an seinem Loblied auf die High-Tech-Innovationen der Textilindustrie.

Um halb zehn drückte er zufrieden auf den Senden-Button und kontrollierte danach sicherheitshalber, ob er den Beitrag auch angefügt hatte. Zu peinlich, wenn er den Termin verpassen würde, bloß weil seine E-Mail ohne Anhang rausgegangen wäre.

Er sah, dass auch etliche E-Mails eingegangen waren. Manfred löschte die meisten, eine las er jedoch mit Interesse.

POL-GH: Einladung zur Pressekonferenz
Grawenhorst – Die Polizei Grawenhorst lädt in dem Ermittlungsverfahren zu zwei ungewöhnlichen Todesfällen zur Pressekonferenz ein.
Alle weiteren Informationen geben die Ermittlungsbehörden heute Nachmittag im Rahmen einer Pressekonferenz bekannt:
Montag 23.09., 15:00 Uhr, Polizeipräsidium Grawenhorst, Bernaustraße 100, Raum Z101, Erdgeschoss
Bis zur Pressekonferenz werden insbesondere seitens der Staatsanwaltschaft keine weiteren Nachfragen zum Sachstand beantwortet. Wir bitten um Beachtung.

Eine Pressekonferenz um drei, daher wehte der Wind. Brockmann wollte ihn vorher nochmals ausquetschen. Und nun war auch bekannt, dass es sich um zwei Todesfälle handelte.

Britta hatte das Auto, also stieg er auf sein Rad. Er wollte pünktlich um zehn bei Brockmann sein.

KHK Brockmann ließ diesmal nicht lange auf sich warten und bat ihn sofort in sein Büro, nicht in den Vernehmungsraum. Manfred sah sich interessiert um. In so einem Raum hatte er seinen Vater zum Feierabend öfter abgeholt. Und als er klein gewesen war, hatte er manchmal auf dem Boden sitzend ein paar Stunden bei ihm spielen dürfen.

Dafür hatte sein Vater sogar eine kleine Kiste mit Lego-steinen im Aktenschrank deponiert. Ob Kripobeamten-kinder so ein Privileg heute noch genießen, fragte er sich.

Schäbe saß mit am Tisch und begrüßte ihn locker. »Moinmoin.«

Manfred hatte sich nach dem nächtlichen Besuch der beiden die Visitenkarte des jungen Beamten angesehen und »Kriminalkommissar« und »Kommissariat für digitale Beweissicherung« darauf gelesen.

Brockmann nahm Platz und holte tief Luft, als wollte er eine Ansprache halten. »Kaffee kommt gleich, mein lieber Herr Hanraths.«

Manfred war alarmiert ob der ungewohnt freundlichen Anrede, rutschte tief in den ungemütlichen Besucherstuhl und harrte gespannt der Dinge, die da kommen würden.

»Wir haben Ihre Trackdaten und die Daten aus dem Garmin von Herrn Erich Normbrandt – so heißt der richtig, nicht Normbrecht – verglichen und festgestellt, dass sie übereinstimmen. Es gibt immer mal ein paar Meter Abweichung, aber nicht signifikant. Das sind normale Toleranzen, die durch die unterschiedlichen Empfänger, Ihr iPhone und das Garmin von Herrn Normbrandt, verursacht wurden.«

Manfred grinste in sich hinein. Das war das Werk von Schäbe, dessen Bericht lag sicher vor Brockmann auf dem Tisch. Aber Chapeau, der Brockmann trug das professionell vor, als hätte er Ahnung von der Materie. Vielleicht übt er schon für die Pressekonferenz, dachte Manfred amüsiert.

»Wir haben den Ablauf auf dem Waldweg weitgehend rekonstruiert. Wir haben alle Teilnehmer Ihrer Tour befragt, alle Reifen der Fahrräder mit den Abdrücken im Wald verglichen. Wir wissen jetzt genau, wer hinter wem auf dem Weg kurz vor den Eichen fuhr. Wir wissen auch, wer wo im Dreck landete, unmittelbar nachdem Herr Normbrandt gestürzt war. Außerdem wissen wir, dass der Tote diese Strecke bestens kannte. Die Auswertung seines Garmins ergab, dass er die Route in den letzten 90 Tagen mehrfach gefahren ist, immer in ähnlich hoher Geschwindigkeit unterwegs war und nie auch nur eine Minute angehalten hat, bis er hinter dem Heyder See an der Querung über die viel befahrene L 197 zwangsläufig stoppen musste.« Brockmanns Stimme kippte mehr und mehr ins Dramatische. »Außerdem können wir mit hoher Wahrscheinlichkeit ausschließen, dass Sie und einer der anderen sechs Beteiligten sich in den letzten Tagen in der Nähe des Heyderwalds aufgehalten haben.«

Manfreds Gedanken überschlugen sich. Was er da hörte, bedeutete, dass die Polizei ihre Standorte der letzten Wochen überprüft hatte. Handyortung, schoss es ihm durch den Kopf. Er beschloss aber, dies zunächst nicht zu hinterfragen und hörte weiter zu. Denn Brockmann machte nicht den Eindruck, dass er bald fertig wäre mit seinen Ausführungen.

Wie erwartet, setzte der Kripomann seinen Monolog unbeirrt fort. »Daher gehen wir davon aus, dass Sie und die anderen Mitfahrer Ihrer Tour keine Mitschuld an dem Vorfall und damit am Tod des Verstorbenen haben. Aus diesem Grund, Herr Hanraths, haben wir entschieden, Ihnen heute einen Einblick in unsere Ermittlungen zu geben, was wir normalerweise nicht tun. Wir erhoffen uns davon, dass Sie uns mit Ihren Insider-Kenntnissen und Ihrem Wissen um die Fahrradszene bei unseren Ermittlungen unterstützen. Können wir damit rechnen, Herr Hanraths?«

Manfred war überrascht, dieses Übermaß an Vertrauen traf ihn völlig unvorbereitet. Aber erstens war er eh gekommen, um zu helfen, und zum zweiten trieb ihn seine Neugier. Darum nickte er nur zustimmend, ohne ein Wort zu sagen.

»Dann wollen wir mal.« In der Tat gab Brockmann ihm einen viel tieferen Einblick in die Ermittlungen, als Manfred je gehofft hätte. Der Fall hatte unfassbare Dimensionen angenommen, darum gab es nun eine Mordkommission, die »MK Fahrrad« hieß.

FÜNFZEHN

Die Befragung und die anschließende Instruktion hatten über zwei Stunden gedauert. Punkt 13 Uhr saß Manfred wieder am Schreibtisch, las und beantwortete ein paar Mails. Er stellte zufrieden fest, dass sein Redaktionsleiter nicht nur den Eingang seiner E-Mail bestätigt hatte, sondern ausdrücklich erwähnte, dass es ein sehr schöner Beitrag sei und er sich in der Wochenmitte wieder melden würde.

Maier wartete aber nicht bis zum Mittwoch, sondern war schon fünf Minuten später am Telefon. »Wir haben ein weiteres Thema in der Pipe, vielleicht ist das was für Sie. Ich melde mich.« Dann hatte er aufgelegt.

Manfred dachte noch einmal über seinen heutigen Besuch auf dem Präsidium nach. Brockmann und Schäbe hatten ihm in gebotener Kürze, aber hinreichend ausführlich, den letzten Stand der Ermittlungen zusammengefasst. Der Tote im Heyderwald war letztlich nicht an den Schnittwunden des von Baum zu Baum gespannten Seils verstorben, sondern an einer Infektion. Die Auswertung der Videosequenz vom Waldweg hatte wenig ergeben. Weder das Seil noch irgendeine Bewegung oder ein Schatten waren zu erkennen. Aber die Kriminaltechniker hatten Bodenspuren entdeckt: einen Fußabdruck und eine Reifenspur, die definitiv keinem der Teilnehmer zugeordnet werden konnten. Eine weitere Person war am Tatort gewesen. Wann genau, ließ sich nicht mehr zuverlässig feststellen. Der Reifenabdruck sprach für ein Alltagsfahrrad und Massenprodukt. Der Schuhabdruck war so verwischt, dass nicht einmal die Größe einwandfrei identifiziert werden konnte.

Dann war Brockmann auf ihre Bike-Night zu sprechen gekommen, und da war es richtig gruselig geworden. Das Opfer war die CB, Chris Bernhard. Manfred hatte gespannt und konzentriert zugehört, sich aber gefragt, warum die ihn all diese Details wissen ließen. Die Auswertung seiner Kamerafahrt durch den Tunnel hatte gezeigt, dass im östlichen Teil, wo die Kandelaberleuchten kaputtgeschlagen worden waren, jemand an der Wand gelehnt hatte. Völlig schwarz gekleidet, auch das Gesicht war verdeckt. Nicht mal die Hände waren erkennbar. Der Täter hatte wahrscheinlich dunkle Handschuhe getragen.

Manfred hatte Brockmann unterbrochen: »Ich glaube, die CB hat telefoniert. Ich hab sie zum Oweras in die Mangel genommen, da hat sie sich verdrückt. Und ich meine, sie hätte in dem Moment ein Gespräch angenommen.«

»Ja, Herr Hanraths, das stimmt mit unseren Ermittlungen überein. Der Anrufer war ihr Ehemann. Die beiden haben fast fünf Minuten telefoniert. Zuerst war es anscheinend sehr laut, Herr Bernhard konnte seine Frau wegen der vielen Fahrradklingeln nicht verstehen, aber dann wurde es leiser. Und nicht lange danach hat Frau Bernhard aufgelegt.«

»Sie hat angehalten, weil ihr Ex sie angerufen hat?«

»Sieht so aus.«

»Aber dann … dann war das Zufall? Der Mann ruft sie an und deswegen hält sie an und steigt vom Rad? Und im

Tunnel wartet wer und murkst sie ab? Oder wusste der Täter im Tunnel, dass die Bernhard absteigt? Dann wäre es kein Zufall, sondern ein Auftragsmord. Von ihrem Ehemann? Wegen der neuen Freundin?«

»Jetzt machen Sie mal halblang, Herr Hanraths. Sie drehen ja völlig am Rad. Hoffentlich träumen Sie diese Nacht gut.«

Während Brockmann Manfred zurechtgewiesen hatte, hatte Schäbe Mühe gehabt, ein Lachen zu unterdrücken, und hatte in das Gespräch eingegriffen. »Lassen Sie uns ermitteln, wir haben das gelernt, Sie nicht, Herr Hanraths. Aber wenn Sie was hören oder sehen in der Szene oder wo auch immer, dann bitte, Herr Hanraths, melden Sie sich bei uns, am besten sofort. Auf jeden Fall sollten Sie sich und uns Ihre wilden Spekulationen ersparen. Fehlt nur, dass Sie damit zu Ihren Kollegen von der Presse laufen.«

Keine zwei Stunden hatte er Zeit gehabt, um Ordnung auf seinem Schreibtisch zu schaffen, und schon kurz vor drei war er wieder im Präsidium, Raum Z101, Erdgeschoss. Hier war er noch nicht oft gewesen, zuletzt, als Polizeipräsident Haydenfeldt seinen neuen Pressesprecher, Karl Klaasen, vorgestellt hatte. Sympathischer Typ, Kommunikationsprofi, gut vernetzt, auch in Grawenhorst. Klaasen war wie Manfred in der Stadt aufgewachsen, nur zehn Jahre später.

Manfred hielt sich im Hintergrund. Er wollte zuhören, aber möglichst nicht gesehen werden. Darum war er auch so spät gekommen.

Die PK war ungewöhnlich gut besucht. Die kurze Presseeinladung mit der Andeutung, dass es eine Verbindung zwischen zwei Todesfällen innerhalb von vier Tagen geben könnte, hatte die Meute angelockt wie Motten das Licht. Manfred begrüßte lediglich den Redakteur eines örtlichen Online-Portals, der wie immer im letzten Moment erschien.

Platz genommen hatten bereits Harp Lürenscheidt, der Regionalchef der Rheinischen Post, und Anne Mooser, Redakteurin des Anzeigenblatts, das in hoher Auflage wöchentlich kostenlos an alle Haushalte in Grawenhorst und dem angrenzenden Landkreis verteilt wurde.

Fernsehteams vom WDR und vom Grawenhorster Stadt-TV waren gekommen. Den Stadt-TV-Chef Michael Holzberg kannte Manfred. Dass das WDR-Fernsehen hier aufschlug, war selten. Ein Beitrag in der Aktuellen Stunde um 18:45 Uhr würde erhebliches Aufsehen erregen. Mit Mikro in der Hand und großem Rekorder an der Schulter sah er auch Rita Steinbaum vom Lokalradio 17&4.

Manfred musste unwillkürlich lachen, als ihm das 17&4-Turnier einfiel, der alljährliche Wettbewerb des Lokalsenders. Im Januar würde es zum 25. Mal in Grawenhorst stattfinden, wie immer am Neujahrstag.

Ende der 1980er-Jahre hatten die Gründer des neuen Lokalradios einen Namenswettbewerb für ihren Sender ausgerufen. Die Jury hatte sich für »17&4« entschieden. Der Witzbold, der den Namen vorgeschlagen hatte, durfte zur Belohnung zehn Urlaubstage auf Mallorca genießen. Die Mitarbeiter des damaligen Stadtwerbeamts hatten entsetzt die Hände über dem Kopf zusammengeschlagen. Die Diskussionen an den Stammtischen waren tagelang übergekocht, und in der damaligen Grawenhorster Allgemeinen, die mittlerweile von der Rheinischen Post übernommen worden war, hatten sich die Leserbriefe gestapelt. Nach zwei Wochen war das Thema durchgewesen. Heute wusste kaum noch jemand, wie der Name zustande gekommen war, und der Sender war schon seit fünf Jahren engagierter Hauptsponsor des Kartenturniers. Zum 17&4-Jubiläum läuft bestimmt die Weltpresse hier auf, kommentierte Manfred amüsiert das anstehende Ereignis im Kopf.

Er sah sich weiter um im Raum 101. Zwei Fotografen lehnten an der Wand und warteten auf ihren Einsatz. Jess Vogler war für die Rheinische Post da. Der Name des anderen fiel ihm gerade nicht ein, der arbeitete als Freier, unter anderem für das Anzeigenblatt. Zwei weitere Männer kannte er nicht, später erfuhr er, dass sie die »Bild« und den »Express« vertraten.

Zwei Minuten vor drei stürmte ein gutes Dutzend junger Polizisten in den Saal. Manfred wunderte sich, wahrscheinlich von der Kripo. Die Nachwuchsriege durfte die Pressekonferenz beobachten.

Den versammelten Medienvertretern gegenüber saßen nun in Reih und Glied, von rechts nach links, Brockmann, Pressesprecher Klaasen und Oberstaatsanwalt Dr. Lautenbach. Den Staatsanwalt kannte Manfred bisher nicht, aber alle hatten große weiße Schilder vor sich stehen mit ihrem Namen und ihrer Funktion.

Klaasen begrüßte freundlich die Presseleute, bat darum, auf Zwischenfragen vorerst zu verzichten und versprach, dass zum Ende der PK genügend Zeit bliebe, alle offenen Fragen zu beantworten. Er stellte der Reihe nach die vor, die neben ihm auf dem Podium saßen, und übergab dann an den leitenden Ermittler, Kriminalhauptkommissar Martin Brockmann.

Der fasste den Tathergang im Heyderwald zusammen und ließ nichts aus von dem, was er Manfred vor wenigen Stunden berichtet hatte. Dass das erste Opfer, Erich-Paul N., verstorben war, war längst bekannt und bewegte die Zuhörer wenig.

»Nun, meine Damen und Herren, wechseln wir Tatort und Tatzeit und kommen nach Grawenhorst, wo es am Samstagabend während einer genehmigten Abendradveranstaltung, der sogenannten Bike-Night des ADFC, einen zweiten Todesfall gegeben hat. Vorab informiere ich Sie darüber, dass in der Mehrbahnunterführung fünf Antik-Optik-Kandelaber zerstört wurden, genau genommen die Gläser und Leuchtmittel der Lampen. Der Zeitraum an jenem Morgen ist exakt bestimmbar, weil um Viertel vor vier eine Polizeistreife die östliche Seite der Unterführung passiert hat und die Beamten bestätigt haben, dass zu dieser Zeit die Beleuchtung im Tunnel noch intakt war. Ab etwa 5 Uhr am Morgen wird der Tunnel üblicherweise von ersten Radfahrern und Passanten frequentiert, die zum Bahnhof wollen. Wir haben einige befragt und zweifelsfrei festgestellt, dass zu diesem Zeitpunkt die Lampen bereits defekt waren.

Ob die Zerstörung der Tunnelbeleuchtung zufällig von Rowdys oder gezielt von dem oder den Tätern zur Vorbereitung ihrer Tat erfolgte, können wir zum jetzigen Zeitpunkt nicht sagen. Der Ablauf des Geschehens am Samstagabend legt allerdings den Verdacht nahe, dass die Tat sorgfältig geplant und vorbereitet war. Um 21:50 Uhr fuhren die ersten Teilnehmer der Bike-Night in die Unterführung ein, der letzte Teilnehmer verließ den Tunnel um 21:58 Uhr. Durch die Auswertung von Videomitschnitten konnten wir diese Zeiten sehr genau bestimmen und auch zuverlässig feststellen, dass genau 482 Fahrradfahrer den Tunnel in eben dieser Zeitspanne passiert haben.

Zwei oder drei Minuten danach durchfuhr ein verspäteter Teilnehmer den Tunnel. Diese als Zeuge vernommene Person hat ausgesagt, dass sie durch eine Reifenpanne kurz nach dem Start am Wellingplatz aufgehalten worden sei, sich mit einem Pannenspray beholfen habe und daher der Gruppe folgen wollte. Die Strecke war ja angekündigt und bekannt. Der Zeuge ersparte sich den Weg um den Horgweiher, fuhr direkt Richtung Brongen, schaffte es aber trotzdem nicht, die Gruppe einzuholen. Kurz nach zehn, also nur wenige Minuten, nachdem der letzte Teilnehmer der Bike-Night vor ihm die Unterführung in westlicher Richtung verlassen hatte, fuhr der Zeuge in den Tunnel ein. Er entdeckte im ersten Drittel der Unterführung ein Hindernis auf der Fahrbahn, stoppte, fand eine leblose Person und rief sofort die 112 an. Der Notruf wurde um 22:05 Uhr registriert, das Rettungsteam war sieben Minuten später vor Ort, konnte aber nur noch den Tod des Opfers feststellen. Meine Damen und Herren, alle Umstände sprechen für ein Kapitalverbrechen. Um den Hals des Opfers war eine sogenannte Bola, eine eigentlich historische Wurfwaffe zum Einfangen von Tieren, fest verschlungen.« Brockmann hob seine linke Hand und zeigte damit auf die hinter ihm hängende Leinwand, wo in diesem Moment eine Nahaufnahme des Corpus Delicti angezeigt wurde.

Allerdings handelte es sich offensichtlich nicht um eine historische Waffe, sondern um eine neuzeitliche Ausführung mit grellbunten Kugeln, deren Oberfläche von vielen Schrammen zerkratzt waren. Manfred folgte gespannt dem Vortrag des Kriminalbeamten.

»Diese Bola ist ein Produkt, das eigentlich für Sportvereine und Freunde der traditionellen Wurftechnik hergestellt wird, aber kein Massenprodukt. Darum bitten wir Sie, meine Damen und Herren, dieses Bild zu veröffentlichen. Wir erhoffen uns Hinweise aus der Bevölkerung. Wer so eine Bola schon einmal gesehen hat, möge sich bitte umgehend melden.« Brockmann legte eine kurze Pause ein, wohl wissend, was sein nächster Satz bei den Zuhörern bewirken würde. »Meine Damen und Herren, normalerweise veröffentlichen wir keine Personendaten im Zusammenhang mit ungeklärten Verbrechen. In diesem Fall machen wir eine Ausnahme, weil es sich bei dem Opfer um eine Person des öffentlichen Lebens handelt.«

Ein Raunen ging durch den Raum, und plötzlich wussten alle, um wen es sich handelte. Denn die Nachricht, dass Chris Bernhard in der Nacht überraschend verstorben war, hatte sich nicht nur über die sozialen Medien blitzartig durch die Stadt und darüber hinaus verbreitet.

Manfred dachte daran, dass es nun eine verlässliche Lokalpolitikerin weniger gab. Wer folgte ihr nach, womit musste sich ihr Vorstand zukünftig auseinandersetzen? Dann hielt er inne und rügte sich. *Chris ist tot, und ich denke über so etwas nach. Wie mag es ihrer Partnerin und den Kindern zumute sein?*

Nachdem Brockmann den Tod von Chris Bernhard offiziell bestätigt hatte, war die Journalistenrunde nicht mehr zu stoppen. Es hagelte Fragen, alle schrien durcheinander. Pressesprecher Klaasen griff sich das Mikro. »Bitte, einer nach dem anderen.« Als etwas Ruhe eingekehrt war, zeigte er auf Harp Lürenscheidt.

Der Lokalchef der Rheinischen brauchte kein Mikrofon, es war sofort still im Raum. »Sie haben uns eben eine Tatwaffe gezeigt, aber nicht beschrieben, wie die Tat erfolgt ist. Gibt es dazu schon sichere Erkenntnisse?«

Brockmann wollte antworten, doch Klaasen griff ein und bat um weitere Fragen, vielleicht konnten die Antworten kombiniert werden. »Bitte, Herr Lingen.«

Der »Bild«-Mann stand demonstrativ auf, ließ sich das Handmikrofon geben und stellte die Frage, die Manfred befürchtet hatte: »Zwei Fahrradtote am Niederrhein in vier Tagen. Gibt es einen Zusammenhang?«

Der Mitarbeiter des Düsseldorfer »Express« bat um genaue Informationen zur Person von Chris Bernhard.

Die Redakteure von Rundfunk und Fernsehen beteiligten sich nicht an der offenen Fragerunde, sie hörten geduldig zu und würden später mit Mikro und Kamera bewaffnet eigene Fragen stellen oder gestellte aufgreifen, um exklusive O-Töne und Bilder über ihre Sender zu verbreiten.

Oberstaatsanwalt Lautenbach übernahm das Mikro und beantwortete in aller Kürze die gestellten Fragen. »Die tote Frau Bernhard wurde mit dieser Bola um den Hals aufgefunden.«

Lautenbach hielt das Objekt demonstrativ so lange in die Höhe neben sein Gesicht, bis alle Fotografen und Kameraleute die Bola und ihn abgelichtet hatten. Genau das würde das Bild des morgigen Tages in den Zeitungen werden und vielleicht am Abend im Fernsehen zu sehen sein.

»Die Bolaseile dürften sich mit einiger Wucht um den Hals gewickelt haben, die Druckstellen und Schürfungen weisen darauf hin. Wir können aber aus heutiger Sicht nicht zuverlässig bestimmen, aus welcher Entfernung die Bola geworfen wurde und ob sie überhaupt geworfen wurde. Kriminaltechnik und Pathologie müssen dafür erst Testreihen durchführen. Ich hoffe, in einigen Tagen wissen wir mehr. Deutschlandweit sind jedenfalls keine vergleichbaren Fälle bekannt, darum zeigen wir die Tatwaffe ausnahmsweise öffentlich, um möglicherweise Hinweise zur Herkunft dieser Bola aus der Bevölkerung zu bekommen.«

VIERZEHN

Oberstaatsanwalt Lautenbach erklärte in der Pressekonferenz abschließend, dass nach den bisherigen Erkenntnissen kein Zusammenhang zwischen den beiden Opfern aus dem Heyderwald und dem Mehrbahntunnel ersichtlich sei. Das Alter der Bernhard gab er mit 49 an, alles andere falle nicht in den Zuständigkeitsbereich der Polizei.

Die meisten verließen daraufhin den Raum, und Manfred wollte sich unauffällig anschließen. Doch bevor ihm das gelang, hatte Brockmann ihn entdeckt und ihm den Pressesprecher Klaasen hinterhergeschickt.

»Kennen wir uns?«, fragte Klaasen, als er Manfred eingeholt hatte.

Manfred lachte in sich hinein. Das sollte wohl heißen: Was machen Sie denn hier? Er zeigte kurz seinen Presseausweis und stellte sich vor. »Hanraths, 'n Abend Herr Klaasen. Ich kenne Sie von Ihrer Einführung im März. Da hat Ihr Chef, PP Haydenfeldt, Sie hier vorgestellt. Ich bin ganz offiziell akkreditiert, habe auch heute Morgen Ihre Einladung bekommen. Das Thema interessiert mich, können Sie sich ja vorstellen.«

»Sie wissen aber schon, dass Sie als Zeuge der Vorfälle nicht hier sein sollten?« Klaasen hatte den Satz zwar als Frage formuliert, stellte aber unmissverständlich klar, was er von seiner Anwesenheit hielt.

»Sorry, war mir so nicht klar. Bin auch schon wieder weg, schönen Tag noch.« Manfred tat überrascht, drehte sich um und verließ gemäßigten Schrittes das Gebäude.

Das Lokalfernsehen berichtete um sechs nur kurz in den Abendnews, dass die Bernhard durch einen tragischen Unfall während der Bike-Night am Samstag verstorben war. Der Studioleiter wollte nicht vorgreifen und wartete lieber die Recherchen der großen Redaktionen ab. Der Beitrag der Aktuellen Stunde im WDR-Fernsehen war ausführlich, mit ein paar Mitschnitten aus der PK, sachlich informativ und ohne spekulative Attitüden. Erich wurde nicht mal erwähnt. Nur Chris Bernhard war von überregionalem Interesse.

Britta hatte einen frischen Salat aus Tomaten von Franzen, dem Bauern ihres Vertrauens, mit einer Portion Bulgur vom Discounter kombiniert.

Nach dem Abendessen schlief Manfred auf der Couch ein. Er hatte seine 17-Uhr-Schlafeinheit verpasst, und die holte er nun nach. Britta ließ ihn schlafen.

Als er um halb zwölf wach wurde, hatte Britta sich längst leise ins Bett verkrochen. Manfred war sauer, denn eigentlich sollte sie ihn in solchen Fällen viel früher wecken. Nun war es wieder mal passiert, er würde nicht bis zwei, sondern bis vier wach sein. Sein Programm für den anstehenden Dienstag war umfangreich. Er musste in die Redaktion nach Düsseldorf, zwar erst um elf, aber das Meeting wollte er vorher auf jeden Fall vernünftig vorbereiten. Erfahrungsgemäß lag am Morgen eine E-Mail der TI-Redaktion in seiner Mailbox, und wenn er Pech hatte, war die mit einiger Arbeit verbunden.

Sein Handy vibrierte, es war fünf nach zwölf. Das eingestellte Timersignal für die RP des neuen Tages. Manfred klappte sein Notebook auf und prüfte gewohnheitsmäßig zuerst, ob neue Mails vorlagen, fand aber nichts, was er sofort lesen musste, nur der Newsletter von Chris' Partei mit ihrem Nachruf fiel ihm auf.

Er öffnete das ePaper der RP im Reader. Klar, die Story war Aufmacher der Titelseite, keine Überraschung.

Der Beitrag ging über fünf Spalten, mittendrin in Farbe das Bild mit Lautenbach. Der Oberstaatsanwalt würde zufrieden sein. Kaum erkennbar die Bola in seiner Hand. Im zweiten, kleineren Bild lag nur die Bola auf einem Tisch, perfekt fotografiert mit allen Details, selbst kleine Faserschäden am Seil waren zu sehen. Das dritte Bild zeigte die Bernhard auf einem Archivfoto vom Theaterball. Damals war sie erstmals mit ihrer neuen Freundin aufgelaufen. Heute hatte die RP nur die linke Seite des Bildes abgebildet. Die neue Liebe war tabu, es ging nur noch um die Familie und um Politik. Manfred wusste nicht, ob er empört oder amüsiert sein sollte.

Der Bericht fasste präzise zusammen, was in der Pressekonferenz angesprochen worden war. Lürenscheidts Beitrag ließ auch nicht aus, dass dies der zweite Todesfall bei einer ADFC-Veranstaltung innerhalb von vier Tagen war und dass bereits am Mittwoch ein Mann aus Gelderath während einer geführten Radtour zu Tode gekommen war. Erichs Name wurde nicht erwähnt, auch nicht der des Tourenleiters, was Manfred sehr begrüßte. Dann aber schluckte er. Es war seine Tour gewesen, bei der ein Mann ums Leben gekommen war. Erich, den er kaum gekannt hatte. Daran hätte er sicher noch eine Weile zu knabbern.

Pübüpp. Sein Handy meldete sich. Auch Bernd hatte auf das ePaper gewartet.

BERND:

> Noch wach?

00:16

MANNI:

> Text ist ganz okay, oder?

00:17

BERND:

> Na ja, uns hätte er nicht erwähnen müssen.

00:18

MANNI:

> Was hast du erwartet? Musste er doch.

00:19

BERND:

> Hast du auch wieder recht.

00:20

MANNI:

> Bild und Express waren auch bei der PK.

00:22

BERND:

> Sch…

00:22

MANNI:

> Lass uns nicht spekulieren, warten wir morgen ab.

00:24

MANNI:

Bin jetzt off. Kaufst du die Blätter morgen früh?

00:24

BERND:

Schick dir Fotos, bis morgen.

00:26

MANNI:

Gute N8

00:27

BERND:

👍

00:28

Manfred hasste Anrufe und solche Dialoge zu später Stunde und war froh, dass Bernd nicht so schreibfreudig gewesen war. Normalerweise lag Bernd zu dieser Zeit längst im Bett, denn er nahm von montags bis freitags um sechs den Zug nach Aachen. Morgen früh würde er vor der Abfahrt die beiden Blätter mit den großen Buchstaben kaufen, die Beiträge fotografieren und ihm zusenden.

Es war bald eins, Manfred war hellwach und wollte sich auf andere Gedanken bringen. Er schaltete den Fernseher ein, kontrollierte, ob etwas auf Sendung war, das ihn interessierte, und startete die Aufzeichnung der »Doppelpass«-Sendung vom Sonntag.

Thomas Helmer, der Europameister von 1996, begrüßte stellvertretend für Florian König die Zuschauer und seine Gäste. So ganz kam der DoPa mit Helmer noch nicht auf das gewohnte Level, aber das waren auch große Fußstapfen, die der langjährige Moderator Jörg Wontorra hinterlassen hatte.

O Gott, schon wieder der Tanzbär als Gast. Unfassbar, dass die uns die nervige Labertasche immer wieder antun, dachte Manfred und überlegte kurz, ob er den Fernseher abstellen sollte. Nach unzähligen Trainerstationen war Peter Neururer, auch Tanzbär genannt, wieder mal bei einem Verein rausgeflogen und tingelte seitdem als Sachverständiger durch alle möglichen Shows. Im Doppelpass war er zwar nicht Stammgast, trotzdem nervten Manfred seine oft endlosen Sprechsalven.

Helmer beendete gerade seine Begrüßungsrunde. Außer Neururer waren heute Thomas Herrmann für Sport1 dabei, ein junger schwarzhaariger Typ von der »Welt« und der unvermeidliche »Thomas-was-erlauben-Strunz«. Die Kamera schwenkte über das Publikum.

Manfred stutzte. War das Rolf? Er stand auf, um näher am Fernseher zu sein. Doch bevor er genauer hinsehen konnte, war Thomas Helmer im Bild.

»Nur ein Clip, dann sind wir wieder bei Ihnen.«

Manfred spulte die Werbepause vor, und danach verlas Helmer die Spendenzettel für sein Phrasenschwein. Anschließend plätscherte die Sendung so dahin.

Manfred war sich fast sicher, dass er Rolf Mertens, den relativ Neuen im ADFC mit dem frisch geerbten Sanitätsbetrieb, erkannt hatte, vielleicht kam er noch einmal ins Bild. Manfred passte genau auf, achtete mehr auf die Zuschauerreihen als auf die Wortbeiträge, aber die Regie tat ihm den Gefallen nicht.

Es ging mal wieder um die Vormacht der Bayern in der Liga, das besondere Bayern-Glück und um diverse

Fehlentscheidungen vom gestrigen Spieltag. Und unvermeidlich mündeten die Gesprächsbeiträge in einen Diskurs zum Videobeweis. Manfred gähnte und grinste in sich hinein. Vielleicht bringt mich die Sendung heute ja früher ins Bett.

Helmer befragte den »Welt«-Mann dazu, der setzte zur Antwort an, doch Peter Neururer war schneller und startete eine hektische Argumentation gegen den Videobeweis. Helmer stellte einen umstrittenen Elfmeter zur Debatte, im Spiel in der 88. Minute.

Manfred wunderte sich. Worüber sprachen die da gerade? Das war doch Wochen her. Er bediente die Infotaste der Fernbedienung, Titel und Zeitpunkt der Aufzeichnung wurden eingeblendet. Manfred stöhnte auf, er schaute den Doppelpass vom zweiten Augustsonntag, eine alte Sendung, die er nie gesehen hatte, die ihn nun aber auch nicht mehr interessierte. Er löschte die Aufnahme, und sofort danach fiel ihm ein, dass er hätte zurückspulen können, um zu sehen, ob das wirklich Rolf gewesen war. Egal, dachte er. Frag ich ihn halt beim nächsten Treffen.

Beim zweiten Versuch startete er den aktuellen Doppelpass. Diesmal ohne Neururer. Strunz war wieder dabei, auch Thomas Herrmann und der alte Dassler von der »Bild«. Außerdem Meyer von seiner Borussia aus Mönchengladbach.

Hans Meyer mischte die Sendung häufig mit seinen fundierten, manchmal überraschenden Analysen auf. Er genoss großen Respekt in der Szene, vor allem trauten sich viele nicht, ihm zu widersprechen, denn das Präsidiumsmitglied des Mönchengladbacher Erstligisten konnte einen ganz schön niedermachen.

Die Liebe zur »Fohlenelf« hatte Manfreds verstorbener Vater ihm nicht mitgeben können. Der war fast bei jedem Heimspiel am legendären Bökelberg gewesen. Manfred hatte währenddessen lieber selbst »gepengt«, wie die Jungs in Grawenhorst ihr Spiel mit dem Fußball nannten. Er war nie im Verein gewesen, hatte aber immer fleißig mit seinen Freunden auf dem Rasenplatz in der Kaserne nebenan gekickt.

»Der Junge hat zwei linke Füße.« So ganz unrecht hatte sein Vater damit nicht gehabt. Manfred war der Spieler fürs Grobe gewesen, hatte meist als letzter Mann vor den kleinen Toren aus zwei Schulranzen gestanden, auf die sie ohne Torwart gespielt hatten.

Weiß der Himmel warum, aber ihre Tochter Freddy war schon in der Grundschule völlig verrückt nach Fußball gewesen. Nachdem ihr Opa Peter sie einmal mit in den Borussia-Park genommen hatte, hatte sie nur noch in schwarz-grüner Bettwäsche geschlafen, sich die Zähne mit einer Borussia-Zahnbürste geputzt und immer das neueste Heimtrikot angehabt, das sein Vater ihr regelmäßig im Fanshop gekauft hatte.

Als der geliebte Opa überraschend starb, zwischen Weihnachten und Neujahr mitten in der Saison, war Freddy untröstlich gewesen. Manfred hatte die beiden Dauerkarten verkaufen wollen, aber Freddy hatte ihn solange bekniet, bis er ihr versprochen hatte, einmal mit auf die Osttribüne zu gehen. Bei seinem persönlichen Bundesligadebüt hatten die Borussen 3:1 gegen die Bayern gewonnen, und im Stadion war die Hölle losgewesen. Er hatte die Dauerkarte auf sich umschreiben lassen, da war Freddy zwölf gewesen, und ab da hatten sie regelmäßig nebeneinander auf der Osttribüne gesessen. Manfred schlief zwar nicht in schwarz-grüner Bettwäsche, hatte aber Feuer gefangen und war bald ähnlich verrückt wie seine Tochter auf die »Elf vom Niederrhein«.

Freddy hatte selbst Fußball gespielt, drei Jahre lang im Grawenhorster SV. Dann hatte sie mit 14 ein Probetraining bei ihrer Borussia gemacht, war durchgefallen, heulend und zähneknirschend vom Borussia-Park zurückgekommen und hatte seither nie mehr gegen den Ball getreten. »Wenn ich so scheiße spiele, lass ich es lieber ganz«, hatte sie gesagt.

Manfred hatte schon befürchtet, dass er nun allein oder mit Britta zu den Heimspielen nach Mönchengladbach fahren müsste, aber das war kein Thema gewesen. Freddy blieb Fan der Fohlen mit Leib und Seele.

Dann hatte Mitch in seiner neuen Schule Jungs kennengelernt, die zu jedem Heimspiel durften, und er hatte auch mal hingewollt. Wie es der Zufall wollte, hatte Manfred beim nächsten Spiel einen wichtigen Kundentermin gehabt. Und Freddy war gerade so erwachsen geworden, dass sie ihren kleinen Bruder ohne Meckern mitgenommen hatte. Die Borussia hatte mit Mühe einen Sieg geschafft. Ein paar Chaoten in weißen Maleranzügen aus der Gästeecke hatten nach dem Spiel den Platz gestürmt, und Freddy hatte gerade noch verhindern können, dass auch ihr kleiner Bruder über den Zaun geklettert war.

Nach dem Motto »Einmal ist keinmal« hatte Mitch im Folgenden den absoluten Anspruch des Zehnjährigen auf die Dauerkarte von Opa Peter erhoben. Die Folge waren Diskussionen vor jedem Heimspieltag, wer nun den zweiten Dauerkartenplatz einnehmen durfte.

Von da an saß Manfred bei den Spielen immer öfter als Couchpotato mit seinen Freunden vor dem Beamerbild in der einzigen Minssener Sky-Kneipe gegenüber der Kirche. Das hatte auch Vorteile: keine Autofahrt, keine Alkoholkontrolle. Und das Bier war billiger und wurde in Gläsern serviert.

Aber zuletzt gegen Bremen, da war Freddys Karte frei gewesen, denn sie war zu einem Klassenausflug gefahren. Manfred hatte zwei Stunden hektisch herumtelefoniert und mit Glück drei zusätzliche Karten im gleichen Block auftreiben können. Nach langer Zeit war er dann wieder einmal mit seinen alten Bremer Freunden und Mitch im Borussia-Park gewesen. Mitch hatte seiner Mutter am Abend einiges zu erzählen gehabt. »Die haben sooo viel Bier getrunken, das glaubst du nicht.« Nach dem Spiel hatte der Vater eines Schulkameraden Mitch eingesammelt und heimgefahren. Und Manfred hatte vorgesorgt und im Büro ein Nachtlager aufgebaut, wo Björn und Jens auf Matratzen und Manfred auf seiner Couch geschlafen hatten. Ein Bremer war ihnen in der Nacht verloren gegangen. Heiko hatte sich um elf bei Björn gemeldet, als sie verkatert mit Britta am Frühstückstisch gesessen hatten.

»Können wir ihn abholen?« Björn hatte Manfred sein Handy gegeben, und Heiko hatte Manfred gesagt, dass er irgendwo am Borussia-Park in Mönchengladbach-Holt übernachtet habe.

»Britt, kannst du Heiko dort abholen?«

»Wo? Wo ist ›dort‹?«

»Am Stadion. Sprich selbst mit ihm.«

Britta hatte sich ihrem Schicksal ergeben und war mit dem Kombi losgefahren.

»Wie sind wir eigentlich zurückgekommen?«, hatte Manfred seine Bremer Freunde gefragt, nachdem Britta weg gewesen war.

Die hatten nur mit den Schultern gezuckt und sich ratlos angeschaut.

»Taxi?« Sicher waren sie sich nicht gewesen.

Als Britta mit Heiko zurückgekommen war, waren sie sofort wieder aufgebrochen. Die Bremer Gäste hatten den geplanten Zug aber nur erreicht, weil Britta sie unter großzügiger Auslegung der Höchstgeschwindigkeit gerade noch rechtzeitig am Bahnhof abgeliefert hatte.

Während Britta zum Bahnhof unterwegs gewesen war, hatte sich eine nette Dame vom Palace telefonisch gemeldet. Da residierte der andere Sternekoch am Niederrhein, direkt am Borussia-Park in der alten, restaurierten Sankt-Georgs-Kirche. Manfred und Britta waren schon öfter dort gewesen. Nicht im exquisiten Gourmetbereich, sondern im normalen Restaurant, das am Niederrhein einen hervorragenden Ruf genoss. Wenn im Juni die ersten Matjes oder im November die Martinsgänse auf den Tisch kamen, fuhren sie gelegentlich mit Freunden hin.

Nach einigem Hin und Her hatte Manfred erfahren, dass er und seine Freunde gestern nach dem Spiel ein bisschen laut gewesen und darum in den Wintergarten des Restaurants verlegt worden waren. Nur eben die Rechnung, die war nicht bezahlt worden. Und die habe er, der Herr Hanraths, übernehmen wollen, weil sie gewonnen hatten gegen Bremen. Aber er habe seine Kreditkarte nicht dabeigehabt, hatte ihm die Dame erklärt.

»Herr Hanraths, kein Problem übrigens, wir kennen Sie ja, so was kann passieren. Der Maître lässt Sie herzlich grüßen. Ich wollte Sie nur fragen, ob Sie in den nächsten Tagen vorbeikommen oder wir Ihnen die Rechnung schicken sollen.«

Manfred hatte kurz überlegt. Eine Rechnung vom Palace am Spieltag? Die brauchte er gar nicht erst in die Buchhaltung zu legen. »Wie hoch ist der Betrag denn?«

»712 Euro und 70 Cent, und Sie haben freundlicherweise auf 750 Euro aufgerundet. Ganz herzlichen Dank für das großzügige Trinkgeld. Soll ich Ihnen ausrichten vom ganzen Restaurantteam.«

Manfred hatte geschluckt und nach einer gehörigen Pause gefragt, wie sich der Betrag zusammensetze. Sie hatten sich vier Drei-Gänge-Menüs, etliche Biere und eine Flasche vom besten Grappa genehmigt. »Ach ja, und das Doppelzimmer für Ihren Freund. Und ein bisschen was aus der Minibar.«

Manfred hatte gehört, dass Britta zurückkam, und das Gespräch schnell beendet. Er werde vorbeikommen und die Sache in bar erledigen. Britta hatte von dieser Episode nichts erfahren, und das sollte auch schön so bleiben.

Björn war am Telefon aus allen Wolken gefallen. Das Hotelzimmer hatte Manfred sich von Heiko zahlen lassen, den Rest hatten sie brüderlich zu viert geteilt. Björn hatte ihm den Bremer Anteil ein paar Tage später auf ihr gemeinsames Konto mit dem Verwendungszweck »Tickets und so« überwiesen.

Nach dem Doppelpass schaltete er den Fernseher aus, holte sich ein kaltes Bier aus dem Kühlschrank und machte es sich am Teich auf einem Gartenstuhl bequem. Dieser Sommer kommt spät, aber gewaltig, dachte er. Eigentlich müsste man mal eine besondere Radtour starten. Mitten in der Woche spontan weg, vielleicht Kamperland oder Friesland. Mit seinem Job würde er das schon irgendwie arrangieren, aber da waren noch Erich und Chris. Zwei tote Fahrradfahrer, einer gestorben auf seiner Sporttour und eine während ihrer Bike-Night.

»Hast du eigentlich 'nen Knall?«

Manfred schreckte hoch.

Britta stand vor ihm im Negligé und pflaumte ihn an. »Es ist gleich halb fünf, und du hängst im Garten ab!«

»Ich bin eingeschlafen, ist noch so warm.« Manfred lag ohne Decke auf dem Liegestuhl, und tatsächlich war ihm keine Sekunde kalt geworden.

Britta schüttelte den Kopf, sie fröstelte und fragte sich, warum ihrem Mann nicht einmal kalt wurde, wenn sie schon im Wintermantel unterwegs war. »Komm endlich ins Bett, du musst morgen zeitig raus, oder?« Britta drehte demonstrativ ab und entschwand Richtung Treppe.

Manfred schälte sich aus seiner Liegeposition, nahm das Polster mit ins Wohnzimmer und verschloss die Terrassentür.

Britta rief von oben: »Denk an Pakko, der ist gerade raus und kontrolliert die Beete.«

»Mist!« Manfred war müde und wollte nun ins Bett, und ausgerechnet jetzt tobte der blöde Köter im Garten. »Pakko!«

Keine Reaktion, und Manfred wurde strenger.

»Pakkkko!«

Zuletzt in hoher Tonlage und einschmeichelnd: »Paaaako!«

Doch ihr Hund war nicht zu sehen.

Manfred ging zum Wandschrank neben der Garderobe, griff die bereitliegende Taschenlampe, schaltete sie ein und wandte sich wieder zum Garten, um Pakko zu finden.

Als er einige Minuten später ohne Pakko zurückkehrte und das Licht der Taschenlampe ins Innere neben der Tür fiel, traute er seinen Augen nicht. Pakko lag auf seinem Lieblingssessel und gähnte herzhaft. Er war viel zu müde, um den Garten aufzumischen.

»Oh, Mann!« Manfred packte die Lampe wieder weg, stieg die Treppe rauf und schleppte sich ins Schlafzimmer. Auf der vorletzten Stufe überholte ihn der Hund und nahm seinen gewohnten Platz neben Brittas Bett ein. Auch Manfred legte sich hin und war sofort eingeschlafen.

»Verdammt!« Manfred hatte sein Handy nicht stumm geschaltet. Pünktlich um zehn nach sechs weckte ihn ein dreifaches Pübüpp des Smartphones. Bernd hatte geliefert, zwei Bilder, eine kurze Notiz. Der »Express« hatte nicht viel aus der PK gemacht. Die Bernhard war tot. Erich wurde nicht erwähnt.

Die »Bild« brachte die Todesfälle auf der letzten Seite. Der Vorfall im Tunnel wurde wie ein gesellschaftliches Ereignis nur kurz abgehandelt. Seltsam, aber egal. Je weniger Staub aufgewirbelt wurde, desto besser. Er kontrollierte, ob die Redaktion sich gemeldet hatte. Keine E-Mail. Prima. Noch schnell den Wecker auf zehn gestellt, und kaum hatte er das Smartphone aus der Hand gelegt, war er wieder im Tiefschlaf.

DREIZEHN

Seit drei Jahren fand das monatliche Aktiventreffen ihres Fahrradclubs im Hinterzimmer des Nero statt. Heute zum letzten Mal. Der neue Inhaber plante einen Radikalumbau und brauchte Platz, auch für eine größere Küche.

Der neu gestaltete Wellingplatz hatte auch seine Schattenseite. Die neuen Kneipen, die zusätzlichen Gäste, Gastronomen, deren Kassen nach langer Zeit wieder öfter klingelten, all das eröffnete den Eigentümern der umliegenden Häuser die Möglichkeit zu Mieterhöhungen. Pech für Carlo, dessen Mietvertrag Ende Juni ausgelaufen war und der den Anschlussvertrag zu neuen Konditionen nicht unterschrieben hatte.

»Der Demmbost verlangt plötzlich fast das Doppelte. Und einen Zehnjahresvertrag. Zehn Jahre statt fünf, wie bisher. Dann bin ich 72, da will ich längst meine Rente genießen. Aber dem Arsch ist das völlig egal, der hat nur noch Euros in den Augen.« Carlo war aufgebracht und ließ seiner ehrlichen Empörung freien Lauf.

Manfred hatte Franz Demmbost nie persönlich kennengelernt, doch er kannte dessen Geschichte, jedenfalls den öffentlichen Teil davon. Demmbost war bis zur letzten Kommunalwahl ein großes Tier gewesen, zumindest in Grawenhorst. Ratsherr, Vorsitzender des Planungsausschusses über drei Ratsperioden, bestens vernetzt mit jedem im Rheinland, der irgendetwas mit Bau oder Boden zu tun hatte.

Jeder ahnte und viele mutmaßten, dass Demmbost seine etlichen Wohn- und Geschäftshäuser nicht nur mit sauberen Methoden erwirtschaftet hatte. Die Opposition im Stadtrat hatte mehrfach versucht, ihm Missbrauch von Informationen aus nichtöffentlichen Gremien nachzuweisen, aber vergeblich. Demmbosts Weste blieb offiziell makellos weiß.

Manfred dachte sich seinen Teil, beteiligte sich jedoch nicht an den Spekulationen, die Carlos Ankündigung auslöste. Jedenfalls würde das Nero bald Geschichte sein. Sie suchten eine neue Bleibe, wieder einen abgeschlossenen Raum, wo man auch eine Kleinigkeit essen konnte, aber nicht musste, und wo der Wirt mit überschaubarem Getränkeumsatz zufrieden war. Nicht so einfach zu finden, vor allem nicht mehr am Welling.

Nach und nach trudelten alle ein, ihr Dienstagstreff war den meisten Aktiven heilig, nur selten fehlte einer aus der Stammtruppe. Vereinzelt kamen neue, die den Termin in den sozialen Medien oder sonst wo entdeckt hatten. Bernd eröffnete den Abend meistens mit einer Vorstellungsrunde. Damit sie sich kennenlernten, die alten und neuen Gesichter.

Heute war das nicht nötig, sie kannten sich alle. Bernd hatte ihren heutigen Termin im Internet gelöscht mit der Begründung: »Ich will am Dienstag keine Sensationsgeier, die nur hören wollen, wie Blut geflossen ist.«

Er hatte das mit seinen Vorstandskollegen abgestimmt und Manfred informiert. Der war zufrieden, denn auch er war nicht scharf auf Fragen zum Hergang seiner unglücklichen Mittwochstour.

Nur 16 Teilnehmer waren heute dabei. Bernd, Udo, der Kassierer, Ellen, die zweite Vorsitzende, Siggi, Martin und

Hans-Jörg. Außerdem saßen in der Runde Heike, eine emsige Tourenleiterin, Horst, der Juniorchef des ortsgrößten Fahrradhändlers, Hendrik, der Jüngste, der gerade mal 19 war und an der Hochschule in Krefeld studierte, dort beim Repair-Café aktiv war und vielleicht demnächst auch im AStA, der Studentenvertretung. Hilde die Wilde verdankte ihren Spitznamen der hennaroten Lockenpracht und ihrer Fahrweise auf unterschiedlichen Fahrrädern. Sie nahm hin und wieder an Manfreds Mittwochstour teil, meistens mit ihrem Mountainbike, und maulte dabei über jeden Meter Asphalt. Sobald sie auf Schotter oder Waldboden unterwegs waren, taute sie auf und war nicht mehr zu halten.

Wenn Hilde am Mittwoch dabei gewesen wäre, hätte es vielleicht sie erwischt. Manfred erschrak bei dem Gedanken. Ob ihm das lieber gewesen wäre? Natürlich nicht!

Hilde hatte vor Monaten ihren Radkurierdienst eröffnet. Noch schaffte sie es allein, aber sie fragte schon rund, wer sie demnächst unterstützen könnte.

In der Stadt war sie berühmt-berüchtigt. Unübersehbar, wenn sie mit wehenden Haaren und dem großen, ebenfalls roten Kurierdienstrucksack auf ihrem Fixie durch die Straßen raste, ohne Helm und Rücksicht auf andere Verkehrsteilnehmer.

Manfred hatte ihr Fixie mal ausprobieren dürfen, sicherheitshalber auf dem großen Parkplatz am Juliapark. Das spartanische Singlespeed-Bike brauchte weder Gangschaltung noch Rücktritt, hatte aber auch keinen Freilauf. Damit erübrigten sich die Bremsen. Die Kette lief vorne und hinten fest auf den beiden einzigen Zahnkränzen. Solange sich das Rad in Bewegung befand, drehten die Pedale in entsprechender Geschwindigkeit, und der Fahrer musste mittreten auf Teufel komm raus.

Manfred war bei seinem unvorsichtigen Versuch prompt vom rechten Pedal abgerutscht und hatte sich die Ferse aufgeratscht, nicht böse, aber schmerzhaft genug, um die Testfahrt sofort abzubrechen. Hilde hatte ihm danach ein paar Demorunden vorgefahren. Sie beherrschte ihr Rad perfekt, hatte schwindelerregend enge Runden gedreht, abrupt von 20 Stundenkilometern auf null gestoppt, ohne abzusteigen, und dann die Fahrtrichtung gewechselt, indem sie einfach rückwärtsfuhr.

Manfred hatte seine Fixieübung als interessante Erfahrung abgehakt und überlegt, ob man auch mit einem normalen Rad als Fahrradkurier Karriere machen könnte.

Hilde war auch der heimliche Star der monatlichen Critical Mass. Es gab nicht wenige, die nur kamen, um sie und ihre Kapriolen zu sehen. Manchmal fuhr sie ein paar Hundert Meter mit dem Rücken in Fahrtrichtung. Manfred stellte sich dann immer seine Verspannung in Schulter und Rücken vor, wegen der grauenhaften Verrenkung.

Helmar und Hanni hatten sich vor Monaten hier kennengelernt und traten seitdem im Doppelpack auf. Manfred hatte nie mehr einen von beiden alleine gesehen. Inzwischen boten sie einmal im Monat eine eigene Tour an.

Irgendwann hatten sie verwundert und belustigt festgestellt, dass es in ihrem Aktivenkreis einen überproportionalen Anteil von Vornamen gab, die mit H begannen. Einer hatte scherzhaft vorgeschlagen, dafür die Satzung zu ändern. Der siebte mit H war Hermann. Er war immer dabei, sagte aber nie etwas, hörte nur zu, lachte selten und war der weitaus Älteste im Kreis.

Rolf war heute seit Längerem erstmals wieder da. Er hatte sich ein paar Monate rargemacht, bisher aber sein Wochenendhaus ausnahmsweise nicht erwähnt.

Dag und Achim waren das alte Ehepaar und ebenfalls immer gemeinsam unterwegs. Sie interessierte vor allem das gesellige Beisammensein.

Schon im Frühjahr hatte sich der Vorstand darauf verständigt, die trockenen, manchmal nervenden, sich oft im Kreise drehenden verkehrspolitischen Diskussionen zu reduzieren.

Bernd fasste seitdem zu Beginn ihres Treffens das zusammen, was der Vorstand in seinen Sitzungen besprochen und beschlossen hatte. Selten wurde etwas davon infrage gestellt, die meisten waren froh, wenn dieser langweilige Teil beendet war und sie sich endlich locker und ungezwungen unterhalten konnten.

Auch dabei ging es um Fahrräder und Radfahren, aber nicht um Fragen wie »Sollen Fahrradfahrer eher auf der Straße oder besser auf dem Radweg fahren?«.

Das interessierte Manfred und die meisten Aktiven nicht, jeder fuhr eh nach seinem Gusto, wie er es am liebsten tat.

Trotzdem wurde lebhaft diskutiert, vor allem wenn es um ihre Veranstaltungen ging. Da hatten alle Interesse, und die Vorstandsmitglieder waren froh, dass sie bei der aufwendigen Organisation und Durchführung so viel Unterstützung erfuhren.

An dem Dienstag, als die angekündigte Vorbereitung der Bike-Night angelaufen war, war es besonders hoch hergegangen. Genau 30 Leute hatten sich an dem Tag in die Anwesenheitsliste eingetragen, die Bernd für diese Sitzung mit einer Extraspalte versehen hatte. »Tragt dort ein, ob ihr bei der Bike-Night dabei seid«, hatte er gesagt. »Bitte ein Kreuz, wer nur mitfährt, und ein K, wer korken will.«

»Korken« war die Bezeichnung für das seitliche Absichern der Strecke. Die Korker fuhren vor der Gruppe, unmittelbar hinter der führenden Fahrradstaffel der Polizei, und positionierten sich links und rechts an Kreuzungen, die die lange Fahrradkolonne querte.

Erstmals in diesem Jahr hatte der Vorstand dafür 20 batteriebetriebene Rundumleuchten angeschafft, orange, keine blauen, um die Polizei nicht auf die Palme zu bringen. Siggi, ihr Bastelspezialist, hatte in stundenlanger Arbeit zuverlässige Lenkerhalterungen zusammengeschraubt, und damit waren die Korker Samstagnacht unübersehbar gewesen. Der Einsatzleiter der Polizei hatte bei der Vorbesprechung gute Miene zum eigentlich verbotenen Spiel gemacht. »Dient ja nur der Sicherheit.«

»Bernd, du musst die Teilnehmerliste rumgeben«, meldete sich nun der Kassierer Udo.

Bernd nickte, griff in seine Mappe und reichte die Liste herum.

Bernd begann den Abend mit der Ankündigung einiger Termine wie dem beliebten Weihnachtsradeln am vierten Adventssonntag. »Ihr kennt das, kommt bitte möglichst verkleidet, alles was weihnachtlich aussieht, ist erlaubt – Nikoläuse, Engel oder auch Ruprechte.« Danach wurde er ernst und kam auf die Todesfälle zu sprechen. »Manni, bitte fass kurz zusammen, was am Mittwoch passiert ist.«

Manfred berichtete knapp und sachlich von der Tour, dem vermeintlichen Unfall und dass sich herausgestellt hatte, dass es kein Unfall, sondern ein Anschlag gewesen war. Mit einem fest verspannten Seil zwischen zwei Bäumen, genau in Halshöhe von Fahrradfahrern. »Ein Albtraum.« Er erwähnte nicht, dass normalerweise er selbst ganz vorne gefahren wäre, aber dass Erich zum ersten Mal dabei gewesen war. Die Runde war nicht überrascht, die meisten hatten die Zeitungen gelesen und längst untereinander telefoniert. Ihn hatten sie mit Anrufen verschont.

»Was für eine Sauerei!«, kommentierte Rolf, wie immer lautstark. »Ein Nylonseil quer über dem Pfad? So was habe ich vor Jahren mal im Fernsehen gesehen, in einem Krimi, da traf es einen Motorradfahrer. Ich weiß noch, wie ich gedacht habe: Hoffentlich gibt es keine Nachahmer.«

Einige nickten, sie hatten den Film auch gesehen.

Rolf stand auf, griff nach seinem Handy, sprach leise ein paar Worte hinein und entschuldigte sich. »Sorry, muss nochmals in die Firma.« Danach brach er hektisch auf.

»Hat der sein Bier bezahlt?« Alle lachten. Das bekannte Problem: Am Ende blieben zwei, drei Getränke offen, und der Letzte, der zahlte, hatte dann das Nachsehen. Rolf war notorisch klamm und hatte jeden schon mal angepumpt, um seinen Deckel zu bezahlen.

Bernd berichtete, was ihm die Polizei zum Tod von Chris Bernhard mitgeteilt hatte. Das war nicht viel, und Manfred war es egal. Er musste nicht beisteuern, was er von der Pressekonferenz und von Brockmann wusste.

Verständlicherweise war die Stimmung gedrückt und die Gruppe löste sich ausnahmsweise zeitig auf. Auch Manfred machte sich früh auf den Heimweg, er wollte nicht mit weiteren Fragen konfrontiert werden.

Gegen zehn war er daheim, erwischte gerade noch Britta, die auf dem Weg ins Bett war.

»Ich bin tutto kaputto, hab bis eben die letzten Bilder von der Hochzeit bearbeitet. Das Paar kommt morgen die DVD abholen, wahrscheinlich wollen die auch ein Hochzeitsbuch.«

»Prima!« Manfred gratulierte seiner Frau. Brittas Hochzeitsbücher waren anspruchsvoll. Nicht Ergebnis einer automatischen Software, sondern Resultat individueller Gestaltung. Das konnte nicht jeder, und darum hatte das auch seinen Preis. Ein schönes Zubrot auf das vereinbarte Fotografenhonorar.

Auf der Couch sitzend sah Manfred auf die Uhr. »Herrje, noch so früh.«

Er zappte ins Erste in die Tagesthemen, folgte ein paar Minuten ohne großes Interesse der Berichterstattung und beschloss dann, nochmals in die Stadt zu fahren. Wenn ich jetzt schlafen gehe, steh ich um drei aufrecht im Bett und mach danach kein Auge mehr zu, entschuldigte er sich in Gedanken.

Er nahm sein Portemonnaie und die Schlüssel, öffnete leise die Garagentür, stieg auf sein Rad und machte sich auf den Weg.

Der Wellingplatz war längst menschenleer, nur vor dem Petros standen ein paar einsame Gäste, und Manfred verband sein Rad mit der hinteren Stütze des Raucherpavillons. Die Kneipe war fast leer, und Manfred einigermaßen frustriert. Von den wenigen Gästen, die noch da waren, kannte er niemanden. Die Zeiten waren vorbei, als er an jeder Theke der Stadt von einem Bekannten mit Handschlag begrüßt worden war. Er bestellte ein Alt, bezahlte sofort, trank das Glas in einem Zug leer und verließ die Kneipe.

Er radelte durch die Grawenhorster Bronx, denn da gab es ein weiteres Ziel. Ein Kumpel aus fast vergessenen Tagen hatte vor Monaten ein verrücktes Lokal eröffnet. Eine Dartkneipe von 18 bis 23 Uhr, und danach, nur danach, aber dann bis 8 Uhr am Morgen, gab es feinste T-Bones für 29 Euro pro Portion.

Die esstellergroßen Fleischstücke wurden im Dartvatter auf dicken Bambusplatten serviert. Einzige Zutaten waren Kräuterbutter oder hausgemachter Sauerrahm, zudem Messer und Gabel. Das scharfe Steakmesser steckte senkrecht in der Holzplatte und nagelte das übergroße Steak darauf fest.

Mit dem Konzept hatte Harry einen Volltreffer gelandet. Wenn in der City die letzten Kneipen schlossen und die Dartspieler sein Lokal langsam verließen, kamen die nimmermüden Nachtschwärmer. Kollegen-Wirte mit ihrem Personal, manchmal im Pulk mit Gästen, die sie bei sich gerade rausgeworfen hatten. Wenn die weg waren, trudelten die ersten Nutten ein und genossen ihren Feierabend ohne Freier. Zuletzt kamen die Taxifahrer. Ihre Steaks hatten sie per Handy aus dem Wagen bestellt, oft während der letzten Tour.

Manfred schaute sich um und entdeckte überrascht seinen neuen Bekannten von der Kripo. Der hockte allein, nur mit einem leeren Bierglas, an der langen Theke, und es schien, als sei er unschlüssig, was er machen sollte.

»'n Abend, Chef.« Manfred hatte sich spontan für die saloppe Begrüßung entschieden.

Brockmann sah überrascht auf, lachte schief und klatschte locker Manfreds Hand ab. »Auch 'ne Nachteule?«

»Ich konnte nicht schlafen und musste nochmals unter Leute. Und nun hab ich Hunger. Diese T-Bones hier sind die besten Fleischstücke am Niederrhein, und eins davon werde ich mir jetzt gönnen.«

Brockmann wusste davon nichts, er war zufällig hier gelandet. Sie bestellten gemeinsam. Harry Schmitt, der Inhaber des Dartvatter, war entzückt. Er liebte sein Restaurant und seine T-Bones über alles. Vor allem liebte er es, wenn seine Gäste seine Steaks lobten, und Stammkunden legte er besonders ausgewählte Stücke auf den großen Holzkohlengrill.

»Wir kommen und kommen nicht weiter.«

Manfred registrierte überrascht, dass der Kripomann plötzlich ungefragt damit begann, aus dem Nähkästchen zu plaudern.

»Da liegen zwei Leichen in der Pathologie, beide sind vom Fahrrad gefallen, sozusagen. Beide hatten irgendwie die Pest am Hals, und wir haben keine Ahnung warum. Keinerlei Zusammenhang ist erkennbar. Aber …«

Brockmann machte eine Kunstpause.

»… es ist höchst unwahrscheinlich, völlig unwahrscheinlich, dass es keinen Zusammenhang gibt.«

Manfred schaute sein Gegenüber konsterniert an. »Wie bitte? Sie glauben, die beiden Todesfälle hängen zusammen?«

»Wenn etwas quakt wie eine Ente, aussieht wie eine Ente und watschelt wie eine Ente – was ist es dann?« Brockmann schaute Manfred in die Augen. »Wir haben zwei Morde mit Fahrradfahrern. In beiden Fällen war eine Art Seil das Tatwerkzeug. Beide Fälle passierten während einer ADFC-Veranstaltung. Erkennen Sie etwas anders als eine Ente?«

Manfred überlegte, ob er mitspekulieren sollte, da brachte Harry ihr Essen. Die T-Bones waren gigantisch, die Holzplatten eigentlich zu klein. Harry brachte prompt auch seinen Rotwein, einen trockenen Rioja, ganz nach seinem Geschmack. Brockmann blieb bei seinem Bier. Sie genossen schweigend das hochwertige Fleisch. Beide hatten es medium bestellt, Manfred mit Sauerrahm, Brockmann mit Kräuterbutter und einer Schüssel Sahnekrautsalat. Der Salat war neu, eigentlich unnötig, denn kein normaler Mensch konnte zu den monströsen T-Bones noch Krautsalat essen.

Hier irrte Manfred. Martin Brockmann konnte das. Der verdrückte Salat und Fleisch in einer sagenhaften Geschwindigkeit. Schneller als Manfred, obwohl auch der nicht als langsamer Esser bekannt war.

Das Fleisch war perfekt, schön rosa, noch ein wenig blutig, der Geschmack exzellent. Manfred dachte kurz an Britta, was sie verpasste, aber die musste ja nicht alles wissen.

»Es gibt einen weiteren Zusammenhang.« Manfred schaute Brockmann an.

»Was?« Brockmann hatte gerade ein letztes Stückchen Fleisch vom großen Knochen gelöst, legte nun aber seine Gabel beiseite und nahm einen langen Zug aus seinem frisch gefüllten Altglas.

»Nur so eine Idee, wahrscheinlich völlig unwichtig. Die Bernhard war ja federführend an dem Central-City-Projekt beteiligt. Kennen Sie das?«

Brockmann nickte nur.

»Erich war Mitarbeiter bei einem der Projektentwickler, genauer gesagt, bei einem der Ingenieurbüros, die in der frühen Ideenphase beteiligt waren. Die sind aber nicht zum Zuge gekommen. Die Projektentwicklung macht inzwischen eines der Konkurrenzunternehmen.«

»Woher wissen Sie das?«

»Das hat Erich mir auf der Tour erzählt. Irgendwo zwischen Beven und Lotten sind wir ein paar Minuten auf dem Radweg nebeneinander gefahren. Der konnte die Klappe ja nicht halten. Mit irgendwem und über irgendwas hat der immer geredet, eigentlich pausenlos während der Tour.«

»Und das fällt Ihnen zufällig beim Essen wieder ein? Sie sollten endlich alles auf einmal auf den Tisch legen und nicht nur scheibchenweise.«

Manfred schwieg. Was sollte er auch sagen. Diesen Teil der Unterhaltung mit Erich hatte er längst vergessen gehabt. Zu viel war passiert, und erst eben, als Brockmann die Zusammenhänge aufgezählt hatte, war es ihm wieder eingefallen. Er dachte über weitere Gemeinsamkeiten nach, und er wurde fündig. »Es gibt noch eine Analogie.«

»Wasss?« Brockmann stöhnte und verdrehte die Augen.

»Beide waren gleich alt, 49.«

»Meinen Sie, da hat es jemand auf 49-jährige Radfahrer abgesehen, die mit Stadtplanung zu tun haben? Bullshit! Das ist doch Quatsch!« Brockmann winkte entschieden ab. »Eher glaube ich an den Weihnachtsmann zu Fahrrad.«

Manfred lachte lauthals auf. »Dann wundern Sie sich mal nicht, wenn Ihnen am vierten Advent im Dezember gleich ein paar Dutzend Weihnachtsmänner auf dem Fahrrad begegnen.« Er erzählte dem Kripomann von ihrem alljährlichen Weihnachtsradeln im Dezember.

Plötzlich fiel Brockmann etwas ein. Er ging zur Theke und ließ sich sein Handy geben. Als er an den Tisch zurückkam, klärte er Manfred auf: »Das müsste wieder aufgeladen sein. Ist mir eben abgeschmiert. Akku war leer, aber ich hab immer das Kabel dabei.« Brockmann brauchte eine kleine Ewigkeit, um sein Handy in Gang zu bringen. Kaum hatte er es eingeschaltet, kam ein Anruf. Brockmann nahm sofort an und meldete sich. »Jaja, tut mir leid, der Akku war leer. Das Telefon war aber nur ein paar Minuten aus.«

Manfred war sicher, dass das gelogen war. Wahrscheinlich hatte das Handy schon eine geschlagene Stunde in Harrys Gläserregal gelegen und Strom getankt.

Der Kripobeamte telefonierte mit Lautsprecher, und Manfred verstand jedes Wort, das Brockmanns Gesprächspartner sagte.

»Wir haben wieder 'ne Fahrradleiche. Auf dem Wellingplatz-Schachbrett.«

»Bin gleich da, zehn Minuten.« Brockmann hatte hektisch versucht, den Lautsprecher auszuschalten, während der Anrufer sprach, was ihm jedoch nicht gelungen war. Deshalb brach er das Gespräch nun ab und steckte sein Handy mit hochrotem Kopf in seine Hosentasche.

»Schade, Sie haben einen Einsatz, oder?«

Brockmann blieb erst einmal stumm, überlegte offensichtlich und bestätigte dann widerwillig, was Manfred sowieso gehört hatte. »Ja, wir haben wieder einen Toten. Zahlen, bitte!« Die letzten Worte rief er laut zur Theke.

Ein dritter Mord an einem Radfahrer? Manfred war geschockt, griff nach seinem Weinglas, das Harry unaufgefordert nachgefüllt hatte, trank es in einem Zug aus, verschluckte sich dabei und hastete prustend zur Toilette. Mist, mein neues Hemd, voller Rotwein. Britta wird begeistert sein.

Zurück im Gastraum stellte er fest, dass Brockmann bereits weg war. Manfred ging zur Tür und sah, wie Brockmann sich auf sein Hollandrad schwang und Richtung Mehrbahntunnel fuhr. Kurz entschlossen legte Manfred 50 Euro auf den Tisch, verließ das Dartvatter und fuhr eiligst hinter dem Kripobeamten her. Unterwegs erkannte er auf der leuchtenden Sparkassenuhr, dass es bereits nach zwei war, und ihm wurde bewusst, wie lange sie gegessen und geredet hatten.

Der Wellingplatz war zu dieser frühen Stunde menschenleer. Lediglich am Schachbrett standen drei Fahrzeuge: ein Streifenwagen, ein Zivilfahrzeug und ein großer silberblauer Kastenwagen. Daran lehnte Brockmann gerade sein Fahrrad an. Die quadratische schwarz-weiße Spielfläche war rundum mit Flatterband abgesperrt, das Manfred bisher nur aus unzähligen Tatortfolgen und anderen TV-Krimis kannte. Rot-weiß gestreift und mit dem Schriftzug »Polizeiabsperrung« im Rapport. Auf dem Schachbrett stand ein Pavillon.

Er hielt sich im Hintergrund und betrachtete die Szenerie aus gehöriger Entfernung. Fehlte noch, dass ihn hier ein Pressekollege erkannte oder gar fotografierte. Aber da war kein Journalist, auch kein Fotograf. Nur zwei Polizisten standen am Flatterband. Der eine ging jetzt zur Seite und stellte sich an die neu gepflanzte Linde mitten auf dem Platz. Der andere drehte Manfred den Rücken zu und bewachte die Seite hinter dem Pavillon, die Manfred nicht sehen konnte.

Manfred erkannte Schäbe am Rand des Schachbretts, der offensichtlich seinen Chef über den Stand der Dinge informierte. Was in dem Pavillon vor sich ging, blieb ihm verborgen, nur ein paar Schatten bewegten sich in gebückter Haltung hinter dem Stoff hin und her.

Die SpuSi, kombinierte Manfred messerscharf, und tatsächlich trat prompt einer der weiß gekleideten Kriminaltechniker heraus und stellte sich zu Brockmann und Schäbe. Die drei wechselten ein paar Worte und verschwanden anschließend gemeinsam hinter den weißen Zeltwänden.

Manfred bewegte sich zuerst zögernd, dann zügig Richtung Schachbrett. Niemand interessierte sich für ihn. Kurz entschlossen bückte er sich, schlüpfte unter dem Flatterband durch und ging schnurstracks in den Pavillon.

Im Zelt standen die beiden Kripobeamten und zwei Weißgekleidete, beides Frauen, beide groß gewachsen.

Manfred erkannte den auf dem Boden liegenden Rolf auf den ersten Blick. Der markante Schädel mit den tiefschwarzen Haupthaaren und dem gepflegten Vollbart.

Nun quasselt der nie mehr. Der unschickliche Gedanke war ihm unwillkürlich entfahren, und er erschrak über sich selbst.

Die vier im Pavillon fuhren zu ihm herum. Brockmann sah ihn fassungslos an und brüllte dann so laut los, dass einige Bewohner des Wellingplatzes sicher wach wurden. »Was machen Sie hier? Was fällt Ihnen ein? Sind Sie von allen guten Geistern verlassen? Wie kommt der überhaupt hier rein? Pennen die da draußen, oder sind die einen trinken gegangen?«

Schäbe hetzte aus dem Pavillon, um nachzusehen.

Brockmann holte kurz Luft, brüllte aber nicht weiter, sondern wurde ganz leise, was aus seinem Mund nicht weniger gefährlich klang. »Sie kennen den Toten?«

Manfred hätte sich liebend gerne in Luft aufgelöst und warf einen vorsichtigen Blick zum Ausgang. Den jedoch versperrte Schäbe, der sich achselzuckend an Brockmann wandte. »Einer der Kollegen musste pinkeln, der andere hat sich nur um seine Seite gekümmert.«

Brockmann verdrehte die Augen, sah wieder Manfred an und nickte auffordernd.

»Das ist Rolf Mertens, ohne Zweifel. Der war heute Abend mit uns zusammen. Drüben im Nero haben wir uns getroffen.« Manfred zeigte auf das Lokal auf der gegenüberliegenden Platzseite.

»Ein ADFC-Mitglied.« Brockmann konstatierte den Fakt. Wahrscheinlich arbeitete er im Kopf an seinen Zusammenhängen.

»Ob er Mitglied war, weiß ich gar nicht sicher, aber Rolf war oft dabei, hat gerne geholfen. Doch in den letzten Monaten hat er sich rar gemacht. Auch heute war er nur kurz da. Gegen halb neun klingelte sein Handy, und dann ist er sofort gegangen.«

Die Kriminaltechnikerin mischte sich ein. »Immerhin wissen wir nun, wer der Tote ist, denn Ausweispapiere haben wir nicht gefunden, auch kein Handy. Nur der Schlauch und ein …«

Manfred registrierte, dass Brockmann unwillig den Kopf schüttelte und damit den Mitteilungsdrang seiner KTU-Kollegin unterbrach. Offensichtlich wollte er nicht, dass zu viele Details bekannt wurden.

Manfreds Handy vibrierte. Auf dem Display wurde »Zuhause« angezeigt. Verdammt, Britta! Seine Frau war wohl wach geworden. Schnell verließ er das hell beleuchtete Zelt und suchte den Schatten des Kastenwagens.

»Du, ich bin noch mal in die Stadt, konnte nicht schlafen. Da hab ich den Brockmann getroffen und wir haben uns verquatscht. Ich habe gerade tschüss gesagt und fahr jetzt los. In 20 Minuten bin ich daheim.«

»Gut!«

Wenn Britta so kurz angebunden war, war sie sauer, und diesmal durchaus zurecht. Manfred hatte keine Lust, sie in dieser Stimmung mit dem dritten Todesfall zu konfrontieren. Das musste Zeit bis morgen haben, sonst würden sie beide in dieser Nacht kein Auge zumachen.

»Sorry, Herr Brockmann, ich muss los. Oder brauchen Sie mich noch?«

Brockmann winkte unwillig ab. Manfred hörte zwar nicht, was er sagte, glaubte aber, auf seinen Lippen die Worte »Hauen Sie bloß ab« lesen zu können.

Er stieg auf sein Rad und machte sich zum zweiten Mal in dieser Nacht auf den Heimweg. Während der Fahrt dachte er an Rolf und dessen nette Frau. Die Arme. Ob die Kripoleute sie gleich informieren?

Zu Hause sah er zuerst ins Schlafzimmer und meldete sich leise zurück.

»Dann gute Nacht.« Britta war richtig sauer.

Manfred ahnte, dass ihr Gespräch am Morgen ähnlich frostig ausfallen würde.

Es war Viertel nach drei. Auf der Couch in seinem Arbeitszimmer überlegte er, wie er Britta nach dem Aufstehen am besten den Abend erklären könnte. Er war völlig aufgedreht, zog eine angebrochene Weinflasche erneut auf und beruhigte sich mit einem Schluck des einfachen Landweins.

Langsam wurde ihm bewusst, dass der Fall eine andere Dimension annahm. Der Fall. Drei Todesfälle, alle im

ADFC-Umfeld. Sobald das öffentlich werden würde, würde die Hölle los sein und die Medien die Toten nach allen Regeln der Kunst ausschlachten.

Herrje, böses Wortspiel. Wieder erschrak Manfred über sich selbst und rief sich in Gedanken zur Ordnung.

Der Journalist in ihm meldete sich. Der ADFC brauchte einen Plan, eine offensive Strategie. Sie durften nicht abwarten, was die Medien daraus machen würden, sondern mussten alles aktiv so lenken, um möglichst heil aus der Geschichte herauszukommen. Doch das war leichter gesagt als getan. Sie waren nun mal keine professionellen Krisenmanager.

Manfred schrieb an Bernd.

MANNI:

> Wichtig: Ruf mich an,
> möglichst früh!!

03:29

Irgendwas wird uns schon einfallen. Mit diesem Gedanken schlief er ein. Auf seiner Couch, in Klamotten und Schuhen.

ZWÖLF

Der Mittwochmorgen begann wie erwartet wenig erfreulich. Britta war früh wach, früher als er, und fand ihn auf der Couch mitsamt seinem versauten Hemd. Unsanft weckte sie ihn.

»Es ist schon zehn, ich hab gleich einen Arzttermin. Brauchst du das Auto? Dann musst du mich fahren und danach wieder abholen.«

»Eigentlich nicht, aber warum nimmst du nicht das Rad?« Manfred hatte die Frage noch nicht ganz ausgesprochen, da wusste er schon, dass er einen Fehler gemacht hatte.

»Bist du verrückt? Soll ich bis Hambach mit dem Fahrrad fahren?« Seine Frau reagierte empört.

»Entschuldigung, ich dachte, das wäre hier in …«

»Denk einfach zukünftig auch mal an mich. Ich hab mich ziemlich erschrocken letzte Nacht. Es war fast drei, und du warst nicht daheim. Du hättest anrufen können. Ich sah dich schon im Rinnstein liegen.«

»Wann musst du los?« Manfred fiel Rolf ein, und er hatte ein schlechtes Gewissen.

»Jetzt! Wenn alles normal läuft, bin ich in zwei Stunden zurück. Dann kannst du mir erklären, wo du dich gestern so lange herumgetrieben hast und was mit deinem neuen Hemd passiert ist. Rotwein vermutlich.«

Britta schnappte sich den Autoschlüssel, und weg war sie, ohne tschüss zu sagen.

Das ist ja toll gelaufen. Manfred schloss die Augen und überlegte, ob der Tag noch zu retten war. Bernd hatte nicht angerufen, fiel ihm ein. Hatte er die Nachricht gestern überhaupt abgeschickt? Er kontrollierte sein Handy. Ja, er hatte.

Zwei graue Haken bestätigten, dass die Mitteilung zugestellt worden war. Aber Bernd hatte sie noch nicht gelesen, der war nicht mal online gewesen, seit 23 Uhr nicht mehr.

Was sollte er nur tun? Das musste der Vorstand deichseln, das konnte er als einfaches Mitglied nicht alleine durchziehen. Vor allem nicht, weil er persönlich involviert war.

Seine Radtour heute Abend fiel ihm ein. Die hatte er nicht abgesagt, und dafür war es nun zu spät. Er würde sie machen müssen. »Machen müssen«, so ein Quatsch. Die Tour war vielleicht das Beste, was ihm im Moment passieren konnte. Eine schnelle Runde, um seinen Kopf frei zu bekommen. Manfred sparte sich jedoch die sonst übliche Erinnerung bei Facebook. Hauptsache, ein paar Mitfahrer würden da sein, auf neue Leute konnte er heute verzichten. Vor allem hoffte er, dass niemand kommen würde, der auf Nervenkitzel auf dem Heyderwaldweg scharf war.

Pübüpp. Sein Handy kündigte eine Nachricht an.

BERND:

> War im Flieger, gleich
> im Meeting, melde mich
> nach 18h.

10:20

Nach 18 Uhr wäre Manfred auf dem Rad und würde sicher nicht mit Bernd telefonieren.

Pübüpp.

BERND:

> Noch 'ne Leiche?

10:27

Manfred stöhnte. Bernds Humor war manchmal schwer zu ertragen. Und in diesem Falle gar nicht.

Pübüpp. Schon wieder Bernd?

FREDDY:

> Kannst du uns Do-Abend
> zu Siglin fahren?

10:30

Seine Tochter. Manfred verzog das Gesicht. Dieser Elterntaxiservice nahm immer wildere Formen an. Britta und er hatten vor Langem entschieden, dass ein Auto im Haushalt ausreichen musste. Immerhin hatten sie einen geräumigen Kombi, auch wegen Pakko, der während der Fahrt über alle Polster springen würde, wenn das stabile Hundegitter hinter der Rückbank ihn nicht daran hindern würde.

Der Nachteil ihres großen Autos war, dass man darin viele Mitfahrer unterbringen konnte, und das nutzten Freddy und ihr Freundeskreis gerne aus. Britta und er waren die bevorzugten Chauffeure ins Kino, zu Kirmeszelten oder was sonst in Grawenhorst oder im nahen Kreisgebiet stattfand.

Manfred wartete mit seiner Antwort, bis Britta zurück war, und als klar war, dass sie am Donnerstagabend daheimbleiben würden, gab er Freddy sein Okay. Der Wagen würde bis dahin hoffentlich aus der Werkstatt zurück sein, morgen musste er ihn hinbringen.

Das Gespräch mit seiner Frau verlief glatter als befürchtet. Zuerst trat er die Flucht nach vorn an, beichtete sein spontanes T-Bone-Essen bei Harry und erzählt ihr dann den Rest der schlimmen Nacht.

»Rolf? Kenn ich den überhaupt?« Britta sah Manfred zweifelnd an.

»Erinnerst du dich an den Radwandertag Anfang Juli? An die beiden mit den teuren Mountainbikes, die bei Siggi ihre Räder haben kodieren lassen? Er schwarze Haare, Vollbart. Sie fast wasserstoffblond. Du hast über ihre Oberweite gelästert.«

»Ah, jetzt, ja. Ein hübsches Paar, passten aber eigentlich nicht in die Radwandersippe mit ihren modischen Outfits und den stylischen Rädern.«

Manfred nickte. Ja, der Radwandertag war in die Jahre gekommen, und mit ihm viele Teilnehmer. Nicht so einfach, nach so vielen Jahren das Konzept zu drehen und neue Teilnehmer zu gewinnen.

Auch Britta hatte erkannt, dass die Sache aus dem Ruder lief. Drei Tote. In acht Tagen. Alle mit Fahrrad. »Haben wir es mit einem Serienmörder zu tun?«

Manfred erschrak, sie hatte das schlimme Wort ausgesprochen. Konnte das möglich sein? War da ein Wahnsinniger unterwegs und dezimierte die Grawenhorster Fahrradgemeinde?

»Wie ist Rolf eigentlich gestorben? Auch mit einem Strick?«

Manfred stutzte. Das hatten sie ihm gar nicht gesagt, und er hatte in der Aufregung nicht danach gefragt.

Britta sah auf ihre Uhr. »Himmel, ich muss an den Computer.« Das Fotobuch. Sie hatte erst ein paar Seiten fertig, aber ihre Kunden wollten schon am Wochenende etwas sehen und ihren Eltern zeigen.

Auch Manfred hatte zu tun, und so gingen sie kurz hintereinander ins Büro, jeder an seinen Schreibtisch.

Um halb sechs erinnerte ihn sein Smartphone an die bevorstehende Tour. Er bat Britta, seinen Rechner anzulassen, weil er später am Abend weiterarbeiten wollte. Die Bildschirme schaltete er aber aus.

Um 20 vor sechs war er auf dem Weg zum Treffpunkt am Juliapark, ausnahmsweise hatte er keine neue Tour ausgearbeitet. Dass er immer wechselnde Strecken anbot, gefiel den meisten Teilnehmern gut, heute jedoch würden sie einen Klassiker fahren, eine seiner Lieblingsstrecken. Um den Heyderwald herum, doch nicht mittendurch. Enge Waldpfade würde er meiden, vielleicht auch in den nächsten Wochen. Manfred fragte sich, ob er in Zukunft anders mit dem Rad fahren würde als vor Erichs Tod. Würde er immer daran denken müssen? An das verdammte Seil, das ein Irrer gespannt hatte?

Er kam pünktlich zum Treff. Fünf Mitfahrer warteten bereits auf ihn, alles bekannte Gesichter. Werner kam zwei Minuten zu spät, als sie gerade losfuhren. Manfred verzichtete auf seine übliche Einführung, die war heute nicht nötig. Alle hatten sich schon unaufgefordert in seine Teilnehmerliste eingetragen.

Manfred dachte an Erich, der hatte auch unterschrieben, war auf eigene Verantwortung unterwegs gewesen und gestorben. Dem war der Unterschied egal, ob mit oder ohne Verantwortung. Wer aber war verantwortlich für den toten Erich?

Da unterbrach jemand lauthals seine Überlegungen. »Hey, Manni, gehen wir heute spazieren oder fahren wir?«

Manfred, in seine traurigen Gedankenspiele versunken, hatte nicht bemerkt, dass er in sehr moderatem Tempo unterwegs war. Schnell erhöhte er seine Geschwindigkeit. Bei leichtem Rückenwind und glatter Asphaltdecke fuhren sie bald mit ihren gewohnten 25 km/h auf dem breiten Wirtschaftsweg am Marienkapellchen vorbei Richtung Merrenbroich. Dahinter weiter durch den Hardenhain, und danach hetzten sie weiter übers Feld rechts von der L 185 und den umliegenden Dörfern. Sie umrundeten den Tannengrund und den Heyderwald in einem großen Bogen, überquerten die A 36 und fuhren dann mitten durch die Stadt zurück am Landgericht vorbei und über den Primatenhügel.

Dort löste sich die Gruppe nach und nach auf. Niemand wollte nach 40 Kilometern noch zum Juliapark. Warum auch?

Manfred war zufrieden. Es hatte geklappt, er hatte bald nach ihrem Tourstart an keine Leiche mehr gedacht, war relaxt und reichlich ausgepowert. Sein Kopf war frei, jedenfalls für den Augenblick.

Doch bald dachte er wieder an Rolf, und 100 Meter vor ihrem Haus beschloss er, Brockmann anzurufen. Er wollte wissen, wie Rolf gestorben war.

Durchs Küchenfenster sah er entsetzt, dass sie Besuch hatten. Die liebe Nachbarin von schräg gegenüber.

Das muss ich nicht haben, entschied er sofort. Er deponierte sein Rad in der Garage, schloss leise die Verbindungstür zum Keller auf und duschte unten. Danach verschwand er in seinem Büro, schloss die Innentür fest zu und griff zum Telefon.

»Ja, bitte?« Brockmann meldete sich sofort.

Manfred fragte ihn unverblümt, ob schon bekannt sei, wie Rolf Mertens gestorben war.

Brockmann antwortete nicht sofort, überlegte offensichtlich, was er preisgeben sollte. Nach einer längeren Pause sagte er: »Wir gehen davon aus, dass das Opfer erdrosselt wurde.«

»Auch mit einer Bola? Oder wieder mit einem Nylonseil?«

»Das kann ich Ihnen zum jetzigen Zeitpunkt nicht mit Sicherheit sagen, daran arbeiten unsere Kriminaltechniker noch.«

Manfred bedankte sich, bat darum, dass Brockmann ihn bitte anrufen möge, wenn sich etwas Neues ergebe, und legte auf.

Drei ungeklärte Todesfälle. Drei Fahrräder. Dreimal war sein ADFC beteiligt. Manfred schaffte es nicht, die Vorgänge im Kopf zu ordnen, viel zu viel war passiert. Immer und immer wieder ging er die Abläufe durch, kam aber auf keine Erklärung, die plausibel erschien. Dabei massierte er sich im Minutenabstand die Waden, denn die Tour war anstrengend gewesen. Zuletzt an der langen Steigung der Autobahnbrücke war er sehr langsam geworden, und seine Mitfahrer hatten lachend gefragt, ob sie ihn schieben müssten.

»So weit kommt's noch.« Er hatte die Zähne zusammengebissen, kräftig in die Pedale getreten und bald hinter der Brücke wieder die Führung übernommen.

Vorsichtig schlich er ins Wohnzimmer, die Nachbarin war weg. Britta auch. Im Bett. Manfred setzte sich auf die Couch, öffnete sein Notebook, überprüfte seine E-Mails, fand nichts Wichtiges und schaltete den Fernseher an. Auf die Sport1-Spieltagsanalyse vom Montag hatte er keine Lust, seine Borussia hatte am Sonntag hoch verloren. Das wollte er sich nicht nochmals in der Wiederholung antun. Er zappte durch die anderen Aufnahmen und entschied sich für eine neue Folge von »Lewis«. Diese englische Krimiserie aus Oxford fand er ganz witzig. Die Dialoge zwischen dem bodenständigen Inspector Lewis und seinem intellektuellen, jungen Assistenten Hathaway, der früher hatte Priester werden wollen, gefielen ihm. Die Geschichten waren originell und die Szenarien im historischen Oxford sorgfältig gefilmt.

Das rote Telefon klingelte, also ihre Privatnummer. Auf dem Display las er »Unbekannter Teilnehmer«. Manfred überlegte wegen der späten Uhrzeit, ob er den Anruf überhaupt annehmen sollte, meldete sich dann aber doch.

»Manfred Hanraths, ja bitte?«

»Herr Hanraths, wir müssen reden. Morgen 10 Uhr?«

Brockmann nannte nicht mal seinen Namen. Seine Stimme klang seltsam, nicht dramatisch, aber irgendwie anders. Einerseits fordernd, andererseits butterweich, jedenfalls ließ die Ansage keinen Widerspruch zu.

Vielleicht ist er einfach übermüdet, dachte Manfred. Die letzte Nacht ist lang gewesen, und wenig Bier hat der Kripomann auch nicht getrunken.

»Okay, bin um 10 Uhr bei Ihnen. Gute Nacht.«

Britta würde nicht begeistert sein. Er hatte versprochen, das Auto am Morgen in die Werkstatt zu bringen. Mittlerweile hatten sie ihren fünften Kombi, immer vom selben Händler, und der saß im 20 Kilometer entfernten Kümmern. Manchmal war das unpraktisch, aber es hatte unter dem Strich eher Vorteile.

In Kümmern, weit draußen im Landkreis, war das kleine Autohaus Platzhirsch. Die großen Konkurrenten in den Großstädten waren weit genug weg. Die langjährige, inzwischen fast freundschaftliche Bekanntschaft mit dem Inhaber und längst auch seinem Sohn hatte sich immer wieder mal als positiv erwiesen. Sei es, weil eine Kulanzregelung doppelt großzügig angewendet wurde, oder weil Werkstatttermine höchst flexibel und kurzfristig möglich waren. Ob nach dem ersten Schneefall, wenn der halbe Niederrhein gleichzeitig die Winterreifen aufgezogen haben wollte, oder weil sie die anstehende TÜV-Untersuchung vergessen hatten. Immer amüsant waren die lockeren Gespräche mit dem Sohn. Dem steckte Manfred gerne die neuste Ausgabe ihres Mitgliedermagazins zu, nicht ohne zu erwähnen, wie preiswert eine ganzseitige Anzeige in der »Rad am Niederrhein« sei. Und scherzhaft, dass die örtlichen ADFC-Kollegen daran arbeiten würden, die Straße am Autohaus zur Fahrradstraße umzuwidmen. Und dass es deshalb vielleicht besser wäre, das Unternehmen nach Grawenhorst zu verlegen.

Jemand klopfte kräftig an die Haustür. Manfred schrak auf und warf einen schnellen Blick auf die Uhr. Halb eins.

»Mach schon auf!«

Verwundert stellte er fest, dass seine Frau nicht wie vermutet oben im Bett lag, sondern draußen vor der Tür stand.

»Wo um Himmels willen kommst du jetzt her?«

»Ich war bei Harry, T-Bone essen. Du hast recht, die sind wirklich lecker!«

»War ja klar, dass du mir das unter die Nase reiben musst.«

Britta erklärte ihm nach einigem Zögern, dass die liebe Nachbarin eine neue Küche bekommen habe, und die hatte sie sich angesehen. Dabei hatten sie ein bisschen Wein getrunken und lange geredet. »Und nun gehe ich schlafen.«

Weg war sie, die Treppe hoch in ihr Bett. Manfred war froh, nun musste er die Terminkollision nicht mündlich ausdiskutieren. Er schnappte sich sein Handy.

MANNI:

> Sorry, ich muss morgen um 10h wieder zum Brockmann. Fahre mit dem Rad. Kannst du den Wagen in die Werkstatt bringen?

00:40

BRITTA:

> Wann?

00:44

MANNI:

> Um 10h in Kümmern.

00:45

BRITTA:

> Ja, toll, wie komm ich zurück?

00:46

MANNI:

> Geben dir 'nen Leihwagen.

00:47

BRITTA:

Okay, Grüße an Brock-
mann + gute Nacht.

00:47

MANNI:

Danke. Schlaf gut!

00:48

Das ist ja noch mal gut gegangen. Manfred entspannte sich erleichtert und dachte nach. Was für eine Woche! Er wünschte sich, er hätte das Polizeipräsidium nie betreten, zumindest nicht, seit sein Vater nicht mehr dort arbeitete. Nun wurde er zum Dauergast wider Willen.

Was Brockmann nur von ihm wollte? Ob es neue Erkenntnisse gab?

ELF

Schäbe begrüßte ihn. »Guten Morgen, Herr Hanraths.«

Manfred wunderte sich. »So förmlich?« Bisher war der Brockmann-Adlatus stets locker gewesen und hatte ihn manchmal sogar geduzt.

»Wir warten mit der Vernehmung auf Herrn Brockmann, der wird in wenigen Minuten zu uns stoßen.«

Schäbe rückte auf seinem Stuhl hin und her und sortierte ein paar Papiere auf seinem Schreibtisch.

Vernehmung? Was ging denn bei denen ab? Manfred war verwirrt und setzte schon zu einer Nachfrage an.

Just in dem Moment ging die Tür auf, Brockmann stürzte in den Raum und setzte sich auf den freien Stuhl Manfred gegenüber.

»Kann losgehen. Lieber Herr Hanraths!« Ganz im Gegensatz zu dem, was er sagte, klang er nicht ansatzweise liebenswürdig.

»Ist das eine Vernehmung?« Manfred wollte wissen, woran er war.

»Sagen Sie es uns, Herr Hanraths. Müssten wir Sie vernehmen?« Brockmann schaute ihm fest in die Augen.

»Quatsch mit Soße.« Manfred war verunsichert, hatte aber keine Lust, das zu zeigen, und wurde betont forsch. »Ich habe Sie jederzeit und uneingeschränkt unterstützt. Wenn ich am Anfang etwas vergessen habe und damit verspätet zu Ihnen gekommen bin, tut mir das leid, kann ich nun aber nicht mehr ändern. Tatsache ist, dass von meiner Seite aus längst alle Fakten auf dem Tisch sind und ich keine Ahnung habe, was Sie nun von mir wollen.« Manfred fixierte Brockmann ebenfalls und zuckte dabei mit keiner Wimper. »Bitte, was wollen Sie von mir, lieber Herr Brockmann?«

Der so Angesprochene lehnte sich zurück. Vielleicht ohne dass er das beabsichtigt hatte, entspannte seine Körperhaltung die Stimmung im Raum. »Also gut, Herr Hanraths, bitte wiederholen Sie möglichst wortgetreu, was Sie mich gestern Abend gefragt haben, nachdem ich Ihnen mitgeteilt hatte, wie das Opfer getötet wurde. Das letzte Opfer. Der dritte Tote. Rolf Mertens. Bitte!«

Manfred überlegte, rekapitulierte in Gedanken das Gespräch am Telefon.

»Sie haben mir gesagt, dass das Opfer erdrosselt wurde.« Manfred schloss die Augen, um die Situation im Geiste zu rekonstruieren, brauchte einige Sekunden und fuhr dann zögernd fort: »Und ich habe Sie gefragt, womit Rolf Mertens erdrosselt wurde, ob auch mit einer Bola oder wieder mit einem Seil.«

»Nein, Herr Hanraths, das haben Sie so nicht gesagt. Sie haben nicht einfach nur ›Seil‹ gesagt, oder?«

»Richtig!« Manfred fiel es wieder ein. »Ich habe ›Nylonseil‹ gesagt. Ein Nylonseil, wie bei Erich im Heyderwald.«

Manfred registrierte, dass Brockmann und Schäbe ihn scharf anschauten, und fragte sich, was die beiden Polizisten vom ihm wollten. Irgendwann wurde ihm die Stille zu lang.

»Was denn? Habe ich sonst noch etwas gesagt?«

»Nein! Sie haben ›Nylonseil‹ gesagt. Nylonseil, nicht

einfach nur Seil oder Stahlseil, sondern Nylonseil. Sie haben Nylonseil gesagt.«

»Ja und, wo ist das Problem?«

»Weil es tatsächlich ein Nylonseil war, Herr Hanraths.«

Brockmann hob einen Klarsichtbeutel, den er bisher verborgen hatte, vor Manfreds Gesicht, und Manfred erkannte in der Tüte unschwer einen kreisrund gelegten Nylondraht, eine ziemlich dicke Ausführung der dünnen Drähte, die Britta zu Hause zur Abhängung ihrer Bilder benutzte.

»Ich verstehe Sie noch immer nicht …« Manfred hatte keine Ahnung, was die beiden Kriminalbeamten von ihm wollten, und blickte ratlos von einem zum anderen.

Brockmann ruckte wieder nach vorne.

Manfred dachte unversehens an den Raubvogel, der fast mal auf seinem Kopf gelandet wäre, und hob in einer Geste der Ratlosigkeit beide Hände.

»Bitte, meine Herren, bitte erklären Sie mir, was Sie mir mit dem blöden Seil sagen wollen.«

Schäbe sah Brockmann an. Der zuckte nur mit den Schultern, hielt die Tüte mit dem Nylondraht in der linken und zeigte mit seiner rechten Hand demonstrativ auf den Beutel.

»Ihr Erich wurde mit einem, mit diesem Nylonseil ermordet. Und Sie, lieber Herr Hanraths, dürften das eigentlich nicht wissen. Wir haben diese Information nämlich strikt geheim gehalten, der Seiltyp wurde nie erwähnt. Wir haben das heute Morgen genau nachgeprüft. In keiner Zeitung, nicht im Radio und nicht im Fernsehen wurde ein Nylonseil erwähnt.«

»Das hab ich bestimmt von Ihnen. Sie haben mir irgendwann gesagt, dass ein Nylonseil benutzt wurde.«

»Auf gar keinen Fall, Herr Hanraths!« Brockmann schüttelte energisch den Kopf. »Das können wir völlig ausschließen. Wir hatten intern entschieden, dass wir dieses Detail nicht der Öffentlichkeit mitteilen, vor allem nicht einem Tatbeteiligten.«

»Tatbeteiligter?« Die spinnen, die Bullen! Unwillkürlich musste Manfred lachen, weil ihm der legendäre Asterixspruch in abgewandelter Form durch den Kopf gegangen war. Gleichzeitig grübelte er und versuchte zu verstehen, warum er wusste, dass Erichs Mörder ein Nylonseil benutzt hatte.

Brockmann stand so abrupt auf, dass sein schwerer Stuhl fast hinter ihm in den Raum gekippt wäre. »Ich weiß ja nicht, was Sie gerade so lustig finden, aber wir lassen Sie mal ein paar Minuten allein. Vielleicht fällt Ihnen eine Erklärung ein. Wenn nicht, werden wir unsere Unterhaltung formell wiederholen. Und das wird dann eine richtige Vernehmung. Mit richtigem Protokoll.«

Brockmann nickte seinem Assistenten zu, und beide verließen den Raum.

Die wollen mich schmoren lassen. Manfred sackte in seinem unbequemen Stuhl zusammen, schaute sich in dem kleinen Büro um und stellte erleichtert fest, dass es kein großes Fenster mit undurchsichtiger Scheibe gab, wie er es aus den Krimis im Fernsehen kannte. Dann suchte er unwillkürlich nach einer Videokamera, mit der ihn die Beamten vielleicht heimlich beobachteten. Verdammt, jetzt werde ich paranoid.

Manfred war völlig sicher, dass es ein Nylonseil gewesen war auf dem Pfad im Wald. Er hatte nur keine Ahnung, woher er das wusste. Warum habe ich »Nylonseil« gesagt?

Ich würde niemals »Seil« sagen, eher »Nylondraht«. Draht, nicht Seil, so dick wie das Ding in der Tüte war.

Sie benutzten seit Ewigkeiten Nylondraht zu Hause, genau gesagt, seitdem sie ihr Haus gebaut hatten und dabei die Galerieleisten zum Abhängen von Brittas Bildern in die Deckenkante hatten versenken lassen. Damit sie die glatten weißen Wände nie mit einem Nagel würden beschädigen müssen.

Nylonseil. Den Ausdruck hätte ich nie benutzt!

Die Tür wurde geöffnet, Schäbe betrat den Raum. Ohne seinen Chef. Viel schneller, als von Manfred erwartet.

»Wir haben entschieden, dass Sie gehen können. Erst mal. Schlafen Sie drüber und melden sich, wenn Ihnen etwas einfällt. Die Vernehmung holen wir später nach.« Dabei wies er Manfred mit einer Handbewegung den Weg zur Tür hinaus.

Der zögerte nicht lange und kam der Aufforderung gerne nach. Manfred hatte sich schon über Nacht im Polizeigewahrsam des Präsidiums gesehen und fragte nicht lange, warum er nun doch nicht vernommen wurde.

Auf der Treppe nach unten erinnerte er sich an den blöden Scherz, den ein Kollege seines Vaters mit ihm vor fast 40 Jahren getrieben hatte, nachdem sie ihn und seinen Freund Volker auf der Umkleide in der PSV-Turnhalle beim Rauchen erwischt hatten. Für Manfred war es damals die erste Zigarette gewesen. Er hatte den Lungenzug völlig unterschätzt, sich nach dem kräftigen Zug an der Stuyvesant die Seele aus dem Leib gehustet und so die beiden Handballer alarmiert, die sich gerade in der Halle unter ihnen warm warfen. Volker hatte ihm in die Seite geboxt und den Finger auf den Mund gelegt, aber da war es längst zu spät gewesen. Der größere der beiden Polizeisportler hatte sie am Schlafittchen gepackt, wie man damals so sagte, und sie nach ganz vorne neben dem alten Schmiedeeisentor in die erste Gefängniszelle verfrachtet.

»So, da bleibt ihr beide erst einmal. Bis wir wissen, wer eure Eltern sind und wann die euch hier abholen können.«

Selbstverständlich hatte der Blödmann sie erkannt, schließlich hatten sie damals fast täglich da herumgelungert. Außerdem war Volker der Sohn des Kantinenpächters gewesen und hatte in der Kaserne sozusagen zum Inventar gehört. Wenn es in der alten Kantine nach Feierabend mal hoch her ging, weil einer der Kollegen seinen Einstand, Ausstand, Geburtstag oder seine Beförderung feierte, dann hatten Volker und Manfred manchmal ausgeholfen, das eine oder andere Bier ausgetragen und waren später mit einer Freicola belohnt worden.

Kinderarbeit bei den Bullen. Sozusagen hochoffiziell, heute undenkbar. Wenn so etwas rauskäme, müsste der Polizeipräsident persönlich den Hut nehmen.

Manfred stieg auf sein Rad und entschied spontan, nicht den kurzen Weg nach Hause zu nehmen, sondern in südliche Richtung zu fahren.

Der Blödmann hatte sie damals eine lange halbe Stunde in der Zelle schmoren lassen. Dann war sein Vater vor der Tür gestanden, der an dem Tag zufällig der diensthabende Kommissar gewesen war. Volker hatte mehr Glück gehabt. Sein alter Herr war nicht nur der Kantinenpächter, sondern auch Polizist gewesen und hatte sich gerade auf einer Fortbildung für den gehobenen Dienst befunden. Noch so ein Ding. Polizist und Nebenerwerbspächter der Behördenkantine. Was damals alles möglich gewesen war. Jedenfalls hatte sich die Standpauke seines Vaters gewaschen. Kein schöner Tagesabschluss damals, aber so ein Gewitter hatte nie lange angehalten. Seine Eltern hatten drakonische Strafen wie Stubenarrest, Taschengeldentzug oder gar Prügel nie angewendet. Abgesehen von einem einzigen Mal. Da hatte seine Mutter ihn verdroschen, weil er mit dem Fahrrad unterwegs gewesen und geschlagene zwei Stunden zu spät von der Schule heimgekommen war. Seine Mutter hatte am Fenster gehangen und wäre fast heruntergesprungen vor Freude, ihn lebend wiederzusehen. Doch nachdem er sein Rad in den Keller gebracht und sich selbst in den dritten Stock des Mehrfamilienhauses in die elterliche Wohnung begeben hatte, hatte sie ihn mit dem Holzlöffel empfangen. Vorher und danach war das nie mehr passiert, auch weil er die Zeit ab diesem Moment stets eingehalten hatte. Jedenfalls bis er 15 gewesen war.

Seine gemächliche Fahrt hatte sich inzwischen in eine schnelle Pace gewandelt. Die Ablenkung tat ihm gut, und bald fuhr er mit fast 30 km/h auf der ebenen Bernaustraße in Richtung Stadtgrenze. Die Strecke hätte Manfred auch ohne Hilfsmittel fahren können, aber er ließ sich von seinem Smartphone am Lenker leiten. Er hatte Gogenrath als Ziel eingegeben, folgte nun den Anweisungen von Google und war gespannt, wie gut die Navigation funktionierte. Mal sehen, wer heute gewinnt. Ich oder Google? Dieses kleine Spiel zur Unterhaltung während der Fahrt spielte er immer wieder mal.

Manfred wurde unsanft aus seinen Gedanken gerissen. Kurz vor ihm hatte ein Autofahrer unerwartet die Tür seines parkenden Autos geöffnet, und Manfred schaffte es gerade noch durch eine Vollbremsung, die Kollision zu verhindern. Knapp vor der geöffneten Tür kam er zum Stehen.

»Vielleicht mal in den Rückspiegel schauen?«

Ob der erschrockene Fahrer seinen lauten Kommentar verstanden hatte, war ihm egal. Er verzichtete auf eine Diskussion, ärgerte sich mehr über sich selbst, weil er viel zu nah an den parkenden Autos vorbeigefahren war.

Wird Zeit, dass auch in unseren Fahrschulen das Öffnen der Tür mit der rechten Hand trainiert wird, dachte Manfred. In den Niederlanden war das längst üblich. Die meisten Autofahrer dort öffneten die Tür mit rechts und sahen so automatisch nach hinten.

Hinter der Stadtgrenze wechselte Manfred zuerst auf den linken Radweg der L 146 und dann auf den langen Wirtschaftsweg parallel zur K 111.

Aus den Augenwinkeln sah er links die lange Waldkante hinter der Mürn. Mittlerweile war es fast eins, die Sonne stand hoch im Süden, ihr steiles Licht intensivierte die Farben der Bäume. Diese wunderbare Palette aus Goldgelb-, Braun- und Rosttönen faszinierte Manfred immer aufs Neue und ließ ihn vergessen, dass bald Schluss sein würde mit langen Touren im warmen Sonnenlicht. Minutenlang genoss er die stille Fahrt, fuhr an gemähten Maisfeldern, Flächen mit erntereifen Zwiebeln und frischer Gründüngung vorbei. Er passierte eine große Wiese mit etlichen schwarz-weißen Rindern, dann eine Pferdekoppel. Ein junges Fohlen, vielleicht ein paar Tage alt, säugte gerade unter dem Bauch an den Zitzen seiner Mutter. Wunderbar, sein Niederrhein!

Dann fiel ihm wieder das Seil ein. Das ominöse Nylonseil. Während er an Gogenrath vorbeirauschte, kam ihm die Erleuchtung: Rolf hatte es gesagt, am Dienstagabend beim Meeting!

»Was für eine Sauerei! Ein Nylonseil quer über dem Pfad?« Das hatte Rolf aufgeregt in die Runde gerufen. Manfred hielt abrupt an und wählte Brockmanns Mobilnetznummer.

»Der Teilnehmer ist aktuell nicht erreichbar, Sie erhalten aber eine Nachricht …«

Mist. Oder vielleicht gut? Was bringt es mir, dass Rolf das Nylonseil erwähnt hat? Manfred überlegte. Rolf ist tot, der kann nicht mehr aussagen. Der nützt mir gar nichts mehr.

Ihm wurde klar, dass die Kripobeamten ihn erst recht in die Mangel nehmen würden, wenn er denen mit dieser Geschichte kam.

Oh Mann, was für eine Sackgasse! Obwohl … Woher hatte Rolf gewusst, mit welchem Seil Erich ermordet worden war? Hat Rolf den Erich umgebracht, und nun jemand aus Rache den Rolf?

Manfred fuhr in schnellem Tempo nach Westen. Eine stetige Brise unterstützte ihn von hinten. Ungewöhnlich für die Jahreszeit am Niederrhein, aber prima, denn Ostwind brachte selten Regenwolken, und die Wetterprognose für Freitag und das Wochenende sah gut aus. Viel Sonne, wenig Wolken, kein Regen und bis 22 Grad am Mittag. Nur in der Nacht fiel die Temperatur schon mal auf zehn, elf Grad zurück. Wenn der Himmel wolkenlos war, sogar auf neun oder acht.

Manfred überlegte, was er tun sollte. Würden ihm die Polizisten Glauben schenken? Neben wem hatte Rolf am

Tisch gesessen? Das müssten doch auch die anderen gehört haben, so laut, wie er geredet hatte.

Manfred beschloss, darüber zu schlafen und dann zu entscheiden, wie er vorging. Vielleicht würde er einfach herumtelefonieren und nachfragen. Eines aber stand für ihn fest: Er würde die Kripo nicht nochmals hinhalten, das ging nur nach hinten los. Das Misstrauen, das durch seine verspäteten Offenbarungen entstanden war, holte ihn gerade ein.

Warum überhaupt haben die mich gehen lassen, fragte er sich. Und warum zuerst diese Show mit zwei bösen Bullen? Da muss zwischendurch irgendetwas passiert sein.

Manfred umrundete den Mildenrather Schlosspark, kam an Gelderath vorbei zurück auf die Kirche zu und landete schnurstracks in der Weinstockstraße, wo ihr Haus stand. Die Google-Navigation hatte er bald hinter Gogenrath entnervt ausgeschaltet, weil ihn die Software immer wieder auf die radweglose Kreisstraße hatte führen wollen.

Nach der Dusche setzte er sich einigermaßen geläutert an seinen Computer, vollendete den Text, den er am frühen Morgen weitgehend vorbereitet hatte, und versandte ihn an die Redaktion.

Dann holte er die Teilnehmerliste vom Dienstag an den Bildschirm. Die hatte Bernd wie üblich mit einem Stichwortprotokoll ihres Treffens an alle versandt.

Manfred ging die Liste von oben nach unten durch: Bernd, Ellen, Hermann, Dag, Achim, Rolf, Udo, ich, Heike, Siggi, Horst, Hendrik, Helmar, Hanni, Martin, Hans-Jörg.

Wenn die Liste sauber um den Tisch gegangen ist, müssten Achim und Udo eigentlich links und rechts vom Rolf gesessen haben, überlegte er.

Manfred versuchte, die Szenerie am großen Tisch mit geschlossenen Augen in seinem Kopf abzubilden, gab es aber bald wieder auf. Am letzten Dienstag war er sehr durcheinander gewesen. Da hatte er seine Freunde gar nicht richtig wahrgenommen.

Er beschloss, Achim anzurufen. Die Telefonnummer von ihm stand in der Tourenleiterliste. Schnell griff er zum Telefon, aber ins Leere. Das Portable steckte nicht in seiner Basisstation. Immer dasselbe.

Er drückte die Ortungstaste, öffnete die Tür zur Treppe, lauschte und hörte irgendwo oben im Haus das Telefon klingeln. Fluchend folgte er dem lauter werdenden Ton und fand es neben dem Bett seiner tief schlafenden Tochter.

Die besaß aus gutem Grund nur ein Prepaidhandy, denn sie telefonierte pausenlos mit ihren Freundinnen. Daher war ihr Budget regelmäßig aufgebraucht. Also griff sie sich das nächstbeste Festnetzportable. Und da Britta oft genug das Küchen- und Wohnzimmertelefon in Beschlag hatte, nutzte sie bevorzugt sein Bürogerät.

Manfred ging mit seinem Telefon zurück an den Schreibtisch und verfluchte sich auf dem Weg über die Treppe, weil er nicht einfach mit seinem Handy telefoniert hatte.

»Bergmann«, meldete sich Achim. Er erinnerte sich jedoch nicht daran, was Rolf gesagt hatte, und ließ vorsichtig durchblicken, dass er immer weghöre, wenn Rolf seine lautstarken Reden schwinge. »Über Tote soll man ja nicht lästern, Rolf tut mir auch leid, aber gemocht habe ich ihn nicht, der war mir einfach zu anstrengend.«

Manfred lächelte. Das war den meisten so ergangen.

»Fragst du bitte auch mal Dag? Vielleicht fällt dem etwas ein.«

»Gerne. Er ist gerade einkaufen. Wir melden uns. Bis denne.«

»Stopp! Ich muss die Anwesenheitsliste vom Dienstag an die Kripo geben, geht nicht anders. Kann sein, dass die sich bei euch melden. Okay?«

»Ja, klar, aber ob wir denen helfen können? Glaub ich kaum. Tschüss!«

Auch Udo erinnerte sich an nichts. Manfred gab es auf und schrieb stattdessen eine E-Mail an Brockmann. Vielleicht umging er ja mit der Schriftform, dass er erneut ins Polizeipräsidium gebeten wurde.

Sehr geehrter Herr Brockmann,
mir ist nun eingefallen, wer mir von dem Nylonseil erzählt hat. Das war bei unserem Aktiventreffen am vergangenen Dienstag im Nero. Der verstorbene Rolf Mertens hat sich an dem Abend ziemlich über den Anschlag auf dem Heyderwaldweg aufgeregt und dabei von einem Nylonseil gesprochen. Anbei sende ich Ihnen als PDF die Teilnehmerliste vom Dienstag. Soweit mir bekannt, habe ich Telefonnummern und/oder E-Mail-Adressen hinter den Namen notiert, vielleicht hilft Ihnen das.
Mit freundlichen Grüßen
Manfred Hanraths

Er dachte darüber nach, Brockmann auch zu erklären, warum er niemals von sich aus von einem Nylonseil sprechen, sondern immer »Nylondraht« sagen würde, verwarf den Gedanken jedoch, weil der viel zu kompliziert war und vor allem, weil er nicht den Eindruck erwecken wollte, dass er etwas herbeifantasierte. Außerdem verschwieg Manfred in seiner E-Mail, dass er bereits mit Achim und Udo gesprochen hatte.

Er las noch einmal über den Text, korrigierte einen letzten Tippfehler und sandte die E-Mail ab.

Manchmal fragte Manfred sich, ob er bei so was nicht zu pingelig war. Er schrieb auch SMS in korrekter deutscher Rechtschreibung, der neuen, versteht sich. Die Kids zogen ihn regelmäßig mit seinem konservativen Schreibstil auf, aber in den letzten Monaten hatte er höchst befriedigt festgestellt, dass vor allem Freddy immer öfter fehlerfreie Nachrichten verfasste, manchmal sogar Tippfehler im nächsten Post korrigierte.

Manfred wechselte vom Schreibtischsessel auf die breite Bürocouch und war Sekunden später eingeschlafen.

ZEHN

Britta weckte ihn zum Abendessen gegen sechs. Sie hatte Sushi mitgebracht, aus dem Supermarkt. Eine Überraschung, der er mit gehörigem Misstrauen begegnete.

Denn sie hatten vor Jahren gemeinsam einen Sushikurs bei einem Japaner um die 60 belegt, der in Düsseldorf lebte. Er hatte ihnen nicht nur geduldig die schwierigen Handgriffe zur Herstellung schöner und leckerer Nigiri und Maki beigebracht, sondern sie auch engagiert auf absolut frische Zutaten eingeschworen. Seitdem zelebrierten Britta und er gelegentlich ihre eigenen Kurse. Dazu luden sie Freunde zum Essen ein und überraschten sie damit, dass zwar die zeitraubenden Vorarbeiten erledigt waren, aber die eigentliche Sushi-Produktion erst im Laufe des Abends stattfand, und zwar reihum abwechselnd. Die anfängliche Skepsis ihrer Gäste wandelte sich immer schnell in Begeisterung. Zuerst musste, später wollte jeder an die kleinen Bambusmatten und seine Reisrollen mit höchstpersönlich ausgewählten Zutaten zusammenstellen. Und wenn die ersten Handgriffe mit den grünen Seetangblättern, dem Reis, frischem Thunfisch oder Lachs und heimischem oder exotischem Gemüse funktionierten, wollten die meisten Gäste gar nicht mehr aufhören und produzierten Sushi-Berge, die in der Nacht keiner mehr essen konnte.

»Sushi-Resteessen sollte man tunlichst vermeiden. Der Reis muss frisch sein und der rohe Fisch bleibt im Kühlschrank zwar essbar, aber wirklich lecker ist das am nächsten Tag nicht mehr.« Britta wies ihre Gäste jedes Mal energisch darauf hin.

Für Thunfisch und Lachs fuhren sie über die Grenze ins niederländische Roermond zum Mittwochsmarkt. Da stand stets der große Verkaufswagen eines Händlers aus Amsterdam. Den riefen sie am Wochenanfang an und bestellten Wildfangthunfisch und -lachs in bester Sushiqualität. Kein billiges Vergnügen, aber preiswerter als beim renommierten Asia-Großmarkt in der Domstadt am Rhein.

Bevor sie jetzt jedoch mit dem Supermarktsushi anfangen konnten, kam Freddy herunter mit Rucksack.

»Können wir?«

Mist! Sie wollte bei Siglin schlafen, das hatte Manfred natürlich vergessen. »Bis gleich, Britt.«

Er griff sich den Autoschlüssel und ging hinter seiner Tochter her zum Wagen, den sie rechtzeitig aus der Werkstatt hatten abholen können.

Eine geschlagene Stunde später war er wieder zurück. In halb Grawenhorst hatte er Freddys Freundinnen auflesen müssen, um sie dann zu Siglin nach Merrenbroich zu fahren.

Britta war derweil auf der Couch eingeschlafen und stand gerade gähnend auf, als er zur Tür hereinkam. Zum Essen hatte sie einen ordentlichen Pinot Grigio gekauft, normalerweise war Manfred Rotweintrinker, auch zu Fisch. Aber Sushi, Reis und Rotwein, das passte für ihn nicht zusammen. Mit gehöriger Skepsis schob er sich die erste Maki in den Mund und war angenehm überrascht, wie gut ihm das Supermarktzeug schmeckte.

»Du, das ist ja wirklich lecker. War es sehr teuer?«

Britta nannte ihm den Preis, und Manfred nickte anerkennend.

»Haben wir was zu feiern?«

Britta lachte. »Nee, ich hatte einfach keine Lust zu kochen, und ich wollte diese Fertig-Sushis schon immer mal ausprobieren. Prima, oder?«

»Ja, total. Kann man nicht maulen!«

»Gibt's was Neues? Wie ist die Lage?«

Manfred hatte ein paar Minuten lang nicht an tote Fahrradfahrer gedacht, was mit der Frage seiner Frau nun vorbei war. Er erzählte Britta von der angedrohten offiziellen Vernehmung, dem plötzlichen Abbruch und seiner Vermutung, dass etwas dahinterstecken müsse, was die Beamten ihm nicht gesagt hatten. Und dass das Telefonat mit Achim und Udo nichts gebracht hatte. »Ich habe keine Ahnung, ob mir die Bullen die Geschichte mit Rolfs Nylonseil-Erzählung glauben.«

»Du bist aber sicher, dass du das nicht geträumt hast?« Britta schaute ihn skeptisch an.

»Fängst du jetzt auch an?« Manfred war aufgebracht. »Was ich gehört habe, habe ich gehört. Rolf hat ›Nylonseil‹ gesagt. Hättest du je ›Nylonseil‹ gesagt? Hätte ich je ›Nylonseil‹ gesagt? Nein, wir hätten ›Nylondraht‹ gesagt. Draht, nicht Seil. Eigentlich gibt es den Ausdruck Nylonseil gar nicht. Ich glaube, der steht nicht mal im Duden.«

Reflexartig nahm er sein Handy, startete die Duden-App und tippte »nylonseil« in das Suchfeld.

»Siehste! Kein Treffer!« Triumphierend hielt er seiner Frau das Handy vor die Nase.

»Heuwägelchen! Komm mal wieder runter. So habe ich das gar nicht gemeint.« Britta sah ein, dass sie einlenken musste. »Komm, lass uns ins Bett gehen, du kannst auch mal 'ne Mütze Schlaf vertragen, oder?«

»Da hast du recht.«

Sie waren seit einigen Tagen nicht gemeinsam zu Bett gegangen. Brittas Vorschlag war nicht ganz uneigennützig, sie war auf Schmusekurs, und den kosteten sie weidlich aus. Manfred hatte ihre beiden Handys auf lautlos gestellt.

Danach schliefen sie beide tief und fest bis in den Morgen.

NEUN

Mitch rüttelte ihn wach. »Papa, da ist eine Frau am Telefon, die lässt nicht locker, die will dich unbedingt sprechen.«

Manfred kam nur langsam zu sich. Sein Sohn hatte ihn mitten in seiner Tiefschlafphase erwischt. Vorsichtig drehte er den Kopf zum Weckradio und stellte erschrocken fest, dass es fast zehn war. Brittas Bett war schon leer.

»Ich komme gleich. Kannst du den Namen und die Telefonnummer notieren? Und sag ihr, ich rufe in zehn Minuten zurück.«

Während sein Sohn zurück nach unten in die Küche ging, bewegte sich Manfred ins Bad, erledigte Notdurft und Zähne zeitgleich, absolvierte dann eine schnelle Katzenwäsche und war in der Tat genau zehn Minuten später im Büro, wo Mitch ihm den Notizzettel in die Tastatur gesteckt hatte.

Gut gemacht. Ihr Kleiner hatte sich gut entwickelt, war nicht mehr ganz so verpeilt unterwegs.

»Derendorf« stand auf der Notiz und eine Grawenhorster Nummer, die ihm bekannt vorkam. Er durchsuchte sein Adressbuch, fand aber keinen Namen, der zu der Nummer passte, und wählte einfach.

Wenn das ein Rentenversicherungsarsch ist, lass ich mir die Adresse geben. Telefonakquisition war ihm ein Gräuel. Letztens hatte jemand ihre Privatnummer herausbekommen und seiner Britta »Hallo, bin der Michi, gib mir mal den Manni« in den Hörer gesäuselt. Britta hatte ihn prompt zu Manfred durchgestellt, und dann hatte sich gezeigt, dass ihm der Michi völlig unbekannt war und er trickreich eine Optimierung seines Versicherungsportfolios besprechen wollte. Manfred war gerade mitten in einem komplizierten Text gewesen, war fuchsteufelswild geworden, als er kapierte, wie dieser Michi zuerst Britta, dann ihn selbst zum Narren gehalten hatte. Sein Portables hatte seitdem einen Sprung in einer Schalenhälfte, so heftig hatte er das Gespräch beendet.

»Lokalredaktion Rheinische Post.« Eine freundliche Dame nahm seinen Anruf an.

Manfred war beruhigt, nun war klar, warum ihm die Nummer bekannt vorgekommen war. Die direkte Durchwahlnummer hatte er jedoch nicht in seinen Kontakten. »Eine Frau Derendorf wollte mich sprechen. Gibt's die bei Ihnen?«

»Ich verbinde Sie gerne, Moment bitte.«

Wenige Sekunden später meldete sich eine andere weibliche Stimme. »Derendorf, guten Morgen, Herr Hanraths. Danke, dass Sie zurückrufen. Ich versuche schon seit halb neun, Sie zu erreichen. Der Chef, Herr Lürenscheidt, bat mich, Sie anzurufen. Er hätte den Termin heute liebend gerne selbst wahrgenommen, ist aber seit gestern Abend nicht mehr im Lande. Ja, und ich wollte Sie fragen, ob wir uns gleich nach der Pressekonferenz ein paar Minuten unterhalten können. Was meinen Sie?«

»Guten Morgen, liebe Frau Derendorf.« Manfred versuchte Zeit zu schinden. Er sah schnell seine E-Mails durch, um zu kontrollieren, welche Pressekonferenz sie meinen könnte. »Darf ich wissen, in welcher Funktion Sie bei der

RP sind? Schon lange dabei? Wir haben uns bisher nicht kennengelernt.«

Das glockenhelle Lachen, das ihm fröhlich entgegenklang, war ihm sofort sympathisch, und als ihm seine Gesprächspartnerin erklärte, dass sie seit genau 8 Uhr an diesem Morgen als neue, fest angestellte Redakteurin und Nachfolgerin des kürzlich in den verdienten Ruhestand gegangenen Ernst Decker sei, musste Manfred auch lachen.

Mittlerweile hatte er seine Mails im Eiltempo gesichtet und nichts gefunden, was auf eine Pressekonferenz hindeutete. »Wäre prima, Sie zu treffen. Welche PK meinen Sie denn?«

Manfred fühlte sich unwohl bei der Frage. Normalerweise wusste er, wo und wann welche Pressekonferenz in seiner Stadt stattfand.

»Oh, Sie wissen nichts davon?« Die Derendorf schien ehrlich überrascht.

Manfred hörte erfreut keine Spur von Ironie oder Arroganz aus der Frage heraus. »Ist es etwas Wichtiges? Wer gibt denn die PK?«

»Eingeladen hat die Polizei, und es ist eine gemeinsame Pressekonferenz mit der Staatsanwaltschaft. Angekündigt sind neue Informationen zu den Fahrradmorden. Beginnt in genau 17 Minuten.«

»Verdammt!« Manfred prüfte seinen Spam-Ordner. Nichts. Die haben mich aus dem verdammten Verteiler genommen! Manfred war stinksauer, als ihm das klar wurde, riss sich aber zusammen und ergriff die Offensive. »Liebe Frau Derendorf, gute Idee, gleich danach mal zu reden. Ich freue mich, Sie persönlich kennenzulernen. Bis gleich im Präsidium, okay?«

»Äh … in meiner Einladung steht aber Saal II des Land-gerichts.«

»Dann sehen wir uns eben da. Bis gleich!« Manfred legte auf, atmete durch und sammelte sich. Was für ein beschis-sener Erstkontakt. Die neue RP-Redakteurin musste ihn für einen Volltrottel halten.

In hektischer Eile zog er sich um, lange Hose, schickes Hemd und Sakko. Krawatten hasste er und trug bei offi-ziellen Anlässen lieber Hemden mit geschlossenem Steh-kragen, die auch ohne das lästige Accessoire komplett aus-sahen. Manfred griff sein Smartphone, den Hausschlüssel und … fand den Autoschlüssel nicht.

»Wo ist der verdammte Autoschlüssel?«

Manfred sah aus dem Fenster. Und wo war ihr Auto?

»Britta?«

Seine Frau hatte ihm von einem frühen Termin nichts gesagt. Manfred unterdrückte etliche Flüche, holte sein Rad aus der Garage und machte sich auf den Weg in die Oberstadt. Das Landgericht war nicht weiter weg als das Präsidium, lag aber hinter dem Berg. Manfred nahm sich vor, trotz der Hektik und obwohl er den 11-Uhr-Beginn schaffen wollte, nicht zu wild zu fahren, damit er einiger-maßen unverschwitzt im Saal II ankommen würde.

Als er den Primatenhügel fast bezwungen hatte, beglück-wünschte er sich dazu, mit dem Rad unterwegs zu sein. An die Langzeitbaustelle der KWE, des städtischen Was-ser- und Energieversorgers, entlang der Horgallee hatte er nicht gedacht. Zügig fuhr er an der endlosen Autoschlange vorbei und ignorierte auf dem Radstreifen geflissentlich die rote Baustellenampel.

Zwei Minuten vor elf kettete er sein Fahrrad an ein Kellergitter des Landgerichtsgebäudes. Rechtzeitig fiel ihm auf, dass er fast seine Kamera vergessen hätte, nahm sie sicherheitshalber aus dem Gehäuse, stieg gemessenen Schrittes die Stufen im gewölbeähnlichen Treppenhaus empor und würdigte bei sich die beeindruckende Architektur des Gründerzeitgebäudes.

Schnellen Schrittes ging Manfred auf die Doppeltür zu. Den Saal II kannte er. Vor vielen Monaten hatte er hier eine Verhandlung wegen Fahrerflucht nach einem Zusammenstoß mit einem Fahrradfahrer verfolgt. Der Unfall auf der Landstraße Richtung Meenen hatte überregionale Beachtung erfahren, weil der Radfahrer vielleicht überlebt hätte, wenn frühzeitig der Rettungsdienst informiert worden wäre. Der Fahrzeugführer war aber abgehauen, und es hatte Monate gedauert, bis die Polizei ihn ermittelt hatte. Derweil hatten Fahrradfreunde ein Ghost-Bike an die Unfallstelle gestellt, es mit Blumen geschmückt, und die Familie hatte ein Kreuz dazu platziert. Der junge Mann auf dem Fahrrad wurde dadurch nicht wieder lebendig, aber viele dachten an ihn, und vielleicht reduzierte der ein oder andere Autofahrer sein Tempo, wenn er das weiße Gedenkrad sah.

»Moment!« Ein uniformierter Gerichtsdiener stoppte Manfred energisch. »Darf ich Ihre Einladung sehen?«

Manfred griff in seine Brieftasche, zeigte kurz seinen Presseausweis und ging schnurstracks in den Saal.

Der Uniformierte hinter ihm her. »Ich darf Sie nur mit aktueller Akkreditierung reinlassen, bitte.«

»Ich bin generell akkreditiert, wofür brauche ich eine aktuelle?«

»Das ist heute hier so, ich habe ausdrückliche Anweisung, nur einzulassen, wer eine persönliche E-Mail-Einladung von heute Morgen hat.«

Der junge Mann um die 20 schien überfordert, er tat Manfred leid und darum machte er keine Szene. »Darf ich eben meinem alten Freund da vorne guten Tag sagen? Bin dann gleich wieder weg, versprochen.«

Der Gerichtsdiener war froh, dass er keinen Problemkandidaten vor sich hatte, nickte Manfred zu und stellte sich zurück auf seinen Posten vor der Tür.

Im Gerichtssaal wurde Manfred klar, warum die PK heute im Landgericht stattfand. Der übliche Raum 101 im Polizeipräsidium wäre für diesen Ansturm viel zu klein gewesen. Er ging in die erste Reihe und überlegte, wen er hier anzapfen könnte.

Er fand niemanden. Kein wohlmeinender Bekannter war in Sicht. Nur Kollegen aus den überregionalen Redaktionen, die er noch nie gesehen hatte. Da kam ihm eine Idee.

Er beugte sich zu einem älteren Mann mit Halbglatze und begrüßte ihn herzlich. »Hallo, nett, Sie mal wiederzusehen. Wo haben wir uns zuletzt getroffen?«

Der Angesprochene hatte selbstverständlich keine Ahnung, überlegte aber offensichtlich, woher ihn der fremde Kollege kennen könnte.

»Vielleicht vom Kongress?« Manfred sprach ins Blaue, zu irgendeinem Kongress ging jeder Journalist einmal. Das könnte funktionieren.

»Ach ja, kann sein, letzten Monat im CCC in Hamburg beim IPI.«

»Genau!« Manfred redete einfach weiter. »War eine interessante Veranstaltung. Lieber Kollege, ich habe eine Bitte.

Bin einigermaßen spät angekommen und brauche unbedingt O-Töne von der PK für unsere Online-Redaktion. Eigentlich schreibe ich ja nur, aber neuerdings sollen wir auch Sound und Video mitbringen. Ätzend, aber was soll ich machen? Ist halt heutzutage so.«

Der sitzende Kollege nickte verständnisvoll und sah Manfred mitleidig an. »Wie kann ich Ihnen helfen?«

Manfred stellte seine kleine Action-Cam auf den Tisch und wechselte frech ins Du. »Du bist der Beste! Du musst nix tun, nur aufpassen, dass die keiner klaut. Nachher hol ich mir die Kamera wieder ab. Das wär's. Okay?«

Der Überfahrene nickte ergeben.

Manfred klopfte ihm dankbar auf die Schulter. »Pass bitte nur auf, dass die Cam genauso stehen bleibt und nicht wegrutscht. Super, danke, vielleicht gleich auf ein Bier …« Manfred stockte, sein Opfer sah nun wirklich nicht nach Mittagsbier aus. Flugs korrigierte er seine unverbindliche Einladung: »… oder einen Kaffee. Bis gleich, wir sehen uns.«

Er ging zurück zur Tür und hörte ein bekanntes glockenhelles Lachen. Da stand seine neue Telefonbekanntschaft. Die brünette Schönheit schäkerte gerade mit Oberstaatsanwalt Lautenbach.

Die ist ja schnell in Grawenhorst angekommen, dachte er. Nicht schlecht. Manfred war beeindruckt.

Im Rausgehen bedankte er sich betont nett bei dem jungen Gerichtsdiener, fragte ihn nach seinem Namen, den er sofort wieder vergaß, und erzählte dem Ahnungslosen, wie toll es gewesen sei, seinen alten Freund mal wieder zu treffen.

Aus den Augenwinkeln sah Manfred, dass Frau Derendorf ihren Plausch mit dem Staatsanwalt beendet hatte und sich einen Sitzplatz suchte. Ihm war's egal, er musste nun nicht im Saal sitzen, es reichte ihm völlig, wenn er seine persönliche Live-Übertragung hatte.

Manfred suchte sich einen Platz in Türnähe. Er durfte sich nicht zu weit von seiner Kamera entfernen. Statt der ungemütlichen Holzbank entschied er sich für die Mauerbalustrade des Nebentreppenhauses, hockte sich darauf und beobachtete, wie etliche Besucher der Pressekonferenz spät ihr Ziel erreichten. Mittendrin hetzten Schäbe und Brockmann in den Saal, ohne ihn zu beachten. Manfred lachte innerlich. Der übliche Weg vom Präsidium zum Landgericht führte über die Horgallee, und die Kripobeamten hatten die Baustelle sicher nicht eingeplant.

Als die braune Doppeltür endlich geschlossen wurde, war es fast halb zwölf. Manfred nahm sein Handy und betete, dass sein spontaner Einfall funktionieren würde.

Bingo! Die WLAN-Verbindung zu seiner Kamera stand sofort, trotz der dicken Mauern und der mächtigen Eichentür. Das Bild auf seinem Smartphone war ein bisschen ruckelig, doch das war ihm egal, Hauptsache der Ton war einwandfrei.

Sein Mini-Headset übertrug zuerst nur Saalgeräusche, aber dann hörte er hinreichend laut und deutlich, wie der Sprecher der Staatsanwaltschaft seine Kollegen begrüßte und anschließend das Podium vorstellte.

»Heidenei.« Manfred dachte wieder mal laut, als er hörte, dass Polizeipräsident Haydenfeldt persönlich gekommen war. Seine Anspannung wuchs von Minute zu Minute. Nach dem Polizeipräsidenten wurde Lautenbach vorgestellt, dann Brockmann und danach krachte es ganz fürchterlich. Die nächsten Sekunden schienen eine

Ewigkeit zu dauern. Als der Ton wieder ordentlich war, klang alles irgendwie anders, und als das Bild auf seinem iPhone sich stabilisierte, wusste Manfred auch, warum. Er sah in Großaufnahme einen bestens gepflegten hellbraunen Lederschuh, wahrscheinlich italienischer Herkunft. Seine Kamera war vom Tisch gefallen.

»Mach schon!« Manfred beschwor inständig die kollegiale Zusammenarbeit, aber der Kollege mit der Glatze hatte vermutlich nicht bemerkt, dass Manfreds Spionagewerkzeug vom Tisch gefallen war. Immerhin funktionierte der Ton, und langsam wurde es interessant. Oberstaatsanwalt Lautenbach trug vor, was seit Mittwoch passiert war.

Seit meiner Tour. Manfred dachte unwillkürlich an Erich und fluchte leise vor sich hin.

Der Staatsanwalt fasste die Ereignisse sachlich und unaufgeregt zusammen. Zuerst Erich, dann der Tod der Ratsherrin im Tunnel während der ADFC-Bike-Night. Danach der getötete ADFC-Aktivist auf dem Schachbrett des Wellingplatzes in der Nacht zum Mittwoch.

Rolfs Name wurde nicht vollständig genannt. Manfred horchte weiterhin gespannt auf seinen Handyton aus Saal II.

»Meine Damen und Herren, wir müssen einen Zusammenhang mit der Fahrradszene konstatieren. Alle Opfer waren mit dem Fahrrad unterwegs, alle Todesfälle geschahen während oder nach einer Veranstaltung des Grawenhorster Allgemeinen Deutschen Fahrrad-Clubs e. V. Wie dieser Zusammenhang zu deuten ist, können wir nach heutigem Ermittlungsstand nicht feststellen. Auch können wir bisher nichts ausschließen.«

Manfred wäre fast von seinem Treppenhaussockel gefallen. Er wusste, dass der Verein morgen früh die fettesten Schlagzeilen hatte. Wie Bernd sich das immer gewünscht hatte. Leider mit falschem Inhalt.

Es krachte wieder in seinem Headset. Hatte der Kollege seiner Kamera einen Schubs mit den Füßen gegeben? Die lag nun auf der Rückseite mit dem Objektiv nach oben. Zu sehen waren nun die Beine der Leute, die am Podiumstisch saßen. Manfred erkannte, dass sich gerade jemand von ihnen ausgiebig im Schritt kratzte. Der dunkelgrauen Herrenhose nach zu urteilen, war es ein Mann. Lautenbach?

Wenn das einer bemerkte und seine Kamera einsammelte! Bei aller Erheiterung wurde es Manfred bei dem Gedanken ein wenig schwindelig. O Gott, lass diesen Kelch an mir vorübergehen! Sie würden ihn rösten! Heimliche Aufnahmen im Gericht und von unten, fast intim! Fehlte nur eine weibliche Akteurin, womöglich ohne Höschen.

Mach mal halblang, ermahnte er sich selbst und versuchte sich zu beruhigen. Bisher ist alles gut. Nix passiert. Du musst die Kamera nur gleich wieder einsammeln, bevor sie jemand findet und auswertet.

Manfred bremste seine panischen Gedanken. Gleichzeitig schalt er sich einen Idioten. Die spontane Idee mit der Kamera war einfach nur blöd gewesen. Wenn sie ihn erwischten, war er geliefert.

Mit etwas Geduld hätte er die morgige Ausgabe der Rheinischen Post abgewartet, da würde eh alles drinstehen, was heute hier verkündet wurde. Aber er, er hatte ja live dabei sein wollen. Live on stage, unter dem Geläut des Oberstaatsanwalts.

Manfred prustete vor Lachen, obwohl ihm das Lachen eigentlich eben vergangen war, aber das Bild auf seinem iPhone war einfach zu ungewöhnlich. Manfred schwankte zwischen Belustigung und Panik.

Der Ton wurde wieder besser, und Manfred erkannte Lautenbachs sonore Stimme.

»Außerdem haben wir weitere gesicherte Erkenntnisse, die stützen, dass die drei Todesfälle in einem eindeutigen Zusammenhang stehen. Dies wird Ihnen die verantwortliche Pathologin Frau Dr. Bergen nun erläutern.«

Oh, oh, der Lautenbach hat den zweiten Doktortitel geschludert. Ob der das mit Absicht gemacht hat? Manfred war amüsiert.

Dr. Dr. Justine Bergen, Chefin des Rechtsmedizinischen Instituts an der Uni-Klinik Düsseldorf, hatte vor einem Jahr ein viel beachtetes Buch veröffentlicht. »Fast perfekte Morde« war in wenigen Wochen auf Platz 2 der Spiegel-Bestsellerliste gelandet. Manfred hatte es mit Interesse gelesen und auch die Biografie der Autorin studiert. Die Dame mit dem Doppeldoktor hatte zuerst als Dermatologin promoviert, war danach zur Pathologie gewechselt und hatte sich, wenn ihre offizielle Vita stimmte, in atemberaubend kurzer Zeit auch den zweiten Doktortitel erarbeitet.

Vielleicht hat die Bergen sich ja so vor Pickeln geekelt, dass sie die Haut nun lieber abzieht. Manfred schüttelte sich bei dem Gedanken.

»Auch nicht hineingedurft?«

Plötzlich stand Gartmann, der selbst ernannte Retter der Waisen und Armen, vor ihm. Herausgeber und Chefredakteur einer Onlinezeitung, die Presseerklärungen ungekürzt und unkommentiert übernahm, gerne auch mit Tippfehlern. Darum las kaum ein Mensch das Magazin. Manfred hatte sich, bis er ihn kennengelernt hatte, häufig gefragt, wem es Spaß machte, so etwas zu produzieren.

Der stand nun vor ihm und redete und redete. Manfred verstand kein Wort mehr, vor allem nicht aus dem Gerichtssaal. Sein Handy hatte er schnell weggedreht, fehlte noch, dass Gartmann ein Blick auf das Display gelang.

Kurz vor einem aggressiven Verzweiflungsakt kam ihm die rettende Idee. Er hielt sein Handy ans Ohr, hob höflich abwehrend die Hand gegen sein lästiges Gegenüber, legte seinen linken Zeigefinger zum Zeichen des Stillseins auf seine Lippen, zeigte auf sein Handy, und schon war das Problem gelöst. Der unerwünschte Besucher trollte sich.

Manfreds ungeteilte Aufmerksamkeit gehörte wieder dem Statement der Pathologin, und was die gerade sagte, haute nicht nur ihn fast vom Hocker.

In komplizierten langatmigen Schachtelsätzen erläuterte Dr. Dr. Justine Bergen minutenlang das, was am nächsten Tag die Rheinische Post unter einer fetten Überschrift zusammenfassen würde.

Nach der PK wurde nichts mehr aus dem Treffen mit der neuen RP-Redakteurin. Was die Pressekonferenz bekannt gegeben hatte, enthielt genug Material, um die Titelseite zu füllen, weshalb alle schreibenden Journalisten an ihm vorbei aus dem Raum hetzten, während Radio- und TV-Redakteure ihre individuellen Statements einfingen. Allein vor der Pathologin warteten vier Kamerateams, unter anderem von RTL und Sat1. Die Staatsanwaltschaft hatte sicherlich ein paar Andeutungen durchsickern lassen, dass sie hier auftreten werde.

Manfred sammelte seine Kamera wieder ein und atmete dreimal erleichtert durch, dass er nicht erwischt worden war. Als er unter dem Podiumstisch hervorkam, stand Brockmann vor ihm, sein Gesicht war ein wandelndes Fragezeichen.

»Sie hier? Ich dachte, der Gerichtsdiener hätte Sie des Saals verwiesen. Sie haben nicht etwa unter dem Tisch gehockt?«

Manfred lachte überlaut auf. »Nein, nein, ich suche nur meinen Schlüssel, der muss mir eben runtergefallen sein, als ich meinen Freund begrüßt habe.« Die Kamera hielt er fest in seiner geschlossenen Rechten und war heilfroh, dass die so klein und handlich war.

Er ging schnell um Brockmann herum zum Ausgang, ohne sich zu verabschieden. Dabei glaubte er, die misstrauischen Blicke des Hauptkommissars in seinem Rücken zu spüren, vermied aber, sich umzudrehen.

Vor dem Gebäude schloss Manfred das Fahrradschloss auf, stieg auf sein Rad und wollte schon los, da stoppte ihn Brockmanns Stimme. »Ah, Schlüssel gefunden?«

Manfred war noch mit einem Fuß auf dem Boden und wandte sich um.

»Ja, war in meiner Jacke, nicht in der Hosentasche.«

Er wollte los, aber der lästige Kripomann hatte ein Anliegen.

»Lieber Herr Hanraths.«

Wenn Brockmann so begann, das wusste Manfred inzwischen, wurde es gefährlich.

»Wir hatten mal über die Teilnehmerlisten Ihrer Touren gesprochen. Die würde ich noch immer gerne haben. Alle! Brauche ich dafür einen richterlichen Beschluss? Oder geht das so?«

Manfred überlegte nicht lange, die Situation hatte sich nach der PK völlig verändert. Sie vom ADFC wären ja verrückt, wenn sie die Ermittler nicht unterstützten. Doch um Brockmann weiterhin im Glauben zu lassen, dass er von der PK nichts mitbekommen habe, zierte er sich zuerst, willigte dann aber ein und versprach, die gesammelten Listen schnellstmöglich zu besorgen. Brockmann fragte, ob er nicht die Originale haben könnte, aber da musste Manfred ihn enttäuschen, die waren längst im Papiermüll gelandet.

Daheim ging er wie versprochen zuerst an seinen Rechner, verfasste eine E-Mail an Brockmann und fügte die PDFs der Listen hinzu.

Sehr geehrter Herr Brockmann,
anbei sende ich Ihnen wunschgemäß 19 Teilneh-
merlisten meiner Mittwochstouren seit April.
Mit besten Grüßen
Manfred Hanraths

ACHT

Wochenende. Britta rotierte in der Küche. Eigentlich war es erst Freitagnachmittag, aber unter der Woche sahen sie sich manchmal nur im Vorbeiflug, darum versuchten sie, so oft es möglich war, bereits den Freitagabend gemeinsam zu verbringen. Meistens mit einem leckeren Essen, bevorzugt zu Hause. Fast immer kochte Britta, während Manfred auf der Couch saß und ein paar ungelesene Zeitungen abarbeitete. Zwischendurch wurde er zu wichtigen Hilfsarbeiten wie Zwiebelschneiden oder Knoblauchpressen in die Küche beordert.

Manfred kochte ausschließlich seine drei großen P: Pasta, Pizza und Paella, wobei er seine Spaghetti stets mit fertiger roter Soße servierte und die Pizzen komplett aus der Tiefkühltruhe holte. Nur die Paella machte er wirklich selbst mit frischen Zutaten: Fisch, Calamares, Vongole, fette Garnelen und was sonst in und auf eine ordentliche mediterrane Paella gehörte. Das spanische Nationalgericht war nun mal traditionell Männersache. Das war seit jeher in Spanien so, und diese Regel hielt Manfred auch am Niederrhein ein.

Die große Pfanne hatte ihm Britta zum 40. geschenkt, seitdem gab es das Projekt etwa alle zwei Jahre. Er briet dann nach und nach alle Zutaten in der Paellapfanne an, dadurch baute sich das typische Aroma auf. Brittas Küche war danach zwar ein einziger großer Fettfleck, aber das Essen lohnte den Aufwand.

Britta ging gerade in den Keller, und Manfred nutzte die Gelegenheit und kontrollierte den Zustand der Tapas. Der herrliche Duft aus der Küche hatte ihn hungrig werden lassen.

Sechs große gefüllte Paprika standen im Ofen. Er war gespannt, was seine Frau sich diesmal für die Füllung hatte einfallen lassen. Daneben sah er eine Lage Datteln im Speckmantel, er wusste, die waren bald fertig und würden zuerst serviert werden.

Auf dem Tisch unter einem Handtuch erahnte er weitere Köstlichkeiten und fand prompt ein Tablett voller Zucchiniröllchen mit Brittas spezieller Käsekräuterfüllung. Manfred zögerte nicht lange, schnappte sich zwei und schob die anderen auf dem Teller so zusammen, dass es nicht auffallen würde. Genug waren es allemal.

Während er sich schnell wieder aus der Küche schlich, dachte er bedauernd an die Zeiten zurück, als sie solche Abende noch mit Freddy und Mitch verbracht hatten. Zuerst das gemeinsame Essen mit den Kids, dann eine Runde Trivial Pursuit oder Scotland Yard. Diese Zeiten waren jedoch vorbei. Vor allem Freddy hatte längst eigene Vorstellungen, ihre Freizeit zu verbringen, und hatte sich schon am frühen Nachmittag, kurz nachdem sie von der Übernachtung bei Siglin und aus der Schule zurückgekommen war, wieder verabschiedet. »Bleibe bis Sonntag bei Siglin«, hatte sie gesagt, und war weg gewesen.

Manfred hatte seine Frau gefragt, ob Siglin auch ein Siegfried sein könnte, aber Britta hatte abgewunken. »Das hätte sie mir bestimmt erzählt.«

Mitch war mit Lion in seinem Zimmer. Sein bester

Freund hatte seine Spielkonsole mitgebracht, und die beiden würden sicher bis in den späten Abend zocken.

»In zehn Minuten können wir essen. Deckst du den Tisch?«

Britta setzte sich in ihren Sessel.

»Ja, klar.« Manfred hatte die Aufforderung schon erwartet. Britta würde sich der Tageszeitung widmen, bis das Essen fertig war. »Rosé oder weiß?«

Seine Frau entschied sich für Weißwein. Manfred deckte den Tisch sorgfältig mit Sets und Stoffservietten. In die Mitte platzierte er den großen Kristallkerzenständer, den sie vor Monaten als preiswertes Schnäppchen auf dem Flohmarkt am Horgweiher ergattert hatten. Die schlanke cremefarbene Kerze steckte er in die Fassung. Den Docht würde Britta anzünden, bevor sie mit dem Essen begannen. Er zog eine Flasche Pinot gris aus der Corbières auf und stellte sie im Weinkühler neben Brittas Platz auf den Tisch. Die Flasche stammte von ihrem letzten Frankreichtrip, da hatten sie am Mittelmeer ein Weinforschungsinstitut in der Nähe von Gruissan besichtigt und Weine aus ganz Frankreich gekauft.

Er wunderte sich immer wieder, wie lange die Weißweinvorräte seiner Frau hielten. Für sich schraubte er einen roten Pleno aus dem Navarra auf. Den hatten sie hier gekauft, weil sein Roter aus Südfrankreich längst aufgebraucht war. Manfred gönnte sich schon mal einen kleinen Schluck.

Während des Essens berichtete er ausführlich von der Pressekonferenz und der brisanten Neuigkeit, die er erfahren hatte: Bei allen drei Fällen war eine Art Seil die Tatwaffe, und in allen drei Fällen wurde Arsen an den Seilen nachgewiesen. Die Opfer hatten keinerlei Überlebenschance gehabt. Die Geschichte mit dem Saalverbot und seiner Kamera ließ er aus. Britta hätte ihm eh nur den Scheitel gezogen, das musste an ihrem Freitagabend nicht sein.

Die Paprikafüllung bestand diesmal aus knusprig gebratenem Rinderhack, Zucchinis, Tomaten und grob gehackten Baumnüssen.

»Lecker!« Manfred hatte seine erste Paprika angeschnitten und probiert. »Woher kommt die Süße?«

»Ich hab einen großen Löffel Honig dazugetan. Ist okay, oder?«

»Hmmm, sehr.« Manfred nickte zustimmend. Wie immer aß er zu schnell, und eines der großen, knackigen Zucchinistücke brannte heiß in seinem Mund. Schnell trank er ein Glas Wasser hinterher.

Wie erwartet hatte Britta so viel gekocht, dass mehr als die Hälfte übrigblieb, aber erfahrungsgemäß würde gleich Mitch herunterkommen und für sich und Lion die Hälfte um die Hälfte reduzieren. Der Rest der Tapas wartete dann auf Manfred, der bald nach Mitternacht wieder einen kleinen Hunger stillen musste.

»Und die haben erst jetzt festgestellt, dass da Arsen im Spiel war? Wenn das mal stimmt.« Britta schüttelte den Kopf.

»Kann durchaus sein, dass die Kripo uns manches nicht erzählt hat, aber das mit dem Arsen könnte stimmen. Soll nicht so einfach sein, das Gift nachzuweisen. Habe ich mal gelesen.«

Nach dem Essen wechselte Britta wieder auf ihren Sessel, Manfred auf die Couch. Vorher hatte er seine Aufgabe erledigt und den Tisch abgeräumt.

»Du, um halb eins kommt ›Arsen und Spitzenhäubchen‹ im Zweiten.« Britta hielt die Fernsehzeitung in der Hand.

»Wie passend!« Manfred verdrehte die Augen. Auf den alten Schinken hatte er heute keine Lust. Britta würde um die Uhrzeit längst im Bett sein, und alleine machte so ein Streifen keinen Spaß.

Manfreds Handy brummte.

»Jetzt noch?« Britta sah ihn stirnrunzelnd an.

Es war fast zehn, normalerweise hätte er das Gespräch nicht mehr angenommen, denn auf dem Display las er »Unbekannter Teilnehmer«. In diesen Tagen jedoch wollte er keinen Anruf verpassen.

»Ja, bitte?«

Wie vermutet war es Brockmann.

»Ich habe Ihre Mail mit den Teilnehmerlisten erhalten. Sie schreiben was von 19 Listen, haben aber nur fünf geschickt.«

»Lieber Herr Brockmann.« Manfred gestattete sich eine kleine Retourkutsche mit der übertrieben netten Anrede. »Da sind PDF-Dateien dabei mit mehreren Seiten, Sie können runterscrollen, dann sehen Sie nachfolgende Listen.«

»Runterscrollen?«

Manfred schüttelte sich. Wenn ich dem sage, er soll das Fenster schließen, steht er wahrscheinlich auf und macht sein Bürofenster zu. Wie konnte er dem Kripomann erklären, was er tun sollte?

Noch ein Versuch.

»Herr Brockmann, drucken Sie einfach jede Datei aus.«

»Hab ich doch, ist immer nur eine Seite.« Brockmann klang ungeduldig.

Manfred war am Rande der Verzweiflung. »Ist vielleicht Herr Schäbe in der Nähe?«

»Hat schon Feierabend.«

Nun beschrieb Manfred, wie Brockmann die Druckeinstellungen auf »alle Seiten« ändern konnte. Das klappte im zweiten Anlauf, weil Brockmann beim ersten zu schnell auf die Entertaste gedrückt hatte.

»Ah, alles klar, da kommen tatsächlich mehr Seiten raus.«

Manfred sackte in seine Couch zurück. Der ist ja so was von unbedarft mit PC und Handys! Kaum zu glauben, dass man so Hauptkommissar werden kann, dachte Manfred und fragte sich, was Brockmann sich von den Listen versprach. Ob die ihren Täter immer noch unter seinen Tourteilnehmern suchten?

Er sah Britta an, die nur die Augen verdrehte. Sie hatte zugehört, war aber müde und legte den Kopf nach hinten. Manfred wusste, dass sie in ein paar Minuten eingeschlafen sein würde. Mit seinem Notebook auf den Beinen sah er seine Mails durch. Es war nichts Wichtiges dabei. Er schaltete den Fernseher ein und nahm seinen Kopfhörer, damit Britta in Ruhe schlafen konnte.

Er wählte das Erste. Caren Miosga führte gerade in das Top-Thema ein, danach kam der Bericht des Washington-Korrespondenten zur politischen Situation in den Staaten. Dann war wieder die Miosga im Bild und sprach in die Kamera.

»Im rheinischen Grawenhorst sucht die Polizei einen wahrscheinlichen Serienmörder. Drei Menschen wurden bereits getötet, die Morde stehen in einem Zusammenhang. Eines der Opfer war eine bekannte Kommunalpolitikerin der Region.«

Manfred stöhnte. Sie hatten es in die »Tagesthemen« geschafft.

Schnell spulte er den Beitrag bis zum US-Wahlkampf zurück, wartete ab, bis die Moderatorin wieder im Bild war, und drückte die Aufnahmetaste. Britta ließ er schlafen, die konnte sich das Ganze morgen ansehen.

Nun kam ein junger Reporter mit Mikrofon ins Bild, mitten auf dem Schachbrett des Wellingplatzes.

Manfred nickte. Den Standort hätte ich für den Dreh auch gewählt.

Der Reporter war zwar im Bild, sagte aber nichts, offenbar war ihm nicht klar, dass er auf Sendung war. Die Miosga sprach ihn an, befragte ihn zum Stand der Dinge, doch er hörte sie nicht. Plötzlich schaute er direkt in die Kamera und redete los. Nun sprachen beide durcheinander. Manfred verstand kein Wort, bis der Ton aus Hamburg endlich weg war. Jetzt war der ARD-Reporter auf dem Wellingplatz gut zu verstehen.

»Ich stehe hier an der Stelle, wo am frühen Mittwochmorgen das dritte Mordopfer gefunden wurde. Das ist in Grawenhorst der dritte Tote seit dem Mittwoch der vergangenen Woche, also innerhalb von acht Tagen. Eine unheimliche Serie, bei der auffällige Zusammenhänge erkennbar sind. Alle drei waren mit dem Fahrrad unterwegs, als sie getötet wurden. Alle drei wurden stranguliert, und bei allen dreien sind an den Tatwerkzeugen Spuren von Arsen festgestellt worden. Beim ersten Mord im Grawenhorster Stadtteil Heyd wurde ein Nylonseil zwischen Bäumen verspannt.«

Manfred grinste. Der Reporter hatte das kleine Heyd aus dem Landkreis nach Grawenhorst verlegt. Bevor er zu viel verpasste, konzentrierte Manfred sich aber sofort wieder auf den TV-Bericht.

»Das erste 49-jährige Opfer war auf einem schmalen Waldweg in schneller Fahrt mit dem Fahrrad unterwegs und wurde durch das gespannte Seil so erheblich am Hals verletzt, dass es noch in der Nacht verstarb. Der zweite Mord geschah am Samstagabend, während eine Gruppe von 500 Fahrradfahrern eine nächtliche Radrundfahrt veranstaltete. Die Kommunalpolitikerin Christiane Bernhard wurde mit einer sogenannten Sportbola angegriffen und erdrosselt. Sie starb im Alter von 49 Jahren in einer Bahnunterführung.«

Im Bild eingeblendet wurde eine stilisierte Karte von Grawenhorst und Umgebung mit drei roten Kreuzen an den Tatorten. Der Reporter fuhr derweil unbeirrt fort:

»Der dritte Tote starb auf diesem Schachbrett, auf genau diesem weißen Feld E8, wo ich stehe. Auch dieser Fahrradfahrer war 49 Jahre alt und Mitglied im Fahrradverband ADFC. Er wurde ebenfalls stranguliert, aber mit einem Fahrradschlauch, wie wir am heutigen Abend erfahren haben.«

Manfred hatte gerade ein Schlückchen von seinem Roten getrunken. Prompt verschluckte er sich, eilte in die Küche, hustete und prustete die rote Flüssigkeit in die weiße Spüle. Er wischte sich mit einem Zewa sauber, war froh, dass sein Hemd diesmal verschont geblieben war, ging schnell wieder vor den Fernseher und spulte erneut ein wenig zurück, um bloß nichts zu verpassen.

Ein Schlauch? Rolf ist mit einem Fahrradschlauch erwürgt worden? Das wird ja immer verrückter! Wer macht denn so etwas? Würde mich nicht wundern, wenn die Medien das zum »Spätsommerlochness« machen.

Der Fernsehsprecher leitete über auf die heutige Pressekonferenz. »Wir haben dazu schon am frühen Abend mit dem leitenden Oberstaatsanwalt am Grawenhorster Landgericht, Dr. Norbert Lautenbach, sprechen können.«

Das Fernsehbild wechselte in den Saal II des Landgerichts. Der Staatsanwalt zeigte gerade auf die Tatwerkzeuge der ersten beiden Fälle, den dicken Nylondraht und die Bola, erläuterte dabei die auffälligen Merkmale und sagte, dass an beiden geringe Spuren von Arsen festgestellt worden waren.

Manfred brach der Schweiß aus. Hatte er gerade richtig gesehen? Er nahm die Fernbedienung und spulte zum dritten Mal zurück. Schräg hinter Lautenbach war der Podiumstisch erkennbar, und unter ihm Manfred, besser gesagt sein Hinterteil, als er seine Kamera suchte. Manfred wusste nicht, ob er lachen oder weinen sollte. Hauptsache, die haben mich nicht mit der Kamera in der Hand erwischt.

Lautenbach bat um Mithilfe der Bevölkerung, und dabei wurde die Rufnummer der Polizei eingeblendet. Wer etwas zu den Tatwerkzeugen wisse, der möge sich umgehend bei der ermittelnden Polizei in Grawenhorst melden.

Caren Miosga war wieder im Bild und leitete den nächsten Beitrag ein. Ein Deutscher war für seine Forschung mit einem wichtigen Medizinpreis geehrt worden und hatte nun große Chancen auf den Nobelpreis.

Manfred stellte sich Lautenbach vor und Brockmann, die gerade tobten und vielleicht schon darüber spekulierten, in welcher Behörde das Leck gewesen war. Die Entscheidung, den Fahrradschlauch nicht zu erwähnen, hatte sich als Eigentor erwiesen.

Vorsichtig stupste er Britta an, die, ohne richtig wach zu werden, aufstand und sich nach oben ins Bett verzog.

Manfred ließ Pakko noch mal in den Garten. Ihr Hund patrouillierte einmal um den Teich herum. Seinem Freund, dem Frosch, war es schon zu kalt. Pakko machte einen kurzen Pinkelhalt und schleckte einen Schluck Wasser aus dem Teich. Danach kam er wieder rein und schaute hoffend zu Manfred, ob es noch etwas zu essen gab. Aber der schraubte nur eine zweite Flasche seines Roten auf. Ohne länger zu zögern, sprang Pakko über die Treppe hoch ins Schlafzimmer, legte sich auf seine Decke und schlief ein, wahrscheinlich bis in den späten Morgen.

Manfred fragte sich immer wieder, wie Britta es geschafft hatte, den Hund auf ihren Biorhythmus zu programmieren. Immerhin hatten sie ihn erst mit anderthalb bekommen. Andere Hunde wurden regelmäßig am frühen Morgen ausgeführt, manche nochmals am späten Abend. Pakko musste nie zu unpassenden Zeiten raus. Am Abend durfte er gegen elf in den Garten, und an manchen Tagen wollte er erst nach Mittag wieder raus.

Aber er musste regelmäßig rennen, mindestens einmal am Tag. Wenn sie das nicht einhielten, wurde der Hund spätestens um fünf »iggelig«, wie die Rheinländer sagen, wenn sie »ungehalten« meinen. Dann hockte sich Pakko vor die Haustür oder kam mit der Leine im Maul zu ihnen. Und ab sechs bellte er so lange, bis einer nachgab.

In der Woche fuhr Britta mit ihm regelmäßig eine Radrunde, an Wochenenden machte das Manfred, oder sie fuhren gemeinsam gemütliche zehn Kilometer. Pakko rannte zwar schnell wie ein Teufel, aber nur Kurzstrecken und wenn er Lust dazu hatte.

Manfred recherchierte im Internet für seinen neuen Beitrag in der »Textil-Inside«. Ein kompliziertes Thema. Sein

Chefredakteur wollte vier Seiten, diesmal über Billigproduktion in Fernost. Ein heikler Plot. Große Unternehmen, dabei langjährige Anzeigenkunden des Magazins. Seit der schrecklichen Feuerkatastrophe mit mehr als 1.000 Toten in Bangladesch kochte das Thema immer mal wieder hoch.

Angeblich wurde viel getan, auch von einigen großen Modemarken, die sich um ihr Image sorgten. Doch warum waren Billigtextilien seitdem dann nicht weniger billig geworden? Ein Wunder? Oder stimmte es nicht, was die großen Anbieter über neue Brandschutzregeln und höhere Sicherheitsstandards öffentlich machten?

Manfred hatte seinen Redakteur am Telefon gefragt, ob er eine Woche nach Bangladesch fliegen könnte, zwecks Recherche, um mit eigenen Augen zu sehen, was da los war.

Der Redakteur wäre vor Lachen fast erstickt. »Sind Sie verrückt? Nein, nein, die Infos müssen Sie aus verfügbaren Quellen holen. Gibt genug Leute, die schon dort waren. Auch die haben mit Sicherheit nur das zu sehen bekommen, was sie sehen sollten. Telefonieren Sie mal rum, die Kontakte haben Sie, oder?«

»Ja, geht schon klar.«

Manfred hatte nicht ernsthaft erwartet, dass Maier ihm Flug und Spesen finanzieren würde, aber einen Versuch war es wert gewesen.

Zwischendurch trieb es ihn in die Küche. Er füllte seinen Essteller mit einer großzügigen Auswahl der verbliebenen Datteln und Zucchiniröllchen.

Um zwei taten die späte Zweitmahlzeit und die zusätzliche halbe Flasche Wein ihre Wirkung. Manfred merkte, dass er müde wurde, wollte nicht wieder auf der Couch einschlafen und schleppte sich nach oben ins Bett. Pakko blinzelte ihm nur kurz mit seinem hellblauen Auge zu. Britta regte sich nicht. Er schlief sofort ein.

Irgendwann boxte Britta ihm unangenehm in die Rippen. »Du schnarchst, hast bestimmt zu viel Wein getrunken.«

Manfred war klar, dass das im Zehnminutentakt so weitergehen würde. Er griff sich seine Decke und sein Kopfkissen und verzog sich zwei Treppen tiefer in sein Arbeitsareal. Die dortige Couch war für solche Fälle gekauft worden. Sie war ganz bequem, und im Nu war er wieder eingeschlafen.

SIEBEN

Sicherheitshalber hatte er sein Handy auf lautlos gestellt, auch den Vibrationsalarm deaktiviert. Trotzdem weckte ihn schon um halb neun das Telefon. Festnetz. Manfred kroch von der Couch, das Display des Portablen zeigte »Unbekannter Teilnehmer« an, und er ahnte, wer am Apparat sein würde.

Es war aber nicht Brockmann, sondern Pia Jackstätt aus der Geschäftsstelle ihres Verbands. Sie kannten sich flüchtig, aber das reichte, man duzte sich schnell im ADFC. Pia war nicht einfach nur Sekretärin, sie managte den Laden seit Jahren, ohne sie wären die Ehrenamtler im Vorstand ziemlich aufgeschmissen.

»Du, Manfred, ich erreiche Bernd nicht. Ich muss unbedingt mit ihm reden. Was da bei euch in Grawenhorst los ist, ist ja der Hammer!«

Manfred war froh, dass Pia ihn nicht zum Fall befragte. Sie wusste wahrscheinlich nicht, dass er früh und persönlich in die Mordserie involviert worden war. »Pia, seitdem Bernd den neuen Job in Aachen hat, ist das schwierig geworden tagsüber. Er wird dich aber zurückrufen, rechne damit ab 17:15 Uhr, dann sitzt er meistens im Zug und checkt seine E-Mails und Anrufe.«

»Mein Vorstand will wissen, was Sache ist. Jedem ist heute die ›Bild‹ am Kiosk entgegengesprungen. Ich muss die informieren, damit sie sich vorbereiten können und wissen, was sie sagen, wenn sich jemand von der Presse meldet.«

»Dafür habt ihr doch den Gerd als Pressesprecher, oder?«

»Ja, aber Gerd ist ausgerechnet jetzt auf Sri Lanka und genießt die Sonne, und eine Vertretung gibt es nicht.«

Manfred wusste, dass normalerweise Pia Gerds Vertretung war. Doch in diesem Fall, bei diesen Mordfällen, war das undenkbar, viel zu heiß, viel zu heikel.

»Pia, ich ping den Bernd auch mal an, aber mach dir nicht zu viel Hoffnung, der wird sich kaum vor fünf bei dir melden. Geh bis dahin einfach nicht ans Telefon.«

Bei seinem letzten Satz hatte Pia schon aufgelegt. Manfred rollte seinen Schreibtischsessel zur Couch und griff nach seinem Handy.

Ach herrje! Sieben Anrufe in Abwesenheit, und das an einem Samstag. Alle ohne Rufnummernsignalisierung, das konnte nur Brockmann gewesen sein. Manfred wählte dessen Nummer und stellte erschrocken fest, dass er die Durchwahlnummer des Kriminalbeamten inzwischen auswendig kannte. Kein gutes Zeichen.

»Brockmann, ja bitte?«

»Hanraths hier. Hatten Sie versucht, mich zu erreichen?«

»Ja, seit Stunden, aber Sie gehen ja nie dran.«

»Lieber Herr Brockmann! Mein Handy sagt mir, dass Sie erstmals um elf Minuten nach acht angerufen haben, da war ich gerade unter der Dusche.« Die Dusche war eine glatte Lüge, aber Manfred hatte keine Lust, sich von dem Polizisten unter Druck setzen zu lassen. »Und danach haben Sie es noch sechsmal versucht. Dennoch ist

Ihr erster Anruf gerade mal 38 Minuten her. Außerdem könnten Sie dafür sorgen, dass Ihre Rufnummer angezeigt wird. Das ist nämlich blöd, wenn man immer nur ›Unbekannter Teilnehmer‹ auf dem Display sieht, dann weiß man nicht, wen man zurückrufen soll. Dass ich mich bei Ihnen gemeldet habe, verdanken Sie ausschließlich der Tatsache, dass mich außer Ihnen um diese Zeit kein Mensch anruft.«

»Sie sehen meine Nummer nicht?«

»Nein, nie! Ich weiß nicht, dass Sie anrufen. Nicht, wenn Sie es vom Festnetz tun.«

»Schäääbe!«

Manfred hörte, wie Brockmann seinen Assistenten heranholte. Der konnte wahrscheinlich nichts an der Festnetzkonfiguration im Präsidium ändern, denn die war offensichtlich so gewollt. Manfred hatte aber keine Lust, diesen Chef-Assistenten-Diskurs abzuwarten, und schrie nun seinerseits lauthals ins Telefon: »Herr Brooockmann, ich habe gleich einen Termin. Worum geht es?«

Brockmann verschob seine Schäbe-Schelte und teilte Manfred mit, dass seine Teilnehmerlisten nichts ergeben hatten. Alle hatten zuverlässige Alibis, nur dieser Gernot B. war nicht zu finden.

Manfred konnte nicht glauben, dass die Kripo in so kurzer Zeit alle Tourteilnehmer befragt hatte. Als er Brockmann darauf ansprach, erfuhr er, dass die Mordkommission »Fahrrad«, kurz »MK Fahrrad«, erheblich verstärkt worden war. Nachdem die Polizei ernsthaft in Betracht zog, dass sie es mit einer Serie zu tun hatte, waren seit Donnerstagmittag 32 Beamte im Team der Mordkommission. Auf jeden Fall hatte Brockmann Redebedarf. Weil aber Manfreds Samstag seit Tagen verplant war, einigten sie sich auf spät abends.

Britta hatte einen Shoppingtag mit ihrer besten Freundin ausgemacht, und die Gelegenheit wollte er nutzen, um endlich die Steuererklärung unter Dach und Fach zu bekommen.

Deshalb saß Manfred nun im Zug nach Düsseldorf auf dem Weg zu seinem Steuerberater. Die Entfernung nervte ihn jedes Mal, aber sein alter Schulfreund Frank verstand sein Fach und wendete die Gebührenordnung seines Berufsstandes moderat an.

Danach hatte er einen Termin in der TI-Redaktion vereinbart, denn die saß auch in der Landeshauptstadt. Es war vorteilhaft, sich da ab und zu mal persönlich sehen zu lassen. Britta hatte einen Kuchen gebacken, den würde er in der Redaktion spendieren. Als Freelancer war man schnell außen vor, und Manfred achtete darauf, dass die festangestellten Kollegen ihn als einen der ihren betrachteten. Erfahrungsgemäß würden sie später nach dem Kuchen in der Düsseldorfer Altstadt landen.

Ein paar Stunden darauf saß er mit seinen Kollegen im Goodnight, einem dieser Afterwork-Schuppen mit lauter Musik. Die in Düsseldorf Wohnenden tranken sich im Akkord durch die Cocktail-Karte, Manfred hielt sich tapfer an seinem Wasser fest.

Einmal, vor ein paar Jahren, hatte er Britta gebeten, ihn abzuholen, hatte mitgetrunken und war völlig versackt. Britta war pünktlich um halb eins am vereinbarten Treffpunkt gewesen, während er mit Kollegen durch die

Altstadt zog. Manfred war um elf am Morgen in einem fremden Bett aufgewacht und hatte nicht nachvollziehen können, wie er da gelandet war. Die Wohnung gehörte dem Freund eines Kollegen, der gegen Mitternacht zu ihnen gestoßen war und die Führung übernommen hatte.

Das war ihre heftigste Ehekrise seit Jahren gewesen, und seitdem weigerte sich Britta strikt, ihn jemals wieder zu später Stunde in Düsseldorf abzuholen. In jener Nacht war sie stundenlang heulend kreuz und quer durch die Stadt gefahren. Sie hatte das Rheinufer abgesucht und ihren Mann abwechselnd als Leiche auf dem Weg rheinabwärts nach Emmerich oder in irgendeinem fremden Bett gewähnt, wo er ja auch gelegen hatte. Aber alleine, wie er ihr immer wieder geschworen hatte, obwohl er bis heute nicht wusste, ob das die ganze Wahrheit war. Manfred jedenfalls hatte seinen Blackout und die Kopfschmerzen am ganzen nächsten Tag in höchst unguter Erinnerung.

Heute brauchte Britta das Auto. Sie wollte am Abend mit ihren Freundinnen essen gehen. Beim Serdar. Darum war er mit dem Zug gefahren.

Es war nun fast acht. Manfred stand auf und klatschte einen nach dem anderen der angeheiterten Redaktionskollegen ab. Er war froh, als er endlich hinaus war aus der hektischen Kneipe, in der man sein eigenes Wort nicht verstand.

Ja, diese Musik. Er war nie ein Kenner gewesen, hörte aber gerne 1Live. Er mochte die Musik der jungen Leute. Jedenfalls tagsüber. Das Programm des Senders in der Nacht fand er durchweg schrecklich, und genau diesen Sound hatte er sich im Goodnight antun müssen.

Er stieg in das bestellte Taxi und war in fünf Minuten am Bahnhof in Bilk. Einen Termin hatte er noch. Ob der angenehm werden würde oder nicht, konnte er nur vermuten.

Brockmann hatte ihn heute Morgen am Telefon so lange bedrängt, bis er eingelenkt hatte, aber mit einer Bedingung: Er wollte nicht ins Präsidium. »Treffen wir uns im Dartvatter, so gegen neun, halb zehn. Ich muss dann eh was essen, und meine Frau ist unterwegs. Samstags ist es beim Harry um die Zeit nicht so voll, die Leute sind alle in der Stadt unterwegs. Wenn wir im Doppelpack auftreten, macht er uns vielleicht vor elf ein Steak. Was meinen Sie?«

Brockmann hatte nicht lange überlegt und eingewilligt.

Im Zug zurück nach Grawenhorst überlegte Manfred, was Brockmanns schnelle Zustimmung für ihn bedeutete. War er raus als Verdächtiger? Endgültig? Oder spielte Brockmann zur Abwechslung den lieben Bullen, wollte ihn aushorchen oder was auch immer?

Er war kurz eingenickt. Der Schaffner rüttelte ihn auf, weil der Zug in Grawenhorst angekommen war und hier endete. Manfred stieg aus und sah auf die Bahnsteiguhr. Es war fast halb zehn. Am liebsten wäre er die 15 Minuten zum Harry gelaufen. Die Septembernacht war zwar schon kühl, aber er hatte sich warm genug angezogen. Doch er wollte nicht so viel zu spät kommen. Auf dem Weg zum Taxistand wählte er Brockmanns Handynummer, um ihm mitzuteilen, dass er gleich da sein werde. Er kam jedoch nicht durch.

Gerade als er am vordersten Taxi in der Reihe angelangt war, meldete sich sein Handy. Schäbe war dran.

»Wir brauchen noch ein paar Minuten, so Viertel vor zehn werden wir einlaufen. Sorry, aber hier boxt der

Papst.« Dann senkte Schäbe die Stimme. »Der PP war gerade hier und hat eine Brandrede gehalten wegen der Informationspanne mit dem Schlauch. Erzählen wir Ihnen gleich. Okay?«

»Perfekt, ich bin auch spät dran, hatte eben versucht, Ihren Chef zu erreichen, aber dessen Handy ...«

Schäbe unterbrach ihn. »Akku leer! Bis gleich.«

Manfred drehte sich vom Taxistand weg und machte sich in aller Seelenruhe zu Fuß auf den Weg zum Dartvatter. Dass der erwartungsfrohe Taxifahrer derweil ärgerlich den gestarteten Motor wieder abstellte, bemerkte er nicht.

Akku leer. Typisch Brockmann! The same procedure as every day. Kopfschüttelnd trottete Manfred Richtung Mehrbahntunnel. Als er nach wenigen Minuten im Tunnel war, ging er mit gemischten Gefühlen hindurch und beschleunigte seinen Schritt im immer noch stockdunklen hinteren Stück.

Hinter der Unterführung lag die Zabelsberger Straße. Manfred wandte sich nach rechts und sah schon von Weitem den großen, leuchtenden Dartpfeil über dem Eingang seines Ziels.

Die kalte Luft hatte ihm gutgetan, und er hatte auch ein einigermaßen gutes Gefühl, was das späte Treffen mit den beiden Kriminalbeamten betraf. Dass Schäbe dabei sein würde, machte die Sache angenehmer. Der junge Mann war ihm von Anfang an sympathisch gewesen. Manfred war gespannt, was ihn erwartete.

Bernd hatte sich um fünf bei ihm gemeldet und wollte Pia wie erwartet sofort danach anrufen. Manfred empfahl ihm, erst mal alle Zeitungen zu lesen, Pia hätte ausdrücklich die »Bild« erwähnt. Seitdem hatte er nichts mehr gehört, weder von Pia noch von Bernd. Die Zeitungen selbst zu kaufen, hatte er vergessen.

Im Dartvatter war wie erwartet wenig los. Brockmann und Schäbe waren noch nicht da, aber auf dem Fensterbrett neben der Tür lag eine »Bild«. Manfred drehte die Zeitung um und sah die Headline.

GIFTKILLER JAGT RADFAHRER
Was verschweigt der Fahrradclub?

»Harry, ich brauch ganz schnell ein Bier!«

Da stand sein alter Kumpel schon hinter ihm und stellte ihm ein Alt hin. Manfred griff nach dem Glas und trank es in einem Zug leer.

»Noch eins!« Dann widmete er sich dem Text auf der Titelseite des Boulevardblattes.

Jemand klopfte ihm auf die Schulter, Manfred drehte sich um.

Es war Schäbe. »Brockmann kommt auch gleich. Dem ist der PP auf die Blase geschlagen.«

Der junge Beamte im Rang eines Kriminalkommissars hatte sich kaum gesetzt, da stellte Harry schon ein helles Landbier vor ihm auf den Tisch. Harry war Wirt mit Leib und Seele und zeigte seinen Gästen gerne, dass er sie kannte. Und Manfred stellte überrascht fest, dass auch der Brockmann-Assistent nicht zum ersten Mal hier war. Er nahm sich vor, bei Harry nachzufragen, wie lange er Schäbe schon kannte.

Brockmann zwängte sich an Schäbe vorbei auf den Platz neben ihm. Sie begrüßten sich, nicht überschwänglich, aber auch nicht unfreundlich. Der Kripomann bekam schnell sein Alt, auch im Stängchen wie Manfred, nicht im Pöttchen.

Manfred wusste nun, dass Brockmann aus der Gegend stammte und Schäbe zugezogen war. Manfred tippte auf den Norden der Republik, obwohl er keinerlei Akzent heraushören konnte.

»Klärt mich mal auf. Warum bekommt ihr zwei das Alt immer in 'nem Kölschglas?« Schäbe sah seine Tischnachbarn fragend an.

Wie auf ein geheimes Kommando nahmen Manfred und Brockmann ihre Gläser zur Hand, schauten erst die Gläser an, dann sich gegenseitig, dann Schäbe.

»Das ist kein Kölschglas, das ist ein Stängchen!«

Fast synchron, als hätten sie sich abgesprochen, kam das aus beiden Mündern. Danach lachten sie sekundenlang, auch Schäbe stimmte ein.

Harry schaute sich das Spiel von der Theke aus verwundert an und vergaß beinahe, die leeren Gläser durch volle zu ersetzen.

Manfred war aufgefallen, dass Brockmann blass und unausgeschlafen wirkte, jedenfalls beim Hereinkommen, nicht mehr nach der entspannenden Lachsalve. Kein Wunder, dachte er, der war wahrscheinlich seit Tagen nicht mehr richtig im Bett, jedenfalls sah er so aus. Schäbe dagegen wirkte frisch und munter wie der junge Morgen, war aber auch erheblich jünger als sie beide. Da fiel ihm ein, dass es Wochenende war.

»Wieso sind Sie überhaupt hier, Herr Schäbe? Ich dachte, Wochenenddienste seien Chefsache?«

»Schön wär's.«

Schäbe erzählte ohne jede Umschweife, was eben im Präsidium passiert war. Es hatte gar kein Leck gegeben, kein Kollege der Polizei oder ein Mitarbeiter der Staatsanwaltschaft hatte geplaudert. Vielmehr hatte Kripochef Lindner ihrer Presseabteilung alle Details bekannt gegeben, auch den Fahrradschlauch, während der eigentlich zuständige Brockmann mit Staatsanwalt Lautenbach vereinbart hatte, den Schlauch nicht zu erwähnen aus ermittlungstaktischen Gründen.

Die Folge war eine Pressemitteilung mit anschließender PK der Staatsanwaltschaft ohne Schlauch, und wenig später eine Pressemitteilung der Polizeipressestelle mit Erwähnung des Schlauchs.

Lautenbach hatte den Polizeipräsidenten persönlich angerufen, nachdem er von der Polizei-PM erfahren hatte. PP Jens Haydenfeldt, normalerweise ein ruhiger und besonnener Typ, zuletzt in leitender Position in Dortmund tätig gewesen, also ein durchaus erfahrener Krisenmanager, war völlig aus der Haut gefahren. Zuerst hatte er tobend sein Büro aufgemischt, war dann ins KK 11 eingefallen und hatte wahllos jeden angebrüllt, der ihm in den Weg gekommen war.

Der Grund war jedem im Kommissariat klar. Haydenfeldt und Lautenbach verband eine innige Feindschaft. Sie kannten sich seit der Uni, und hartnäckigen Gerüchten zufolge hatte es damals einen heftigen Streit zwischen den beiden gegeben wegen einer Kommilitonin. Was daran stimmte, wusste keiner genau, aber der Flurfunk funktionierte im Präsidium normalerweise zuverlässig und weit über den Niederrhein hinaus.

Sie saßen nun schon eine ganze Weile zusammen, der konsequente Harry hatte das vorzeitige Auftischen seiner T-Bones kategorisch abgelehnt. »Um elf könnt ihr essen, keine Minute früher.«

Manfred war fast schlecht vor Hunger, und die regelmäßigen Altportionen taten ihr Übriges.

»Darf ich mal fragen, wie alt Sie sind, Herr Brockmann?«

Schäbe verdrehte die Augen. Eine so persönliche Frage an seinen Chef hätte er sich nie getraut, aber zu seiner Überraschung blieb die erwartet harsche Entgegnung aus.

Manfred hatte Brockmann auf Mitte bis Ende 40 geschätzt, und da lag er richtig.

»49. Noch.«

»Na suuuper!« Nun mischte sich Schäbe mutig ein. »Dann seid ihr ja schon zu fünft.«

Manfred wie auch Brockmann sahen Schäbe irritiert an.

Als der merkte, dass sie seinen Kommentar nicht verstanden hatten, erklärte er sich. Auch er hatte schon etliche Bier intus und registrierte nicht mehr, dass er nicht nur Manfred, sondern auch seinen Chef duzte. »Also. Manfred ist seit ein paar Wochen 49, du bist noch 49, und die drei Toten in ihren Kisten sind alle 49. Passt das oder passt das nicht?«

Manfred fand den Witz nicht lustig, war sich aber auch nicht sicher, ob Schäbe überhaupt einen Witz gemacht hatte.

Brockmann reagierte gar nicht, stand wortlos auf und ging erneut zur Toilette.

»Fit wie ein Turnschuh sieht der nicht gerade aus.« Manfred sah Schäbe fragend an, und der erklärte ihm, dass Brockmann immer so sei, wenn er an einem Fall arbeitete und nicht weiterkam. Für Außenstehende wirkte das, als ob er in eine tiefe Depression gefallen wäre. In Wirklichkeit versank Brockmann in sich selbst, fraß sich in Gedanken durch alle Details, studierte Akten, las immer wieder dieselben Protokolle. Bis er eine Unstimmigkeit fand, die entweder den Täter überführte oder einen Kollegen, der schlampig gearbeitet hatte.

»Dam dim dum doom. Dam dum dim daam.«

Alle zuckten zusammen. Der Westminsterschlag erklang ohrenbetäubend. Im Dartvatter gab es eine Uhr, die intonierte den Klang der Londoner Big-Ben-Glocke, aber hier nur einmal am Tag, genau um elf am Abend zum Start der T-Bone-Zeit.

Wie von Zauberhand standen die Bambusplatten vor ihnen, vor lauter Steak konnten sie kaum das Holzbrett erkennen. Brockmann kam rechtzeitig zurück an den Tisch. Sie zogen zeitgleich die Messer aus den Platten und arbeiteten jeder für sich stillschweigend ihre riesigen Fleischstücke ab.

Manfred hatte zum Steak wie immer sein Schälchen mit Sauerrahm bekommen, Brockmann und Schäbe die Kräuterbutter. Auf den neuen Sahnekrautsalat hatten sie allesamt verzichtet.

»Darf ich mal dein Sößchen probieren?« Schäbe unterbrauch die emsige Stille am Tisch.

»Keine Soße, Sauerrahm.« Manfred nuschelte kauend, nickte und schnibbelte weiter an seinem T-Bone. Eile war eigentlich nicht nötig, die dicken Bambusplatten hielten das Essen lange warm.

Harrys Trick war einfach. Während die Steaks garten, legte er die Platten daneben, nicht mitten auf den heißen

Holzkohlengrill, sondern an den Rand. Da brannten sie nicht an, wurden aber so heiß, dass sie nur mit Thermohandschuhen serviert werden konnten.

Brockmann hatte sein letztes Stück Fleisch genossen und wischte sich den Mund mit der Serviette ab. Schäbe hatte sein Besteck längst beiseitegelegt, der große Fleischbrocken war zu viel für ihn.

»Haben Sie 'nen Hund?«, fragte Manfred Schäbe.

»Nee, warum?«

»Darf ich mir dann Ihre Reste geben lassen? Für Pakko, der wird Ihnen ewig dankbar dafür sein.«

Schäbe, der Pakko Freitagnacht kennengelernt hatte, lachte zustimmend, und Manfred würde Harry bitten, ihm das schöne Reststück von Schäbes Teller einzupacken. Auch er hatte nun sein T-Bone geschafft und schaute gespannt zu Brockmann.

Wie ein Gaul in den Startlöchern. Dieser Gedanke ging Manfred durch den Kopf, als Brockmann zu reden anfing. Er hatte schon seit Minuten den Verdacht gehabt, dass der Kripomann gleich explodieren würde, denn der hatte sein Steak immer schneller, immer hektischer zerschnitten und viel zu große Stücke verschlungen.

»Also, wir haben drei Leichen, drei eindeutige Tatorte, drei verschiedene, aber ähnliche Tatwerkzeuge. Wir haben jede Menge Material, das bei jedem anderen Mordfall zehnmal ausreichen würde, um den oder die Täter dingfest zu machen. Dennoch haben wir keine Ahnung. Wir haben nicht den geringsten Ansatz, keinen richtigen Verdächtigen. Wir haben kein Motiv, nicht den Hauch einer Idee. Wir bewegen uns im Kreis um gut 20 irgendwie beteiligte ADFC-Leute, aber alle, wirklich alle, haben Alibis.

Selbst unser Hauptverdächtiger vom Wochenbeginn …«, Brockmann zeigte auf Manfred, »… hat wasserdichte Alibis. Beim ersten Mord im Heyderwald startete er gemeinsam mit acht anderen Fahrradfahrern um 18:03 Uhr am Juliapark. Wir wissen, dass das verdammte Nylonseil frühestens um 18:40 Uhr an seine Position gehängt worden sein kann, weil noch um 18:39 Uhr zwei Mountainbiker die Stelle ungehindert passiert haben. Beide hatten Garmins dabei, die konnten wir auswerten.«

Der Chefermittler schaute seinen Assistenten an, der nickte zustimmend.

»Beim zweiten Mord fuhr Herr Hanraths mit seiner Gattin in vorderster Linie dieser Bike-Night, und zwar ununterbrochen von 21:05 Uhr bis genau 22:10 Uhr. Zwischendurch hat Herr Hanraths im Tunnel gefilmt, war aber zum Zeitpunkt des zweiten Mordes, nach zwischenzeitlichen Ehrenrunden, längst wieder außerhalb der Unterführung. Neben ihm fuhr die ganze Zeit dieser Bernd Brachten, euer Vorsitzender, und …«, Brockmann machte eine Kunstpause, »… der Oberbürgermeister unserer schönen Stadt persönlich. Den haben wir als Zeugen auch befragt.«

»Ach, da hab ich ja einiges nicht mitbekommen.« Manfred wunderte sich.

Brockmann fuhr unbeirrt fort: »Beim letzten Mord, den die Medien mittlerweile den ›Schachbrettmord‹ nennen, hat dieser Herr Hanraths das beste Alibi überhaupt.«

Manfred lachte. Er wusste, was kommen würde. Auch Schäbe grinste.

»Während des Schachbrettmords saß unser ehemaliger Hauptverdächtiger nämlich genau hier an diesem Tisch im Dartvatter und verzehrte ein monströses T-Bone-Steak.

Und ich werde jeden Eid schwören, dass es so war, denn ich saß die ganze Zeit neben ihm.« Brockmann wuchtete sein Steakmesser mit einem lauten Knall senkrecht in seine Holzplatte.

Manfred und Schäbe zuckten zusammen.

Schäbe sprach laut aus, was auch Brockmann dachte: »Was für eine Scheiße! Wir haben nichts, gar nichts! Wir wissen nicht mal, ob sich der irre Täter schon den nächsten Fahrradfahrer ausgeguckt hat.«

Brockmann klopfte frustriert nickend zweimal auf den Tisch.

Die nun folgende Stille im ganzen Lokal war fast schmerzhaft. Brockmann war während seiner Ausführungen laut geworden, und einige Gäste hatten aufgehört zu reden und zu ihrem Tisch geschaut. Manfred hoffte, dass der Kripomann sich nicht um Kopf und Kragen geredet hatte und nicht zufällig ein Journalist mit im Lokal saß.

»Alles in Ordnung? Wie waren die Steaks?« Besorgt kam Harry an ihren Tisch.

»Göttlich, Harry, wie immer. Mach dir keine Sorgen.« Manfred beruhigte seinen Freund und bestellte drei weitere Bier.

Die Gäste wandten ihre Blicke wieder ab und nahmen ihre Unterhaltungen erneut auf.

»Wir haben aber den Zettel.« Schäbe meldete sich leise zu Wort.

Manfred spitzte die Ohren. Ein Zettel? Das war neu. Er sah zu Brockmann, dessen Gesicht sich verfinsterte, dann zu Schäbe, der auf seinem Stuhl verunsichert hin und her rutschte. Doch Brockmanns Körperhaltung und seine Miene entspannten sich schnell wieder.

»Ja, da hast du recht, Schäbe. Wir haben einen Zettel. Dann zeig ihn halt dem Hanraths. Vielleicht hat der 'ne Idee.«

Schäbe atmete auf, griff mit der rechten Hand in die linke Innentasche seiner Jacke, zog ein Papier heraus, faltete es auseinander und legte es mitten auf den Tisch. Offensichtlich eine Kopie auf schneeweißem Papier.

Mitten auf dem Blatt erkannte Manfred eine gut lesbare handschriftliche Notiz, eine Mailadresse, und las laut vor: »›kebab@webnet.de‹. Woher habt ihr den Zettel?«

Diesmal sah Schäbe seinen Chef sicherheitshalber vorher an. Als der zustimmend nickte, erfuhr Manfred, dass die Spurensicherung den Zettel in Rolfs verkrampfter Hand auf dem Schachbrett des Wellingplatzes gefunden hatte.

Kebab. Spontan fiel ihm der Kebab-König an der Martinstraße ein. Den hatte Rolf so gelobt, wegen der tollen Döner. Andere behaupteten, der Laden sei eine Geldwaschanlage. Trotz etlicher Biere hütete Manfred sich, dies jetzt und hier ins Präsidium zu tragen. Obwohl, der Zusammenhang gab ihm schon zu denken. Diese Imbissbude, Rolf und Geldwäsche. Konnte das sein? Aber was hatten Erich und Chris damit zu tun?

»Kebab-Connection.« Manfred murmelte den Begriff eine Spur zu laut.

Brockmann hatte es gehört und klagte energisch eine Erklärung ein.

Manfred druckste herum, wand sich in seinem Stuhl wie ein Regenwurm auf trockenem Boden, offenbarte dann jedoch, was ihm durch den Kopf gegangen war. »Nix Konkretes, alles nur Gerüchtekram. Beim Kebab-König ist nie was los, trotzdem läuft der Laden weiter. Der ist immer bestens gepflegt, und die Grawenhorster Spatzen pfeifen von den Dächern, dass da Geldwäsche laufen soll. Unser Rolf, also Rolf Mertens, der ging gerne dort essen. Hat er jedenfalls erzählt.«

Die Beamten sahen sich an und zuckten synchron mit den Schultern. »Werden wir uns mal ansehen, aber so richtig springt mich das nicht an. Wie passen die anderen Leichen in die Döner-Theorie?« Brockmann war skeptisch.

Auch Manfred zuckte die Schultern und gähnte plötzlich ausgiebig. »Ich bin weg, es muss ja nicht immer zwei werden. Nachher klingelt noch Ihr Handy und 'ne Leiche ist dran.« Manfred grinste Brockmann an.

»Mein Handy!« Brockmann klopfte hektisch seine Taschen ab.

Schäbe machte eine abschätzige Handbewegung, und Manfred sah ihm an, was er dachte.

»Habe ich bestimmt im Wagen liegen lassen. Verdammt, der PP wollte sich bei mir melden.«

Auch Brockmann zahlte beim herbeigeeilten Harry, und Schäbe schloss sich ihm an.

Im Rausgehen berichtete Schäbe, dass sie seine Teilnehmerlisten durchgearbeitet, aber keine E-Mail gefunden hätten, die zum Zettel passte.

»Ich kann euch auch die Listen unserer Treffen besorgen, meinetwegen auch die aller Radtouren, die wir seit dem Frühjahr in Grawenhorst angeboten haben.«

»Ja, mach mal, Manni.« Schäbe klang nicht gerade begeistert, die Arbeit mit den Listen würde an ihm hängen bleiben. Sie verabschiedeten sich voneinander.

»Teilen wir uns ein Taxi, Schäbe?«, wollte Brockmann wissen.

»Ja, klar, Ihr Ziel liegt eh auf meinem Weg nach Marienheide.«

Manfred hörte, wie Schäbe seinem Chef zustimmte und sah, dass Brockmann sein Handy am Ohr hatte. Er hatte es also in seinem Wagen gefunden.

Das Taxi fuhr heran, die beiden Polizisten stiegen ein, und Brockmann brüllte viel zu laut seine Adresse. Manfred verstand nur: »…abel… 34.«

In einer Hausnummer 34 habe ich auch mal gewohnt, dachte Manfred. Während meiner Jugend neben dem Präsidium. Lang, lang ist's her.

Manfred wollte nach seinem Fahrrad greifen, aber das stand nicht am gewohnten Platz. Sekundenschnell stieg Übelkeit in ihm hoch. Da war ihm doch tatsächlich sein Rad gestohlen worden.

SECHS

Der Sonntag verlief friedlich. Sie drehten mit Pakko eine große Runde durch die Siebauen im Grenzland. Ihre Handys loggten sich abwechselnd in das niederländische, dann wieder in das deutsche Netz ein. Das ging in schneller Folge hin und her, bis die andauernden Begrüßungs-SMS der Telefongesellschaften sie zu sehr nervten und sie die Geräte abschalteten.

»Und wenn die Bullen anrufen?« Manfred hatte Bedenken, doch Britta winkte ab.

»Dann versuchen sie es wieder. Es ist Sonntag, die spazieren vielleicht auch gerade rum oder hocken im Garten und legen die Füße hoch. Und sag nicht immer Bullen!«

»Der Brockmann legt die Füße nicht hoch, wenn der 'nen Fall hat. Never ever!«

Britta ignorierte Manfreds Einwand, und sie setzten ihren Spaziergang fort. Die Temperatur an diesem sommerlichen Tag im Frühherbst war angenehm warm, nur wenige Wolken störten die pralle Sonne, und es war fast windstill.

Am Vorabend war Manfred nur Sekunden nach dem ersten Schreck erleichtert eingefallen, dass er vom Bahnhof aus zu Fuß zum Dartvatter gekommen war und sein Rad sicher in der heimischen Garage stand. Ein zweites Taxi hatte ihn wenige Minuten danach nach Hause gefahren.

Ihr Hund hatte auch großen Spaß an dem ausgedehnten Ausflug. Er stürzte sich pausenlos in den klaren Siebbach, kletterte wieder heraus, schüttelte sich danach, bevorzugt unmittelbar neben ihnen, lief viele Meter vor und wieder zurück und war außer Rand und Band wegen der interessanten Zeitung, die sie ihm heute zu lesen gaben. Auch Hunde lesen ihre Zeitung, wie Kenner das Schnüffelvergnügen gerne redensartlich nennen.

Gerade war er ein gutes Stück hinter ihnen, da fasste Britta ihren Mann am Arm. »Da, schau mal.«

Auch Manfred sah nun 50 Meter vor ihnen auf dem schmalen Pfad neben der Sieb eine Rehmutter mit ihrem Kitz. Der Wind stand günstig, noch hatten die Tiere sie nicht gewittert.

»Wie süß.« Britta war hingerissen.

Aber Manfred hatte etwas ganz anderes im Kopf. »Wo ist der verdammte Hund?«

Auch seiner Frau wurde nun bewusst, dass sie ein Problem hatten, wenn Pakko das Rotwild witterte. Da stürmte das weiße Bündel auch schon den Weg entlang auf sie zu.

Manfred war sofort klar, dass der Köter nicht zu ihnen wollte. »Pakkkko! Steh!«

Manfred versuchte eine verbale Notbremse, aber Pakko hörte nicht darauf, wollte unbedingt an ihnen vorbei zu den Rehen. Im letzten Moment warf Manfred sich ihm in den Weg und erwischte ihn gerade noch am Fell. Sofort lag Pakko brav wie ein erstarrtes Kaninchen neben ihm, und Britta konnte die Leine, die Manfred sich bei ihren Spaziergängen immer um den Hals warf, am roten Lederhalsband ihres Hundes festmachen.

»Schade, die wollten da sicher trinken.« Britta hätte die beiden Rehe gerne ein wenig beobachtet, aber die waren inzwischen aus ihrem Blickfeld verschwunden.

»Ja, und Pakko wollte nur spielen.«

»Pakko hätte denen niemals was angetan, der weiß doch gar nicht, was beißen ist.«

»Schon wahr, aber vielleicht hätte er die beiden getrennt, und das wäre es dann für das Kitz gewesen. Und wenn ein Jäger die Situation gesehen hätte, wäre Pakko jetzt möglicherweise tot.«

Nach drei Stunden beendeten sie die schöne Runde mit Pakko an der kurzen Leine, und auf der Heimfahrt nach Grawenhorst leisteten sie sich ein großes Eis beim Italiener in Borkenhain.

Daheim legten sie sich auf ihre Sofas. Manfred wachte erst nach eineinhalb Stunden wieder auf. Er schnupperte.

Britta hatte gekocht und kam gerade aus der Küche. »Überraschung! Kannst du den Tisch decken?«

»Ja, gerne.« Manfred gähnte und ergab sich in sein Schicksal.

»Aber bitte mit allem Drum und Dran.«

»Was? Wie meinst du das?«

»Vorspeise, Hauptspeise, Dessert. Besteck für alles, ein großer Teller und ein ganz kleiner. Bitte festlich! Wir speisen à la Chef.«

»Und was trinken wir dazu, Chefin?«

»Ich ein Pils. Du Alt, nehme ich an.«

»Du hast Bier gekauft?« Er fragte sich, ob er ihren Hochzeitstag vergessen hatte.

»Ja, und kalt gestellt. Wie du es am liebsten magst.«

Manfred überlegte, was Britta gezaubert hatte, und wollte, nachdem er den Tisch gedeckt hatte, in die Küche.

»Raus aus der Küche! Du kannst dich schon mal hinsetzen.«

Manfred trollte sich, stellte ein Pils- und ein Altglas neben die Teller und setzte sich. Britta brachte zwei Bierflaschen, er machte sie auf und freute sich, dass sein Alt eiskalt war. Den Duft aus der Küche konnte er nicht richtig einordnen, aber etwas kam ihm bekannt vor.

»Tattah!« Britta kam mit kleinen Tellern zum Tisch. Darauf sah Manfred zwei winzige Tässchen mit tiefbraunem Inhalt und daneben ein lindgrünes Häufchen, das er als Sauerkraut erkannte. Er verkniff sich, was ihm auf der Zunge lag, sah seine Frau nur fragend an.

Britta machte eine auffordernde Geste mit ihrem Löffel. »Probier einfach. Das ist das Amuse-Bouche, unsere Vorvorspeise. Aber pass auf, ist heiß.«

Manfred kostete vorsichtig. »Ah, Ochsenschwanzsuppe.«

»Genau. Iss das Sauerkraut dazu. Das hatten wir im Palace auch.«

»Hast du etwa unser Palace-Menü nachgekocht?«

»Ja, jedenfalls ein bisschen.« Britta strahlte.

»Das Amuse-Bouche war aber anders.«

»Geb ich zu. An der Ochsenschwanzpraline bin ich gerade gescheitert.«

»Egal. Ist lecker. Und hat mehr Substanz, nicht ganz so zierlich. Wenn du weißt, was ich meine.« Dabei grinste Manfred seine Frau an. »Na ja, das Sauerkraut hättest du weglassen können. Aber das Süppchen ist köstlich.«

Spätestens als Britta den Zander auf Muurejubbel serviert hatte, war der Abend gerettet.

»Ich liebe Muurejubbel!« Jetzt wusste Manfred, was eben so lecker gerochen hatte – die rheinländische Spezialität aus Möhren und Kartoffeln.

Nach der Nachspeise sah seine Frau ihn an. »Und? Wie war's?«

Manfred hatte die Frage befürchtet. »Der Fisch und deine Muurejubbel haben mir bestens geschmeckt.«

»Und mein Dessert mit den Sternrenetten?«

»Der Stieve Ries und die Äppel? Mindestens gleich gut, ehrlich! Wo sind eigentlich die Kids?«

Manfred betete insgeheim, dass das Kreuzverhör zur Qualität der Küche damit beendet war.

Seine Frau hob einen der kleinen Notizzettel hoch, die immer in der Küche bereitlagen, und gab ihn ihrem Mann.

»Penne bei Lion. Bis morgen. Mitch«, stand darauf.

»Und Freddy ist bei Siglin.«

Nach dem überraschenden Festessen sahen sie sich den »Tatort« an. Das übliche Sozialdrama aus der Domstadt. Richtig spannend fanden sie das nicht. Manfred regte sich wieder mal darüber auf, dass es in zu vielen Kriminalfilmen nicht nur um das eigentliche Verbrechen ging, sondern um Nebenkriegsschauplätze aus dem Intimleben der ermittelnden Beamten. Sei es der demente Vater, die teure Exfrau, der aufmüpfige Sohn der alleinerziehenden Kommissarin. Allzu oft gab es persönliche Probleme, die nichts mit dem eigentlichen Kriminalfall zu tun hatten, oft aber die Ermittlungsarbeiten behinderten.

Manfred nahm sich vor, gelegentlich seine echten Kriminalbeamten zu fragen, ob das bei ihnen auch so war.

Nach dem »Tatort« schalteten sie in den Sonntagtalk und stellten übereinstimmend fest, dass dasselbe Thema mit ähnlichen Gästen schon der Plasberg am Montag behandelt hatte. Manfred machte den Fernseher aus. Pakko durfte in den Garten, und danach gingen sie gemeinsam ins Bett.

Pakko sprang begeistert mit hinein.

»Raus aus dem Bett!«

Zu Manfreds Erstaunen hörte der Hund ausnahmsweise mal aufs Wort und verzog sich auf seine Decke.

»Deine Blutleberwurstspeckmantelterrine war wirklich vom Feinsten.« Manfred biss seiner Frau zärtlich ins Ohrläppchen, dann blieb ihm die Luft weg. Britta hatte ihn mit dem Ellenbogen in die Seite stoßen wollen, aber seinen Bauch getroffen.

»Du bist gemein, Manni!«

»Alles andere war wirklich seeehr lecker, Britt.«

»Danke. Und du hast ja recht, diese Terrinenpampe hätte ich uns ersparen können. Dabei war die im Palace so lecker.«

»Dafür waren die Möhren und der Fisch sagenhaft. Und der Stieve Ries auch. Deine Muurejubbel sind eben die besten. Aber bei den Vorspeisen hat der Sternekoch gewonnen.«

FÜNF

Am Montagmorgen bereute Manfred, dass er seinen Schreibtisch zwei Tage vernachlässigt hatte, und grub sich missmutig durch den langweiligen Schreibkram, den er so hasste. Um zehn brachte Britta ihm die Post, mit dabei ein großer, schwerer Umschlag aus reißfestem Kunststoffpapier. Manfred wusste es sofort: Der ist von Frank.

Ihr Steuerberater hatte am Sonntag durchgearbeitet und das Kuvert rechtzeitig zur Post gebracht. Das mit dem Umschlag aus unkaputtbarem Synthetikpapier konnte man ihm nicht ausreden. Manfred stopfte den Umschlag in seinen roten Plastikabfalleimer zu etlichen Joghurtbechern, die sich darin angesammelt hatten.

An die Morde verschwendete er keinen Gedanken, bis um 13 Uhr die Nachrichten bei 17&4 kamen. Der Sprecher berichtete:

»Im Martinsviertel gab es eine aufsehenerregende Durchsuchung. Die Grawenhorster Polizei stürmte mit Unterstützung eines SEK-Teams des Landeskriminalamtes einen Imbiss. Nach unseren Informationen wurde eine männliche Person festgenommen. Noch wissen wir nicht, worum es ging, aber bleiben Sie dran, wir sind Ihr Sender und immer die Schnellsten in Grawenhorst.

Tüdellütütü.«

Mit dem unvermeidlichen Jingle gingen die 17&4-News zu Ende.

Da hab ich dem Kebab-König das SEK auf den Hals gehetzt, dachte Manfred mit dem Anflug eines schlechten Gewissens. Er fragte sich, was die Durchsuchung ergeben hatte, und nahm sich vor, am Nachmittag mit einem der Kripoleute zu telefonieren.

Nach dem Jingle kündigte der 17&4-Moderator den Ärzte-Song »Lass die Leute reden« an, und als Manfred »Also wunder dich nicht, wenn bald die Kripo bei dir läutet« im Liedtext hörte, schwor er sich, nie mehr bloße Gerüchte zu Tatsachen zu verdrehen.

Ungeduldig reduzierte er kontinuierlich den Papierstapel auf seinem Schreibtisch. Franks Steuererklärungsmappe hatte er vor den Treppenaufgang geworfen. Die musste warten, damit würde er sich frühestens am Abend auf der Couch beschäftigen.

Um fünf hatte er es geschafft. Der Stapel war von links nach rechts in den Ablagekorb gewandert und nur noch ein Drittel so hoch. Den Rest hatte er in den großen Karton unter seinem Computertisch entsorgt, den Britta einmal in der Woche mit ihren Grundnahrungsmitteln vom Discounter mitbrachte.

Jetzt musste nur noch der unvermeidliche E-Mail-Eingang abgearbeitet werden. Frank schrieb, dass er die Steuererklärung fertiggestellt habe, und schickte gleich seine Rechnung mit. Manfred druckte sie aus, schaute kurz auf den Betrag, nickte zufrieden und legte das Papier ins blaue Körbchen zu den anderen Belegen für die Buchhaltung.

Die Redaktionssekretärin fragte nach seinem Text, aber den hatte er erst für Mittwoch versprochen, und darum antwortete er ihr nur kurz: »Kommt!«

Manfred griff zum Telefon. Er wollte wissen, was sich bei der Durchsuchung ergeben hatte. Der schnellste Sender hatte nichts Neues mehr vermeldet. Nun war es eh zu spät, nach 17 Uhr liefen nur die einheitlichen Nachrichten des Rahmenprogrammanbieters der NRW-Lokalradios.

Ein Anruf kam ihm zuvor. Bernd war am Apparat, und wie immer um diese Zeit war die Verbindung schlecht. Er saß im Zug nach Grawenhorst.

»Du, Manni, morgen ist die Beerdigung. Gehst du mit?«

»Welche Beerdigung?«

»Von Rolf. Morgen um zehn in Sankt Martin.«

»Haben die den schon freigegeben?« Manfred wunderte sich. »Und warum soll ich dahin, Bernd?«

»Manfred, ich habe mir auch extra den Vormittag frei genommen, Udo ist im Urlaub, Ellen muss irgendwas mit ihrer kranken Mutter regeln, Siggi kann nicht weg aus seinem Laden, und Martin bekommt keinen Urlaub. Nur Hans-Jörg geht mit. Dann sind wir wenigstens zu dritt, ich denke, das sind wir dem Rolf schuldig.«

Manfred stöhnte. Langsam uferte die Geschichte aus, so viel Zeit ging verloren. Aber im Stillen gab er Bernd recht und willigte ein. Bernd wollte sich zehn Minuten vorher treffen, nicht vor der Kirche, sondern ein paar Meter davor beim Kebab-König.

»Nee, nee, nee! Nicht vor der Dönerbude.« Manfred erzählte Bernd von der Durchsuchung und schlug als Treffpunkt das südliche Ende der Martinstraße vor.

Bernd willigte ein. »Wo die schönen Holzbänke und die ersten neuen Fahrradbügel im Martinsviertel stehen.«

Manfred verdrehte die Augen. Bernds Weltbild bestand zu oft aus Fahrradthemen.

Brockmann oder Schäbe erreichte er danach nicht, nur die Schreibkraft, und die gab ihm bekannt, dass die Herren in einer Besprechung seien.

Manfred schickte eine Nachricht an Schäbe, ihre Handynummern hatten sie gestern ausgetauscht, bevor Harry die T-Bones aufgetischt hatte.

MANNI:

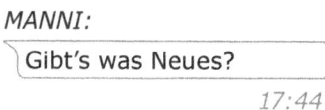

Gibt's was Neues?

17:44

Er hatte sein Handy noch nicht wieder aus der Hand gelegt, da hörte er den Antwort-Beep.

JÜRGEN:

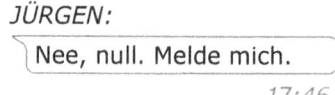

Nee, null. Melde mich.

17:46

Das sah nach einem Fehlschlag beim Kebab-König aus. Manfred hoffte, dass die Beamten ihm das nicht übelnahmen, schaltete die Bildschirme seines Computers aus und ging die Treppe hoch. Schnell zog er sich um und nahm seine Nierentasche.

»Ich dreh 'ne Runde.« Manfred meldete sich im Hinausgehen laut ab, klemmte sein Headset hinters Ohr und stieg auf sein Rad. Er holte die Fahrradkarte seiner Touren-App auf das Handydisplay am Lenker und fuhr wahllos Richtung Süden. Wie gewöhnlich vermied er belebte Straßen, und Landstraßen ohne Radweg waren für ihn eh tabu. Noch in der Stadt wählte er eine beliebige Strecke, das machte er oft, wenn er alleine unterwegs war. Fuhr einfach

15, 20 Kilometer stramm in eine Richtung, dann 10 oder 15 nach rechts oder links, und ließ sich überraschen, wo er rauskam. Obwohl er die Gegend wie seine Westentasche kannte, entdeckte er mit dieser Methode immer wieder eine neue Besonderheit seines geliebten Niederrheins.

Kürzlich hatte er auf so einer Zufallstour Kröken entdeckt. Fünf Häuser und ein Vierkanthof mit einem Biobauern, der einmal im Monat den Schlachter kommen ließ. An jenem Tag verkaufte die Bäuerin gerade Haushaltspakete ihrer Charolais-Rinder für 120 Euro. Das waren zwölfeinhalb Kilogramm bestes Fleisch mit Steaks, Bratenstücken, Gulasch, Rouladen, Hack, Suppenfleisch und -knochen. Zwei Liter Rindfleischsuppe gab es gratis obendrauf.

Als er Britta davon erzählt hatte, hatte die abgewunken und auf die übervolle Truhe verwiesen, wo die halbe Sau ihres Hausarztes lag. Dr. Jagenmann, nomen est omen, war passionierter Jäger. Das hatte der Manfred während seines jährlichen Medizinchecks erzählt, und Manfred hatte den Doktor sofort nach einem Wildschwein gefragt. Wochen später war der überraschende Anruf gekommen. »Hab einen Überläufer für Sie, 60 Kilo, wollen Sie den haben? Liegt beim Becker.« Becker, das war ihr Ortsteilmetzger. Britta und er hatten sich schnell entschieden, dass das Tier zu groß für ihre Truhe war, aber Manfred hatte den Metzger gefragt, ob er eine Hälfte übernehmen wolle. Der hatte auch schon daran gedacht, teilte die Sau in zwei faire Teile und lieferte ihnen die ausgelösten und vakuumverpackten Einzelstücke frei Haus. Mit dem Fleisch der halben Sau war die Truhe voll, und ein Haushaltspaket Charolais passte nicht mehr rein.

Hinter der kleinen Steigung ging es ein paar Hundert Meter stetig bergab. Manfred trat kräftig in die Pedale, verpasste aber knapp, die Tachoanzeige auf 40 zu steigern. Dabei versuchte er, sich zu orientieren.

»Kröken, Kröken, das muss hier irgendwo sein.«

Und prompt sah er am nächsten Anstieg die Weide mit den weißen Rindern. Er hielt auf den Hof zu, fuhr durch das große Rundbogentor direkt bis vor die Tür des Schlachtraums. Die Bäuerin war gerade da, und Manfred fragte sie, ob zufällig zwei Steaks übrig seien. Er hatte Glück und erstand vier Rumpsteaks für 29,50 Euro. Sie bedankten sich gegenseitig, und weg war er wieder. Die Steaks ruhten wohl verpackt in einer Plastikdose auf seinem Gepäckträger.

Britta war jeden Montag beim Training. Volleyball, anderthalb Stunden ab 17 Uhr. Wenn sie danach gegen Viertel vor sieben zurückkam, war sie völlig geschafft und hatte erfahrungsgemäß keine Lust mehr zu kochen. Zwei Rumpsteaks aber würden in nur zehn Minuten fertig sein, und den Salat würde Manfred schneiden, während das Fleisch in der Pfanne brutzelte. Er war sicher, seine Frau würde dazu nicht Nein sagen, und beschleunigte seine Fahrt.

Es war schon nach sechs und er war gerade einmal 14 Kilometer unterwegs gewesen. Bei nächster Gelegenheit bog er rechts ab, der untergehenden Sonne entgegen. Manfred wollte Kilometer machen, wegen der Steaks aber auch nicht zu spät daheim sein. Über Meenen radelte er nun durchweg mit knapp 30 Stundenkilometern in einem Bogen um die Stadt. Kein Wind, und der Niederrhein war hier flach wie eine Flunder, nur rechts von ihm sah er die Anhöhe vor dem Sibalsee.

Schäbe rief an. Manfred nahm das Gespräch an, fuhr aber unbeirrt weiter. Gut, dass ich mir den Clip hinters Ohr geklemmt habe, dachte er.

Der Brockmann-Assistent berichtete ihm in hektischer Kürze, dass die Durchsuchung beim Kebab-König ein absoluter Reinfall gewesen war. Sie hatten den völlig verängstigten Inhaber zwar zur Vernehmung einbestellt, aber nichts, rein gar nichts gefunden, was mit der Mordserie zu tun haben könnte. In einem großen Lagerraum hinter der Vorbereitungsküche hatten sie zwar stapelweise Zubehör für alle aktuellen Handytypen entdeckt, aber das war kein Diebesgut, sondern ordentlich erworbene Massenware, die Herr Ataman im Internet und seine beiden Söhne auf Flohmärkten erfolgreich verkauften. Den Imbiss hielt er nur, damit seine Frau beschäftigt war und weil sie den Lagerraum dahinter brauchten. Sein Laden warf zwar kaum etwas ab, war aber auch kein Minusgeschäft.

Manfred plagte ein schlechtes Gewissen. Hätte ich nur die Klappe gehalten beim Harry.

15 Kilometer weiter, hinter Hennerath, änderte er die Richtung und fuhr nun stracks östlich, Richtung Heimat.

20 vor acht stellte er abgekämpft, aber geläutert sein Rad ab und schaute zuerst in die Küche. Wie erwartet hatte Britta nichts vorbereitet. Manfred horchte nach oben und hörte, dass seine Frau unter der Dusche stand.

»Ich weiß gar nicht, ob ich Hunger habe.« Britta sah auf die Rumpsteaks, da tauchten überraschend ihre Kinder auf. Freddy kam zur Tür herein und Mitch von oben, hatte Hunger, wollte an den Kühlschrank, bemerkte dann jedoch das Paket mit den beiden Rumpsteaks.

»Nur zwei? Habt ihr nur zwei gekauft? Und was essen wir?« Mitch stand ehrlich empört in der Küche, und ausnahmsweise bezog er seine ältere Schwester in die verbale Anklage ein.

Manfred nahm das zweite Paket aus dem Kühlschrank und legte es seinem Sohn grinsend in die Hände. »Haben wir euch jemals vergessen?«

Im Geheimen bedankte er sich bei der Bäuerin, die ihm die doppelte Portion angedreht hatte.

»Vom Biobauern und von heimischen Rindern.« Manfred hatte sich an Freddy gewandt, deren Biotick er kannte. Die Bemerkung »schmerzfrei geschlachtet« verkniff er sich, wohl wissend, welche Diskussion mit seiner Tochter ihn andernfalls erwartete.

Freddy, die sich seit zwei Jahren vorwiegend vegetarisch ernährte, schaute zuerst ihn, dann das Fleisch skeptisch an. Aber die Verpackung mit dem Stempel des Biohofs und die handgeschriebene Beschriftung überzeugten sie. »Muss noch duschen, zehn Minuten.«

Britta war glücklich. Seit vielen Tagen erlebten sie zum ersten Mal ein gemeinsames Abendessen mit beiden Kindern. Das anstrengende Volleyballtraining war vergessen, mit Elan ging sie an die Vorbereitungen, schickte Mitch in den Keller, um die Paellapfanne zu holen. Vier große Rumpsteaks brauchten Platz, und außerdem übertrug die Stahlpfanne die Hitze auf ihrem Gasherd viel besser als die teflonbeschichtete.

Manfred hängte seine Fahrradmontur zum Trocknen auf und ging hinunter ins Büro. Daneben hatten sie eine zweite Dusche eingebaut, nachdem die morgendlichen Kämpfe um den Platz im oberen Bad regelmäßig eskaliert waren.

Um Viertel nach acht saßen sie gemeinsam am Tisch. Mitch hatte auf Brittas Bitte hin die schwere Pfanne aus der Küche getragen und stolperte um ein Haar über Pakko. Der sprang höchst interessiert an ihm hoch zur Pfanne. Sie wiesen ihren Hund gemeinsam in die Schranken, und der verzog sich beleidigt auf Brittas Sessel, würde aber sicher bald wieder neben dem Esstisch liegen und mit seinem treusten Hundeblick auf das eine oder andere Stück vom Teller hoffen. Er legte sich stets neben Manfred, das war erfahrungsgemäß am erfolgversprechendsten.

»Der Hund kriegt heute nix vom Tisch!« Manfred betonte das energisch.

Die drei anderen sahen ihn an, als würde er spinnen, und schüttelten synchron den Kopf.

»Was ist mit dir los? Dein Pakko kriegt nichts?«, fragte Freddy und tippte parallel auf ihrem Handy herum.

»Handy weg, Freddy! Bitte!« Britta hasste es, wenn die Kinder beim Essen mit ihren Smartphones hantierten.

Mitch verteilte die Rumpsteaks, Britta gab die Salatschüssel rund. Das Fleisch war wirklich hervorragend.

»Besser hätte Harry das auch nicht hinbekommen.« Manfred meinte das als Lob, aber seine Frau hörte nur »hinbekommen« und verzog die Miene. Da klingelte auch noch sein Handy.

Freddy grinste wie ein Honigkuchenpferd und stieß Mitch an, der ebenfalls gluckste. Britta hob zu einer Strafpredigt an, aber Manfred hatte »Bernd« auf dem Display gelesen und den Anruf weggedrückt, darum blieb ihm die Predigt erspart.

Nach dem Essen blieben sie ein paar Minuten gemeinsam sitzen. Manfred musste den Kindern berichten, was er über die Morde wusste. Das tat er ausführlich, aber ohne hässliche Details. Die beiden waren alt genug und hatten im Internet sowieso schon das meiste gelesen.

Dann stand er auf, öffnete in der Küche den Seitenschrank mit den Vorräten, nahm Harrys Tüte heraus, ging zurück ins Wohnzimmer, öffnete die Terrassentür und trug dabei sein breitestes Grinsen im Gesicht. »Paaakko!«

Ihr Hund hatte die Hoffnung schon aufgegeben, sprang aber nun wie ein geölter Blitz von der Couch und griff sich mit spitzen Zähnen das halbe T-Bone, das Schäbe am Samstag auf seinem Teller hatte liegen lassen.

»Manfred! Der Hund wird zu dick. Das ist viel zu viel für diese Uhrzeit.« Britta konnte es nicht glauben.

»Pakko ist auch nur ein Mensch, Britt. Wir können ihn doch nicht zuschauen lassen, wenn wir das beste Fleisch verdrücken.«

Britta verzog ihr Gesicht, sagte aber nichts mehr. Bei dem Thema war bei ihrem Mann sowie Hopfen und Malz verloren.

Freddy räumte freiwillig den Tisch ab. Mitch half ihr. Damit war die Aufgabe schnell erledigt.

Manfred sah Britta an, die lächelte zufrieden. So harmonische Abende mit der ganzen Familie waren selten geworden.

Die Kinder verschwanden in ihre Zimmer. Manfred rief Bernd an. Der hatte nur wissen wollen, ob es was Neues gab. Manfred informierte ihn, dass die Durchsuchung beim Kebab-König ein Schlag ins Wasser gewesen war. Warum die SEK-Aktion überhaupt stattgefunden hatte, verschwieg er wohlweislich, und den Zettel aus der Hand des toten Rolf erwähnte er auch nicht.

Sie waren früh zu Bett gegangen, aber erst später gemeinsam eingeschlafen. Für Manfred war das trotzdem eine ungewöhnlich frühe Zeit gewesen. Daher stand er um halb sechs im Bad und saß 30 Minuten später mit seiner Kaffeekanne vor seinem Schreibtisch.

Er sichtete ein paar Mails, arbeitete zwei Stunden konzentriert an dem Beitrag über die Fernostproduktion. »Scheißthema!«

Ein paar Telefonate mit Kollegen hatte er schon geführt, aber nicht viel mehr erfahren als das, was längst auf unzähligen Websites stand.

Sein Handywecker klingelte. Halb zehn, er musste los. Das Auto hatte er sich für den Tag reserviert. Mit dem Rad im dunklen Anzug ins Martinsviertel und von dort quer durch die Stadt zum Friedhof in Marienheide, das musste er sich nicht antun.

Bernd wartete schon am Treffpunkt. Manfred hatte Glück und fand schnell einen Parkplatz. Gemeinsam gingen sie Richtung Kirche. Manfred wechselte auf die rechte Straßenseite.

»Die Martinskirche ist aber links.«

»Ach, ich war nur in Gedanken.« Manfred zuckte mit den Schultern.

Sie wechselten erneut die Straßenseite, 20 Meter hinter dem Kebab-König. Manfred hatte nicht so nah an dem Imbiss vorbeigehen wollen.

In der Kirche nahmen sie ganz hinten Platz. Sie ergatterten die letzten freien Plätze. Hatten Rolf und seine Frau so eine große Familie, oder waren das alles Kunden des Sanitärunternehmens?

»Die Messe hätten wir uns auch sparen können, kein Mensch hätte das bemerkt.«

Bernd nickte zustimmend.

Nach der Messe warf Manfred einen Blick in das Trauer-kärtchen, das an jedem Platz ausgelegt war. Rolfs Frau hieß also Elke Mertens, geborene Babelsberg.

Sie verließen die Kirche. Bernd nahm auf dem Beifah-rersitz in Manfreds Auto Platz. Er war mit der Straßen-bahn gekommen, und Manfred nahm ihn im Auto mit zum Friedhof. Nach der Beerdigung würde er ihn am Bahn-hof absetzen.

Am Friedhof in Marienheide stieß Hans-Jörg zu ihnen.

»Der war schlauer als wir.«

Nach der Grabrede des Pfarrers standen sie lange in der Schlange kondolierender Trauergäste. Als sie end-lich am Grab waren, wäre Manfred fast an der Witwe vorbeigegangen, denn die Frau hatte er noch nie gesehen. Sie war groß und schlank, nicht unattraktiv, aber eher der herbe Typ. An Rolfs Seite war eine andere gewesen, eine blonde.

Manfred schüttelte ihr die Hand, verhaspelte sich wegen seiner Verwirrung und wusste hinterher nicht mehr, was er zu Rolfs Frau gesagt hatte.

Hans-Jörg stieß ihn an. »Was ist mit dir los?«

Manfred wich der Frage aus. »Beerdigungen sind nichts für mich, ich wusste nicht, was ich sagen sollte. Die ver-heulte Frau tat mir so leid.«

Dabei hatte er ihr gar nicht ins Gesicht gesehen, nur auf

die langen, fast schwarzen Haare. Die waren trotz Hut und Schleier bestens zu sehen gewesen.

Bernd ließ ihn im Wagen in Ruhe. Er hatte kapiert, dass mit Manfred heute nicht zu reden war, stieg am Bahnhof aus und spurtete leichtfüßig zu seinem Zug, der in wenigen Minuten nach Aachen losfahren würde.

Manfred rief während der Autofahrt Schäbe an. Diesmal nahm der Kripomann das Gespräch sofort an, und Manfred berichtete ihm seine neuen Erkenntnisse.

»Rolf hatte eine Freundin. Ich war eben bei der Beerdigung. Seine Frau habe ich noch nie gesehen, und sie ist schwarzhaarig. Rolf war beim Radwandertag mit so 'ner Blonden unterwegs.«

»Wissen wir schon. Haben wir alles überprüft.«

Manfred war enttäuscht. Er hatte gehofft, dass er etwas zu den Ermittlungen beitragen könnte.

Zu Hause angekommen, beeilte er sich, schnell ins Haus zu gelangen. Britta war unterwegs und Pakko allein. Er wusste also, dass der verrückte Köter ausflippte, sobald er das Geräusch ihres Autos hörte. Damit er nicht die Haustür malträtierte, öffnete Manfred sie und stemmte seine Beine fest in den Boden, denn schon sprang Pakko freudig an ihm hoch. Das dunkelgrüne Holz hatte jedoch längst lange braune Riefen. Resultate von Pakkos Attacken, wenn einer von ihnen heimkam und nicht schnell genug an der Tür war.

Er zog sich bequeme Klamotten an, und kurz vor eins saß er wieder am Schreibtisch. Pakko war mitgekommen und lag auf seinem erhöhten Platz. Von hier konnte er aus dem Souterrainfenster hinaussehen. Wenn jemand vorbeiging oder vorbeifuhr, stand er auf und prüfte, ob das Britta, eines der Kinder oder die Postbotin war. Dann huschte er wie ein Blitz die Treppe hinauf, mimte das Begrüßungskomitee und zerstörte mehr und mehr ihre Tür. Um das Schlimmste zu verhindern, lief Manfred jedes Mal hinter ihm her.

Er ärgerte sich schon lange, dass sie bei der Bauplanung den Vorschlag ihres Architekten verworfen hatten. Wären sie dem gefolgt, hätte er unten eine eigene Tür zur Straße mit einem Briefkasten daneben, und Pakko und er bräuchten nicht immer die Treppe hochzurennen, wenn die Postbotin kam.

Wie auch jetzt wieder. Pakko sprang zur Treppe. Schnell hetzte Manfred hinterher und öffnete rechtzeitig die Haustür. Ihr Hund fraß keine Briefträger, er bewedelte sie nur mit dem Schwanz und freute sich wie doll, wenn Frau Schmitt aus ihrer blau-gelben Wetterjacke ein Leckerchen zauberte.

Zurück am Schreibtisch ging Manfred die Briefpost durch. Sieben Kuverts wanderten sofort ungeöffnet in den Papierkarton zu seinen Füßen, zwei weitere ebenfalls, nachdem er flüchtig hineingesehen hatte. Beim dritten entsorgte er nur den Umschlag und legte die Rechnung seines Tonerlieferanten zur Buchhaltung.

Ihm fiel sein Versprechen an Jürgen Schäbe ein, und er schrieb eine Kurznachricht an Bernd.

MANNI:

> Bernd, bitte denk an die Listen, nur meine brauche ich nicht.

13:03

Eine Erklärung war nicht nötig. Zwischen Friedhof und Bahnhof hatte er Bernd um die Teilnehmerlisten gebeten.

»Bringt eh nix.« Bernd war skeptisch gewesen, und Manfred hatte genickt. Er sah das genauso.

Er arbeitete weiter an seinem Text für die TI. Morgen war Mittwoch, und Abgabe. Seine Termine hielt er stets ein und musste da jetzt durch. Er schalt sich einen Idioten, dass er den Job angenommen hatte.

Um fünf brach er ab. Die Fakten hatte er nun zusammen, die Frage war nur, wie seine Wertungen bei Redaktionsleiter Maier ankamen. Mit dem würde er morgen früh telefonieren, ein paar seiner Textstellen zitieren, um behutsam zu klären, wie weit er gehen konnte.

Sein Handy vibrierte, eine Antwort von Bernd.

BERND:

Kommen gegen acht.

13:15

Läuft. Nun war er müde, doch zu faul, um nach oben zu gehen. Also nahm er die Bürocouch. Britta würde ihn wecken, wenn er zu lange schlafen sollte.

In Gedanken rekapitulierte er den Tag. Er erahnte einen Knoten in seinem Kopf, fand aber kein Ende, um den zu lösen. Die unbekannte Witwe ... Irgendwas stimmte nicht ...

Manfred schnappte sich sein Rad, ohne sich umzuziehen. Er wollte keine lange Tour machen und auch nicht sportlich fahren. Eine gemütliche Runde zur Entspannung. Er wusste aus vielen Jahren, dass er so den Kopf frei bekam.

Vor ihm tauchte plötzlich Erichs Waldpfad auf. Er hatte gar nicht bemerkt, wie schnell die Kilometer an ihm vorbeigeflogen waren. Betulich, fast vorsichtig, fuhr er den engen Pfad entlang. Als er langsam die beiden Eichen passierte, fröstelte es ihn. Manfred schüttelte sich.

Dann wie aus dem Nichts ritt ihn der Teufel. Er erhöhte sein Tempo, immer rasanter wurde die Fahrt. Den Abzweig zum See verpasste er, raste wie von Sinnen weiter geradeaus, der Pfad wurde immer enger. Irgendwann sah er nur noch einen schmalen hellen Strich zwischen dem Grün, und mehr und mehr hatte er Probleme, die Spur zu halten.

»Gemach, gemach.« Manfred rief sich energisch zur Vernunft und reduzierte seine Geschwindigkeit. Da war auch der Pfad zu Ende und mündete in einen breiten Waldweg mit viel Laub, das in der Abendsonne in unglaublich vielfältigen Brauntönen leuchtete. Wie im Traum folgte er dem Weg, immer tiefer hinein in den Wald. Wind kam auf, und die braunen Blätter stoben auf dem Boden hin und her. Er genoss die Schönheit des warmen Herbstabends.

Hinter einer leichten Rechtskurve erkannte er weit vor sich am Horizont das Waldende als winzig kleine Tunnelöffnung. Er kam ihr näher, aber sie wurde nicht größer, obwohl er sich minutenlang darauf zubewegte. Manfred fuhr nun langsam, erfreute sich an den Lichtern und Farben, die die Sonne zwischen den Bäumen des uralten Eichenwaldes erzeugte.

Vor sich machte er eine Mulde aus. Der Wind wirbelte einen Berg brauner Blätter weg und legte eine Fläche schmaler Hölzer frei, die kreuz und quer übereinanderlagen.

Das sieht aus wie ein überdimensionaler Hasengrill, dachte er belustigt. Oder ist das ein monströser Geocache mitten auf dem Weg?

Bevor er weiter darüber nachdenken konnte, war er bereits über der Mulde. Sein Rad kippte vorne weg, brach durch die dünnen Hölzer und rutschte in die Tiefe, Manfred hinterher. Er ließ den Lenker los, fiel seitlich weg und spürte einen heftigen Schlag an seiner Hüfte. Das musste die Wand der Grube sein. Er erlebte seinen Sturz wie in Zeitlupe.

Er schlug leicht mit dem Schädel auf und sah oben über sich das blaue Himmelviereck mit weißen Wolken. War da nicht auch ein Gesicht, das auf ihn herabblickte? Er hörte ein irres Lachen, eine weibliche Stimme, die ihm bekannt vorkam.

Manfred erwachte nass geschwitzt und setzte sich abrupt auf seiner roten Couch auf. Er war völlig gerädert und hatte Schnappatmung. Was für ein Albtraum am hellichten Tag! Gab es so etwas überhaupt? Ihm jedenfalls war das bisher nie passiert. Die Morde belasteten ihn offenbar erheblich mehr, als er gedacht hatte.

»Maaanfred!« Britta rief. »Kommst du essen? Gibt Rosenkohl. Lecker!«

Manfred schaute zur Uhr, die zeigte 19:15 Uhr. Er hatte fast zwei Stunden geschlafen. Unfassbar!

»Paar Minuten«, rief er Britta über die Treppe hoch und beruhigte sich langsam.

»Bist du Rad gefahren?«, wollte Britta wissen.

»Ja, irgendwie. Komme gleich hoch, muss erst duschen.«

Manfred zog seine verschwitzten Klamotten aus und stieg in die Dusche.

In Gedanken ging er noch einmal die wilde Fahrt mit dem höllischen Ende durch. Eine Idee ging ihm durch den Kopf. War das der Knoten? Schnell trocknete er sich ab. Britta hatte ihm frische Anziehsachen runtergeworfen, er zog sie an und schaltete die Bildschirme an seinem Computer ein.

Die E-Mail von Bernd war angekommen. Mit Unmengen von Anhängen. 44 Listen, alle Touren seit April, alles einzelne PDF-Dateien.

»Der hat sich das ja einfach gemacht.«

Manfred druckte sie aus, das tat er sonst nie. Diesmal war ihm die Papierverschwendung egal. Er wollte die Listen in der Hand haben, um nichts zu übersehen. Sein zuverlässiger alter Laserdrucker spuckte die Blätter in schneller Folge aus. Er wartete nicht ab, sondern griff sich die ersten Seiten und nahm einen Textmarker.

»Maaanfred?« Britta rief wieder.

Er hatte vergessen, Bescheid zu sagen, und ging schnell zur Treppe. »Sorry, Britt, ich hab keinen Hunger, stell mir was in den Schrank, nicht in den Kühlschrank, dann kann ich das später essen. Muss noch arbeiten, Maier macht Druck.«

Die Notlüge musste sein. Er hatte weder Zeit noch Lust für eine wahrheitsgemäße Erklärung.

»Dann fahre ich zu meiner Mutter, die freut sich wenigstens, wenn sie mich sieht.« Britta war sauer. Das würde er später richten müssen.

Der Drucker war fertig. Er nahm nun den ganzen Stapel und markierte Blatt für Blatt alle Namen, die er nicht kannte. Zwischendurch wandte er sich zurück zum Bildschirm und leitete Bernds E-Mail kommentarlos an Schäbe weiter.

25 Minuten später saß er ratlos vor dem Papierstapel, die markierten Namen sagten ihm nichts. Er stutzte. 44 Tou-

ren? Das müssten eigentlich mehr sein. Manfred öffnete nochmals alle PDFs.

»Bingo!«

Achim und Dag hatten auch gesammelt und ein mehrseitiges Dokument an ihren Vorsitzenden gesandt. Sie waren fleißig gewesen. 13 Touren.

»Blödmann, da passiert dir der gleiche Fehler wie dem Brockmann«, schalt er sich selbst.

Er nahm die neuen Ausdrucke, nutzte wieder den Marker, und beim vorletzten Blatt, mit nur acht ausgefüllten Zeilen, las er: »Elke«. Der Nachname war unleserlich. Keine Mail-Adresse, nur eine unleserliche Unterschrift dahinter.

Manfred lehnte sich zurück. Er war ratlos. Plötzlich fiel ihm etwas ein. Er startete das Suchfenster seines Mailprogramms, markierte in der Verzeichnisstruktur den aktuellen Eingangsordner, tippte »elke« und startete den Suchvorgang. Die Liste, die sich kurz darauf am Bildschirm auftat, war viel zu lang. Manfred beschränkte die Suche auf den Zeitraum von Juli bis zum heutigen Tag. Das sah schon besser aus. 24 E-Mails wurden angezeigt. Er sah sie durch und öffnete hoffnungsvoll vier davon. Nichts!

Kein Knoten, den er lösen konnte. Manfred schloss die Augen und dachte nach. Eine Idee blitzte in seinem Kopf auf, er wiederholte die Suche, änderte vorher aber in der Verzeichnisstruktur die Auswahl, nahm den Haken vor dem Eingangsordner weg und setzte stattdessen einen vor den Papierkorb. Die neue Findliste hatte nur fünf Positionen, und diesmal fand Manfred, was er gesucht hatte.

16:20 bonus@hotwinkel.nl	Korting op leuke uitjes
23:10 Mareike	Mareike gefällt dein Profilfoto!
18:01 elkebab@webnet.de	Lust auf eine Tour
12:20 Sabine Fleischmann	Ihr Geschenk
19:21 Twitter <info@twitt..	Mehr Fakten auf Ehrliches

Manfred öffnete die dritte Nachricht, die an die allgemeine Mailadresse aller Tourenleiter ihres Vereins gerichtet war, und las sie.

Hallo liebe ADFCler!
Ich habe Lust auf eine schöne Radtour. Gerne würde ich bald einmal bei euch mitfahren. Geht das? Wie sind die Termine? Kostet das was?
Liebe Grüße
Elke

Manfred hatte die Mail damals registriert, sie aber als Sex-Spam abgetan und in den Papierkorb verfrachtet. Er nahm das Trauerkärtchen von Rolf zur Hand, das er auf das Sideboard neben der Treppe gelegt hatte, klappte es auf und wiederholte halblaut den Namen, der darunter stand.

»Elke Mertens, geborene Babelsberg.«

Dann schaute er wieder auf die E-Mail. Er war einen Moment lang wie erstarrt und atmete dann tief durch. »Ach du Scheiße!«

Er griff zum Telefon und wählte Brockmanns Handynummer.

»Der Teilnehmer ist momentan nicht erreichbar.«

Brockmann und sein verdammter Akku. Manfred

fluchte wie ein Kesselflicker. Es war fast neun, er versuchte es trotzdem, aber wie befürchtet nahm im Präsidium keiner mehr ab.

Fieberhaft überlegte er, wie er Brockmann erreichen konnte, und rief die Polizeizentrale an, doch auch das war hoffnungslos. Die gaben selbstverständlich keine Privatnummern ihrer Beamten bekannt.

Ihr letzter Besuch bei Harry fiel ihm ein. Die Kriminalbeamten hatten sich ein Taxi geteilt. Brockmann hatte gefragt und Schäbe hatte zugestimmt.

»Liegt auf meinem Weg nach Marienheide«, hatte Schäbe gesagt.

Dann waren sie eingestiegen. Brockmann, mit der Tür in der Hand, hatte dem Fahrer die Adresse zugerufen. Irgendwas mit »abel«, erinnerte sich Manfred, und die Hausnummer war 34. Da war er völlig sicher, weil es dieselbe Nummer wie die aus seiner Kindheit war.

An seinem PC startete Manfred den Karten-Dienst der Suchmaschine und tippte hektisch auf seine Tastatur: »Grawenhorst, abel.«

Nichts. Er änderte die Abfrage. »Grawenhorst, abelstraße.«

Wieder nichts.

»So funzt das nicht. Aber der Schäbe, der wohnt doch in Marienheide.«

Manfred startete den Tourenplaner, gab als Start Harrys Kneipe und als Ziel Schäbes Wohnort ein.

Als die Streckenliste angezeigt wurde, fasste er sich an den Kopf. »Wie blöd kann man nur sein!«

Die Zabelsberger Straße führte von Harrys Kneipe schnurstracks nach Marienheide. Das musste die Straße mit Brockmanns Hausnummer 34 sein. Manfred über-legte.

»Aber 34? Das Dartvatter hat die 33, das kann ja nicht sein.«

Er war sich jedoch sicher, dass er 34 gehört hatte, und googelte die Zabelsberger Straße. Die 134 war nur 600 Meter vom Dartvatter entfernt, die 234 war die Adresse eines Supermarkts und die 334 gab es nicht. Da fand er stadtauswärts auf der rechten Seite nur eine lange Baulücke. Aber die 434 lag kurz vor der Stadtgrenze, dort waren auch Wohnhäuser. Die 434 musste es sein.

Manfred zog sich eilig vollständig an und wollte zum Autoschlüssel greifen. Da wurde ihm bewusst, dass Britta eben mit dem Auto weggefahren war, zu ihrer Mutter.

Taxi oder Rad? Bis das Taxi da wäre, hätte er die Stre-cke schon halb geschafft. Also Rad, entschied er.

Er holte sein Rad aus der Garage und schüttelte sich. Er war nur im Hemd, es war richtig kalt. Manfred ging zurück, holte seine Jacke und von unten an seinem Schreib-tisch die Teilnehmerliste und die Trauerkarte. Vor der Treppe stoppte er, ging noch einmal zurück an seinen PC, druckte die E-Mail von Elke aus und stopfte alles zusam-men in seine Jackentasche. Wieder hetzte er die Treppe hoch, machte die warme Jacke bis oben hin zu und fuhr los. Die Haustür hatte er fest zugezogen, darauf achteten sie immer genau, damit ihr Hund nachts nicht unbemerkt auf Entdeckungsreise ging.

Hoffentlich behält Pakko die Nerven und verwüstet nicht das ganze Haus, dachte Manfred. Beim letzten Mal, als ihr Hund ein paar Stunden allein gewesen war, hatte er ihr Bettzeug ordentlich durcheinandergewirbelt.

Nach zehn Metern hielt er an, tippte die Zabelsberger Straße 434 in sein Handy und steckte es in die Lenkerhalterung. Der Fahrradmodus für die Navigation war eh vorgewählt, 22 Minuten Fahrzeit zeigte die App an. Er ließ sich führen. Vielleicht war Google in der Stadt ja doch nicht so blöd.

Ihm fiel das Dartvatter ein. Manfred stoppte wieder, wählte Harrys Telefonnummer, stellte auf Lautsprecher und fuhr wieder an.

Harry meldete sich und verstand kein Wort, weil der Fahrtwind ins Mikro blies. Manfred hielt erneut an.

»Ist einer von den Bullen gerade bei dir?«

»Essen nicht hier, sind auch nicht hier.«

Manfred beendete das Gespräch, ohne sich zu bedanken. Harry würde beleidigt sein, aber das war ihm im Moment egal. Er fuhr sofort weiter.

Nach zehn Minuten kreuzte er am Präsidium die Bernaustraße. Jetzt ungefähr wäre das Taxi zu Hause angekommen. Manfred folgte der Anweisung. Die Stimme verstand er kaum, aber die Route auf dem Display war bestens erkennbar.

Um 21:50 Uhr, drei Minuten früher als die Prognose der App, hatte er sein Ziel erreicht. Er schloss sein Rad an der erstbesten Laterne an.

Lieber Gott, lass die Adresse stimmen, betete er gedanklich. Das war nur eine Floskel, denn er betete eigentlich nie, weil er es unehrlich fand, wenn man nicht an die Sache glaubte.

Die enge Zabelsberger Straße wurde beherrscht von dreigeschossigen Wohnblocks. Die Nummer 434 lag nur ein paar Schritte weiter. Es war stockdunkel, auch am

Eingang war keine Lampe, die automatisch anging. Manfred aktivierte die Taschenlampe seines Handys, leuchtete die Klingelschilder ab und fand erleichtert den gesuchten Namen auf der dritten Klingel von oben links.

Dritter Stock, linke Seite, vermutete er, verzichtete aber darauf, nachzusehen, ob Licht brannte. Er klingelte dreimal schnell hintereinander. Nach einer halben Minute wiederholte er ungeduldig die Prozedur und tippte gleich achtmal in Folge auf den Knopf. Vielleicht sollte ich »SOS« tippen, dreimal kurz, dreimal lang, dreimal kurz.

Das erwies sich als unnötig, denn die Rufanlage knarrte und er hörte erleichtert die bekannte Stimme.

»Ja?«

Nicht gerade freundlich, aber das störte ihn nicht. Manfred gab sich zu erkennen und redete hektisch weiter. Der Kripomann verstand sicher kein Wort, bediente jedoch den Türöffner. Manfred hörte noch »Dritte links« und nahm die Treppe im Schweinsgalopp. Die Folge war, dass er oben außer Atem ankam und kein verständliches Wort mehr herausbrachte.

Brockmann bugsierte ihn in sein Wohnzimmer auf eine Couch und brachte ihm ein Wasser. »Oder besser 'nen Schnaps?«

Manfred nickte, ja, den konnte er gebrauchen.

Brockmann griff in den Schrank, füllte zwei Pinnchen mit einer klaren Flüssigkeit und reichte eines davon Manfred. »Grappa, ein guter. Prost!«

Sein Wasser hatte Manfred bereits ausgetrunken, probierte nun vorsichtig den Grappa, verzog anerkennend das Gesicht und trank das Glas in einem Zuge leer. Er schluckte den Schnaps aber nicht sofort hinunter, son-

dern ließ seinem Gaumen ein paar Sekunden zum Genießen.

Brockmann ließ ihm die Zeit, nickte dann jedoch auffordernd. »Watt jibbet?« Die flotte Formulierung sollte
sein Gegenüber wahrscheinlich auflockern. »Erzählen Sie,
Herr Hanraths. Aber bitte langsam, in ganzen Sätzen und
vollständig.«

Manfred sammelte sich und berichtete zuerst, dass Rolf
eine Freundin gehabt hatte und alle gedacht hätten, das
sei seine Frau gewesen.

»Das wissen wir, die kennen wir, die ist sauber. Weiter bitte.«

Manfred berichtete von der Beerdigung und dass er erst
am Grab erkannt hatte, dass die Blonde vom Radwandertag nicht Rolfs Frau gewesen war. Zu Hause sei ihm dann
das Trauerkärtchen eingefallen, auf dem er den Namen der
Frau zum ersten Mal gelesen hatte.

»Elke Mertens, geborene Babelsberg. Elkebab.«

Brockmann sah in verständnislos an. »Was haben Sie
gesagt? Elke was?«

Manfred nahm Brockmanns Flasche, schenkte sich
einen zweiten Grappa ein und bot auch seinem Gegenüber eine erneute Füllung an. »Sie auch?«

Brockmann war so perplex, dass er wortlos nickte, sein
Glas hinhielt, und gemeinsam kippten sie den zweiten
Schnaps.

»Und nun bitte mal in aller Ruhe.« Brockmann sprach
nun ganz langsam, als wolle er Manfred hypnotisieren.
»Elke was?«

Manfred wiederholte, was ihm aufgefallen war.

»Elke Mertens, geborene Babelsberg, früher also Elke

Babelsberg, Abkürzung Elkebab. Daher die E-Mail-Adresse, elkebab@webnet.de. Nicht kebab@webnet.de. Da fehlen die ersten zwei Buchstaben. War dieser Zettel vielleicht angerissen?«

Dem Kriminalbeamten klappte der Mund auf, und er stierte Manfred wortlos an. »Das ist die Mailadresse von der Mertens? Wenn das stimmt!« Er raufte sich die Haare.

Manfred griff in seine Jackentasche, nahm die Trauerkarte, die Liste und die ausgedruckte Mail, und während er sie dem Kripobeamten reichte, hielt er den Finger auf die Zeile mit der Mailadresse von Elke Mertens.

»Da!«

Brockmann nahm das Blatt mit der Mail, griff zu seinem Telefon, wählte und wartete ungeduldig, bis jemand das Gespräch annahm.

»Jaja, ich weiß, ist spät, beruhige dich. Ich brauch nur zehn Sekunden, nur eine Frage. Also, der Zettel, den ihr beim Schachbrett-Rolf gefunden habt. War da ein Stück abgerissen?«

Brockmanns Gesicht verfinsterte sich. Er knallte den Hörer auf das Telefon, schüttelte immer wieder den Kopf und hielt sich sekundenlang seine geschlossene Faust unter die Nase vor den Mund. Manfred sah dem Kripomann an, dass dessen Gedanken gerade rasten.

Dann sah Brockmann auf die Uhr, blätterte hektisch in einem der Papierstapel auf seinem großen Couchtisch und fand, was er suchte. Er wählte erneut und signalisierte mit dem Zeigefinger vor seinen Lippen, dass Manfred leise sein sollte.

»Guten Abend, liebe Frau Mertens. ... Jaaa, ich weiß,

wie spät es ist, aber ich habe noch ein paar Fragen. Wir wollen ja aufklären, wer Ihren werten Ehemann ermordet hat. Bitte, wann könnte ich Sie sehen? Ginge das vielleicht noch heute Abend?«

Manfred hörte nur leises Gebrabbel, dann redete wieder Brockmann.

»Verstehe. Was nicht geht, das geht nicht. Ich danke Ihnen. Ich bin morgen früh gegen 8 Uhr bei Ihnen.« Er legte auf. »Noch einen?«, fragte er Manfred, wartete die Antwort gar nicht erst ab und füllte beide Gläser.

Manfred genoss den hochwertigen Grappa nun richtig und nickte anerkennend. »Wirklich klasse! Wo haben Sie den her?«

»Toskana. Eigenimport vom letzten Urlaub.« Brockmann kam aber sofort zurück zu ihrem Thema. »Die Mertens wusste, dass ihr Mann fremdging. Das hat sie sofort erzählt. Doch sie habe ihm verziehen, und er habe die Affäre vor Wochen beendet, hat sie ausgesagt.«

Manfred überlegte. »Das könnte hinkommen. Rolf war nach Wochen plötzlich wieder dabei, auch am Dienstag. Hatte ich ja erzählt. Bis der Anruf kam. Danach hat er unser Treffen sofort verlassen. Habt ihr eigentlich das Handy gefunden?«

Brockmann schüttelte den Kopf. »Nein, kein Handy, weder sein normales noch ein anderes. Das normale, also das, das seine Frau kannte, haben wir gecheckt. Da gab es keinen Anruf zu der Zeit. Es gibt auch kein zweites Handy, jedenfalls nicht auf seinen Namen.«

Er schaute Manfred an. »Könnte es sein, dass Rolf Mertens gar nicht telefoniert hat? Dass er nur so getan hat?«

»Also geklingelt hat es, sogar sehr laut. Könnte aber auch ein Timer gewesen sein. Ein Weckruf.« Vielleicht wusste Brockmann nicht, was ein Timer ist.

»Ich schmeiß Sie jetzt raus.« Brockmann stand unvermittelt auf. »'tschuldigung, aber ich muss den ganzen Kram nochmals durchsehen und morgen früh zur Mertens.«

Manfred dachte zurück an das Gespräch mit Schäbe über seinen Chef und stellte sich vor, wie der in seinen Papierbergen versank wie ein verbissener Spürhund.

30 Minuten später war er zu Hause, Britta auch. Ihr Auto stand vor der Tür. Leise schloss er die Haustür auf. Kein Pakko. Britta hatte sicher die Schlafzimmertür zugemacht. Manfred kannte das Signal, verzog sich in sein Arbeitszimmer, schaltete den kleinen Fernseher ein, setzte sich auf die Couch und stellte enttäuscht fest, dass in der Aufnahmeliste immer noch keine neue Folge von »Lewis« zu finden war.

Er entdeckte eine neue Serie, die hörte sich vielversprechend an. Aber nach 15 Minuten brach er ab. Der Titel hatte wie ein Krimi geklungen, allerdings hatte er in die 34. Folge einer Sitcom gezappt, deren deutsche Übersetzung wahrscheinlich noch alberner war als das amerikanische Original.

Nach kurzer Überlegung schaltete Manfred den Fernseher aus und arbeitete sich durch einen Stapel gesammelter Fachzeitschriften. Zuerst durchforstete er einige ältere Ausgaben der Textil-Inside, dann den neuesten »Sportjournalist«, zuletzt ein »Spiegel«-Heft, das er aber nicht mehr vollständig schaffte.

Er nahm sich eine Decke und legte sich lang auf die Couch.

238

»Kebab, elkebab. Unfassbar!«

Mit der stillen Hoffnung, dass er keinen weiteren Albtraum erleben musste, schlief er ein.

VIER

Am Mittwochmorgen telefonierte er zuerst mit Maier, las ihm ein paar kritische Passagen seines Textes vor, die der Redaktionsleiter der Textil-Inside zu seiner Überraschung einfach durchwinkte. Manfred erkannte, dass er sich völlig unnötig einen Kopf gemacht hatte, legte auf, fügte zwei fehlende Kommas ein und versandte den Text in ungefilterter Schärfe per E-Mail.

Danach bereitete er in aller Schnelle seine Abendtour vor, eine der letzten in diesem Jahr. In ein paar Wochen war Zeitumstellung, danach würden sie bis März nur noch in aller Frühe am Sonntag fahren. Wenn überhaupt einer mitfuhr. Die nachtschlafende Zeit am Sonntagmorgen war eine hohe Hürde.

Sein Schreibtischtag verging wie im Fluge. Zwischendurch dachte er an Brockmann, aber der würde sich schon melden, wenn es etwas Neues gab.

Um halb sechs klingelte der Timer seines Handys, wie an jedem Mittwoch. Er leitete einen Neustart seines PC ein, ohne den Anmeldebildschirm abzuwarten. Einmal die Woche musste das sein, mindestens. Die Bildschirme würden sich automatisch abschalten.

Er präparierte sein Rad, sprühte schnell etwas Öl auf Kette, Zahnkränze und Ritzel. Eigentlich wäre mal wieder eine Komplettreinigung angesagt, dachte er. Mach ich am Wochenende.

Er packte seinen Rucksack hinten auf sein Rad, mit Werkzeug, Ersatzschlauch, einer kleinen Verbandstasche für alle Fälle, Pumpe und den unvermeidlichen Teilnehmerlisten, die er immer für mehrere Wochen im Voraus ausdruckte. Was sonst noch im Rucksack war, wusste er nicht, da sammelte sich mit den Wochen immer mehr Zeug an, der wurde von Mal zu Mal schwerer. Alle paar Monate drehte er ihn um und sortierte alles aus, was unnötig war. Manchmal fand er einen angebissenen alten Landjäger.

Letztens hatte Britta bei seiner Reinigungsmaßnahme zugesehen. »Irgendwann findest du 'ne tote Maus da drin.«

»Das kann sein. Hauptsache tot.« Manfred hatte dabei gelacht.

»Das ist nicht zum Lachen! Mach keine Witze, eine Maus will ich hier nie mehr haben.« Britta hatte sich vor Ekel geschüttelt.

Drei Jahre nach ihrem Einzug hatten sie eine Maus im Haus gehabt. Ihre alte Bassethündin hatte sich tagelang ungewöhnlich unruhig verhalten. Immer wieder war sie um den Fernseher schlawinert und hatte aufgeregt mit der Nase an den Löchern des großen Fußes ihres alten Röhren-TV geschnuppert. An einem späten Abend, sie hatten einen Film geschaut, war seine Frau plötzlich von der Couch hochgefahren. »Manni, da war 'ne Maus!«

»Wo?« Manfred hatte sie nur ungläubig angesehen.

»Da, da hinten. Sie ist vom Fernseher zum Schrank gerannt.«

Manfred war unter ihren alten Jugendstilschrank gekrochen, hatte aber keine Maus gefunden. Heute wusste er, warum. Mäuse lassen sich nicht gerne sehen. Wenn sie erwischt werden, machen sie sich unsichtbar. Hängen versteinert an der Rückseite eines Schranks oder krallen sich unter dem Schrankboden fest, immer so, dass Hunde oder Menschen sie nicht sehen oder gar greifen können.

Er hatte sich wieder hingesetzt und weiter den Film verfolgt. Seine Frau hatte nur noch auf die zwei Meter Fliesensockel zwischen Fernseher und Schrank gestarrt. Als der Film aus gewesen war – Manfred wollte gerade das Programm wechseln –, hatte er sie auch gesehen. Wie ein kurzer Schatten war das Vieh zurück zum Fernseher gehuscht.

»Da, wieder!« Britta war aufgesprungen.

»Du hast recht. Wie wollen wir sie nennen?«

»Wasss?«

»Wie wollen wir das Mäuschen nennen? Wir haben unseren Haustieren immer Namen gegeben. Auch den Fischen.«

»Manfred! Das ist kein Haustier! Eine Maus ist kein Haustier. Du hast ja 'nen Vollknall!« Britta war außer sich gewesen und von da an im Krieg. »Die Maus oder ich!«

Manfred hatte eingelenkt und »alle gegen die Maus« propagiert. Zuerst hatten sie eine Lebendfalle angeschafft. Tödliche Schnappfallen kamen aus Gründen des Tierwohls nicht infrage. Immerhin hatten sie Kinder, die sollten keinen emotionalen Schaden nehmen.

Die Holzfalle füllten sie anfangs mit Krümeln von jungem Gouda, später wechselweise mit kleinen Stückchen vom Kochschinken aus dem Supermarkt oder der hausgemachten Salami vom Becker. Die Maus kümmerte das nicht. Manfred vermutete, dass ihre Maus längst andere Nahrungsquellen im Haushalt gefunden hatte.

Irgendwann spät in einer Nacht, Britta war längst schlafen gegangen, erwischte er sie auf dem Dach der Falle. Die Maus war durchaus interessiert an den angebotenen Köstlichkeiten unter ihr. Doch den Weg in die »Garage«, wie Manfred die Falle im Geheimen nannte, riskierte sie nie. Er hatte sie erwischt, aber nicht gefangen.

»Kluge Maus, unsere Maus!« Er war sogar ein wenig stolz auf sie.

Britta war nur noch genervt. Nächtens hörte sie trippelnde Geräusche im Hohlkasten zum Dach, recherchierte danach intensiv und präsentierte Manfred täglich wechselnde Studien aus dem Internet wie »Mäuse, klein aber nicht ungefährlich« oder »Die Maus in deinem Bett«.

Britta zog ihren Hausbauern zu Rate. Der kam schon damals an jedem Freitag mit seinem vollgepackten Anhänger in ihre Siedlung gefahren.

»Herr Franzens, wir haben eine Maus im Haus, was können wir tun?«

»Sie haben keine Maus. Sie haben Mäuse!«

»Wir haben nur eine Maus.« Manfred versuchte einen Widerspruch, der Bauer ignorierte ihn und sah nur noch Britta an.

»Seit wann haben Sie die Maus?«

»So seit acht, vielleicht zehn Wochen?«

Der Bauer schüttelte den Kopf und verdrehte die Augen. »Also, meine liebe Frau Hanraths. Gehen Sie davon aus, dass die Maus nicht alleine bei Ihnen eingezogen ist, sondern mit ihrem verehrten Göttergatten. In acht Wochen wird die Muttermaus mindestens einmal geworfen haben. Mindestens! Aus so einem Wurf kommen dann üblicherweise bis zu acht Jungmäuse, und die können nach etwa sechs Wochen selbst Kinder kriegen. Stand heute haben Sie also wahrscheinlich nicht mehr als zehn Mäuse im Haus, in drei Wochen aber werden es 50 oder 60 sein. Obwohl, wenn es denen zu eng wird, zieht ein Teil freiwillig wieder aus.«

Zum Abschied gab der Bauer ihnen den Rat, alle Schränke mit Lebensmitteln zu sichten und die Versorgungsschächte zu prüfen. »Achten Sie auf Mäuseköttel, sehen aus wie kleine Reiskörner, nur schwarz. Am besten wäre eine Katze.« Doch mit Blick auf ihre Hündin zog er seine Idee wieder zurück.

Britta erwarb Möhren, Feldsalat und Grünkohl aus Franzens Anhänger. Danach fuhren sie gemeinsam zum nächsten Futtermittelhändler.

»Die haben einen Giftschrank.« Britta hatte den gesehen, als sie Dünger für ihr Blumenbeet gekauft hatte.

Das Mäusegift verteilten sie im halben Haus. Die Stellen suchten sie so aus, dass ihre Hündin keinesfalls an das Gift gelangen konnte. Britta kontrollierte die Vorratsschränke, Manfred die Versorgungsschächte. Britta fand aufgeknabberte Plastikverpackungen und unzählige Köttel. Manfred entdeckte abgefressene Krümel von den Isolierungen und stellte fest, dass die Mäusesippe sich durch die vertikalen Schächte Zugang zu allen Etagen verschafft hatte.

Nach ein paar Tagen war der Spuk beendet gewesen. Manfred hatte die verkrümmten Kadaver einer ganzen Familie unter dem Schlafzimmerschrank gefunden und Freddy, damals gerade neun, zwei tote Mäuse im Kasten ihrer Schlafcouch. Sie hatte es verkraftet, ihr war das Trippeln unter ihrem Kopfkissen höchst unheimlich gewesen.

Seitdem hatten sie wieder nur eine Maus. Die lebte im Garten, in dem Loch im Stamm ihres Nussbaums. Ab und zu sahen sie sie flitzen, am Rand der Terrasse zum Teich und dann wie der Blitz über den kleinen Staudamm, den Manfred vor Jahren nach Brittas Anweisungen hatte bauen müssen.

Bald 18 Uhr. Die zusätzliche Powerbank für sein Handy hatte er schon am Rahmen seines Rads befestigt, auch das dazugehörige Kabel. Manfred schnappte sein Smartphone und war fast im Sattel, da klingelte es. Maier von der Textil-Inside.

Bitte jetzt nicht. Doch er ging ran. »Bin gleich bei Ihnen, Moment.«

Manfred nahm sein Headset von der Ablage und steckte es hinter sein Ohr. Die Uhr zeigte 17:45 Uhr. Normalerweise war das okay, aber wenn Maier seine Zeit in Anspruch nahm, konnte es knapp werden bis zum Tourstart.

Er klickte sein Handy in der Lenkerhalterung fest, fuhr los, schaltete mit der rechten Hand das Headset ein und begrüßte den Redaktionsleiter. Manfred fuhr in mäßigem Tempo. Sein Gegenüber durfte ruhig merken, dass er unterwegs war, musste aber nicht wissen, womit.

»Machen Sie mal das Fenster zu, ich versteh kein Wort.«

Manfred hatte doch noch gar nichts gesagt. Doch er verlangsamte noch mehr und lenkte sein Fahrrad in die parallele Kargodstraße, da waren die Häuser höher und standen enger zusammen. Vor allem gab es kaum Verkehr. Das funktionierte. Maier meckerte jedenfalls nicht mehr.

»Sehr schön, haben Sie sehr schön gemacht.«

Manfred hörte gespannt zu und wartete auf das Aber.
»Nur den vorletzten Absatz, den würde ich gerne etwas
entschärfen.«

Manfred überlegte. Er hasste es, wenn sich jemand an
seinen Texten vergriff. Wo Hanraths drüber stand, musste
auch Hanraths drin sein, sagte er immer, und seine regelmäßigen Auftraggeber wussten und akzeptierten das, sogar
Maier. Aber wenn er jetzt anfing, mit dem Redaktionsleiter zu diskutieren, war die Tour möglicherweise gestorben, und das wollte er nicht riskieren.

Er hatte keine Ahnung mehr, was er im vorletzten
Absatz geschrieben hatte, zögerte und stellte dann dem
Redaktionsleiter einen Blankoscheck aus. »Machen Sie
mal, Sie machen das schon in meinem Sinne.«

Maier war kurz sprachlos, so einfach hatte er sich das
nicht vorgestellt. »Prima, dann schönen Abend«, sagte er
und legte auf.

Manfred fuhr nun eiligst zu ihrem Treffpunkt vor dem
Juliapark, er wollte nicht zu spät kommen. Ein paar Minuten überlegte er noch, was im vorletzten Absatz Besonderes gestanden hatte, kam jedoch nicht darauf und hoffte,
dass Maiers Änderung seinem Text nicht eine völlig fal-
sche Note geben würde.

Er bog um den Supermarkt herum. Nun war er noch
100 Meter vor dem Park. Er erkannte fünf Fahrräder, aber
ein paar mehr Leute standen neben den Rädern. Ein wei-
ßer Kombi parkte, wo eigentlich kein Auto hingehörte.
»RTL« stand auf dem Kombi.

Ein junger Mann mit Schulterkamera und eine schlanke
blonde Mitzwanzigerin mit Mikrofon in der Hand kamen
auf ihn zu. Manfreds Laune verschlechterte sich abrupt.

Er war sauer. Diese Geier! Kamen hierher zu seiner Tour und filmten einfach los.

»Kamera aus! Oder ich klage Ihnen den Job unter dem Arsch weg. Weg die Kamera! Jetzt!«

Der junge Mann senkte seine Kamera und sah die Blonde an. Die nickte. Manfred registrierte aus den Augenwinkeln, dass hinten am Kombi ein Fahrradträger befestigt war, auf dem zwei Mountainbikes standen. Er schaute genauer hin, erkannte übliche Pedelecs, keine schnellen S-Bikes.

Manfred griff in seine Nierentasche, fand seine Tourenleiterkarte und hielt sie der Blonden entgegen.

»Wenn Sie ein Gespräch wollen, gerne, aber nicht hier. Dies ist eine private Veranstaltung, die Teilnehmer wollen ungestört Rad fahren.« Dann kam ihm eine Idee. »Wenn Sie filmen wollen und die Teilnehmer einverstanden sind, dürfen Sie mitfahren.«

Er zeigte auf die Mountainbikes hinter dem Kombi. »Das Equipment dafür haben Sie ja.«

Die Blonde steckte ihm nun ihrerseits eine Karte zu, und Manfred las ohne Interesse: »Lisamaria Weiners, Redakteurin Aktuelles.« Er steckte die Karte ein, schaute auf sein Handy, das zeigte 17:58 Uhr. »Wir starten in fünf Minuten.« Er drehte sich um und ging zu den anderen, die er alle kannte.

»Bist du verrückt, was wollen wir mit der Fernsehtante?« Hilde hatte zugehört und war aufgebracht.

Manfred beruhigte sie und sah kurz in die Fünferrunde. Außer Hilde warteten Daniel, Karl, Friedel und Werner, der Sanitäter. »Leute! Der Wind kommt von Osten.« Manfred zeigte hinter sich. »Wir fahren nach Westen. Zuerst über den Boulevard, danach in den Hohlweg. Wenn die zwei Amateure den überleben, hängen wir sie auf dem neuen Asphalt im Mürntal ab. Die haben nur normale Pedelecs, keine S-Geschosse.«

Die fünf verstanden und grinsten. Hilde war entzückt und drehte zwei akrobatische Rückwärtsrunden um das Kamerateam. Sie hatte heute ihr Fixie für die Tour gewählt.

Gerd sah Manfred fragend an. »Heute keine Teilnehmerliste?«

»Ups, hätte ich wegen denen da fast vergessen. Teilnehmerliste, wichtig! Danke.«

Manfred dachte kurz an Erich, Chris und Rolf. Und an Elke Babelsberg. Er zog die Liste für heute aus seinem Rucksack, fand in den Tiefen nach einigem Suchen auch den Kugelschreiber und gab die Liste rund. Die Fünf kannten das, Manfred unterschrieb zuletzt in der obersten Zeile. Er reichte der Redakteurin die Liste und erklärte, dass sie unterschreiben müssten, dass sie auf eigenes Risiko mitfuhren. Auch der Kameramann erledigte das, und Manfred packte Papier und Kuli wieder ein.

»Und was mach ich?«

Manfred hatte den kleinen Typen mit kugelrundem Bauch gar nicht gesehen und erfuhr, dass er der Tonmann im RTL-Team war. Die Fernsehleute hatten ein Fahrrad zu wenig.

»Sie können sich auf die Stange Ihres Kollegen setzen. Wir jedenfalls fahren jetzt los.« Manfred lachte.

»Du fährst den Wagen.« Die blonde Redakteurin packte ihr Rad und warf ihrem Kollegen den Autoschlüssel zu.

»Und wohin?« Der Tonmann sah sie fragend an.

Manfred lachte wieder und stieg auf sein Rad. »Los geht's. 40 Meilen westwärts.«

Der Titel des Filmklassikers lautete irgendwie anders, das war ihm aber egal. Er wollte nur noch los.

Die 500 Meter über den breiten Juliaboulevard bis zum Kriegerdenkmal fuhr er bewusst entspannt, viel langsamer als sonst an jedem normalen Mittwoch. Wie erwartet, schloss das RTL-Team mit den Elektrorädern schnell auf, die Redakteurin dirigierte ihren Kameramann nach links. Sie selbst fuhr rechts von Manfred und setzte ihr bestes Lächeln auf. Sie fuhr mit einer Hand am Lenker und hielt Manfred mit der linken das Mikrofon entgegen.

Er wusste nicht, ob er lachen oder weinen sollte.

Da war der Boulevard auch schon zu Ende. Manfred bog links ab unter der Bernaustraße hindurch in den Hohlweg. Wenn er diesen Weg wählte, protestierten die regelmäßigen Teilnehmer normalerweise, aber diesmal lachten sie nur und folgten mit Freude ihrem Tourenleiter, der nun Gas gab und das Tempo schnell auf über 20 Stundenkilometer erhöhte.

Viel mehr war auf diesem Streckenteil nicht möglich. Der Hohlweg war extrem holprig. Die großen Mulden im Boden konnte man zwar einigermaßen umfahren oder aushalten, aber die etlichen Ziegel, die überall aus dem harten Feldweg ragten, machten die Strecke zu einer Tortur für Rad und Fahrer. In der Kurve schaute Manfred kurz nach hinten. Die Redakteurin hatte schon aufgegeben, und wenn er es richtig gesehen hatte, lag das Mikro hinter ihr im Dreck.

Dem armen Kameramann hatte sie zugerufen, er solle dranbleiben. Der junge Mann tat sein Bestes, turnte mit der schweren Kamera hinter ihnen her. Manfred tat er fast leid und er überlegte, ob er das wirklich durchziehen sollte. Doch die Sache war längst entschieden, er würde die anderen nicht mehr stoppen können.

Der Hohlweg mündete in eine wenig befahrene Straße, die von Werkenbroich aus nach Westen führte. Immer nah an der Mürn, in Schlangenlinien durch das malerische Tal mit alten Häuschen zwischen Straße und Bach. Die Fahrbahn war kürzlich neu asphaltiert worden, warum, wusste keiner. Nun war die Strecke höchst beliebt, auch bei den Inlinern der Umgebung. Manfred bog rechts ein, trödelte, bis alle auf der neu gedeckten Straße angekommen waren.

»Alles klar?«

»Ja!« Die fünf stimmten Manfred lauthals zu, auch der ahnungslose Kameramann, der erleichtert aufatmete, dass es in moderatem Tempo und ohne Folterboden weiterging.

»Dann mal los!« Manfred beschleunigte auf dem leicht abschüssigen Streckenabschnitt schnell auf 30, die anderen folgten ihm in kurzen Abständen. Die Geschwindigkeit hielten sie fünfeinhalb Kilometer bis hinter Gogenrath bei, und keiner sah sich währenddessen um. Bei dem Tempo wäre das auch heikel gewesen. Sie wussten auch so, dass der arme Kerl mit der Kamera längst abgehängt war. Sein schickes Pedelec war üblicherweise auf 25 Stundenkilometer gedrosselt. So verlangte es das Straßenverkehrsgesetz. Alles, was darüber lag, musste er mit der Kraft seiner Beine schaffen. 30 mit einem schweren Elektrorad, aber abgeschalteter E-Unterstützung, schafften nur gut trainierte Menschen. Vielleicht hätte der RTL-Mann ohne Kamera eine Chance gehabt.

Sie lachten lange über ihre Aktion. Manfred war sicher, die Geschichte würde auch noch in ein paar Jahren bei dieser Tour erzählt werden.

Es war eine herrliche Fahrt, die Abendsonne würde bald vor ihnen untergehen. Manfred rechnete nach, vielleicht hatten sie die Sonne nach der Wende bei Hennerath sogar im Rücken. Er hatte sich für heute vorgenommen, weitgehend auf Asphalt zu fahren. Die Strecke, die er vorbereitet hatte, war um diese Zeit fast autofrei. Sie flogen dahin, den Rückenwind merkten sie kaum, aber spätestens nach der Wende hinter Hennerath würden sie gegen die steife Brise ganz schön ankämpfen müssen. Manfreds Tacho sprang gerade auf 15 gefahrene Kilometer, knapp die Hälfte hatten sie geschafft.

Sein Headset meldete sich, er hatte völlig vergessen, es abzunehmen. Auf dem Display seines Handys am Lenker erkannte er, dass Schäbe anrief. Mit einem Tipp auf den Schalter an seinem Ohr nahm Manfred das Gespräch an und hoffte, dass Schäbe nur auf einen kurzen Small Talk aus war.

Der Fahrtwind pfiff ihnen ziemlich um die Ohren. Manfred verstand Schäbe bestens, der aber hörte nur den Wind rauschen. Manfred nahm kurz die rechte Hand vom Lenker und hielt sie schützend vor sein Headset.

»Ich höre Sie bestens. Was gibt es Neues?«

Das hatte Schäbe offensichtlich gut verstanden. »Brockmann ist verschwunden. Letzte Nacht hat er fünfmal versucht, mich zu erreichen. Dann hat er eine Mail geschickt, ich soll Sie anrufen. Seitdem ist er off, auf allen Kanälen. Handy tot, wahrscheinlich der Akku. Reagiert nicht auf E-Mails, nix.«

Manfred wurde klar, dass er anhalten musste. Er verlangsamte an einer geeigneten Stelle seine Fahrt und stieg vom Rad. »Triiinkpause!«

Die fünf merkten gar nicht, dass er die obligatorische Kurzpause zu früh einlegte, normalerweise machten sie die erst nach 20 Kilometern, zur Hälfte der Strecke.

»Ich muss mal pinkeln.« Manfred entfernte sich ein gehöriges Stück, damit er ungestört mit Schäbe telefonieren konnte, stellte sich mit dem Rücken zur Gruppe in typischer Männerhaltung an den nächsten Weidezaun und klärte Schäbe auf. »Ich war gestern Abend bei Brockmann zu Hause. Die Frau vom Mertens heißt Elke und ist eine geborene Babelsberg. Und hat die Mailadresse elkebab@webnet.de. Elke, bab, Sie verstehen?«

Er wiederholte seine Erklärungen von gestern. Kebab, elkebab, die zwei fehlenden Buchstaben. Schäbe war völlig konsterniert. Brockmann hatte ihn offensichtlich nicht informiert. Manfred stand immer noch am Weidezaun.

»Manni, pas op, schrikdraad!«, rief Hilde. Ihr Mann war Holländer und sie beherrschte die Sprache leidlich. Doch den niederländischen Begriff für Elektrozaun verstand man auch am Niederrhein.

»Dank u wel mevrouw!«, antwortete Manfred. »Vielen Dank, gnädige Frau.« Er brach das Gespräch mit Schäbe ab, tat, als würde er seinen Hosenstall schließen, und drehte sich lachend zu Hilde und den anderen um.

Keiner hatte bemerkt, dass er gerade eine fernmündliche Krisensitzung gehalten hatte.

Schnell waren sie wieder auf der Strecke, aber Manfred war nicht richtig bei der Sache. Er fragte sich, ob es richtig war, dass er entspannt durch die Gegend fuhr, während Brockmann vielleicht in ernsthaften Schwierigkeiten steckte. Sie passierten Meenen und bogen hinter Hennerath rechts ab. Nun hatten sie den erwarteten Gegenwind und kämpften tapfer dagegen an.

Manfred ging das alles nicht in den Kopf hinein. Gestern Abend war er bei Brockmann gewesen, der hatte sich für heute Morgen mit Elke Mertens verabredet und nun war er verschwunden. Panik stieg in ihm auf, er bremste abrupt.

Hilde wäre fast auf ihn aufgefahren und maulte: »Kannst du Bescheid sagen, wenn du plötzlich rückwärtsfährst?«

Manfred entschuldigte sich und entschied, dass er seine Tourkollegen nicht länger im Dunkeln lassen konnte.

»Sorry, Leute, ich muss telefonieren, geht vielleicht um Leben oder Tod.«

Die fünf sagten keinen Ton, selbst Hilde hielt den Mund. Seine ernste Miene, sein Tonfall und die dramatische Ansage – so hatten sie ihn noch nie erlebt, und darum warteten sie geduldig, bis Manfred wieder Gas geben würde.

Jürgen Schäbe war sofort am Telefon. Sie tauschten schnell aus, dass sie beide nichts von Brockmann gehört hatten, und Manfred fragte den Kriminalbeamten, ob es normal sei, dass sein Chef seit dem Morgen kein Lebenszeichen von sich gegeben hatte.

»Nein, so kenne ich ihn gar nicht.« Schäbe betonte jedes Wort, und Manfred wurde klar, dass der junge Beamte in ernster Sorge um seinen Chef war.

»Dann müssen Sie Elke Mertens finden! Die Mertens ist das Problem, vielleicht ist die Kuh sogar Ihr Serienkiller.« Manfred dramatisierte bewusst, um Schäbe anzuspornen. »Ihr Chef hat sich für heute Morgen mit ihr verabredet. Ich habe bei dem Telefonat gestern Nacht neben ihm gesessen. Finden Sie die Mertens, dann haben

Sie auch Brockmann!« Hoffentlich lebend, fügte er in Gedanken hinzu und legte auf. Manfred ging zurück zu seinem Rad.

Hilde sprach ihn an. »Was ist los? Stress?«

»Leute, tut mir leid, die drei Morde machen mich einfach fertig. Jetzt ist auch noch der …« Manfred stockte und vermied seinen üblichen »Bulle«-Ausdruck. »… der leitende Ermittler verschwunden, ein guter Bekannter von mir.« Er übertrieb ein wenig, damit sie die Tragweite seiner Probleme verstanden. »Lasst uns weiterfahren, aber nicht so schnell, der Gegenwind ist ziemlich heftig, und ich muss zwischendurch mal nachdenken. Okay?«

»Kein Thema, Manfred!« Hilde drehte ihr Rad unter sich wie einen Kreisel. Da sie ahnte, wo es nun langging, fuhr sie voerneweg, die ersten Meter mit dem Lenker nach hinten.

Oh Mann, die hat wirklich 'nen Naturknall. Manfred folgte ihr, die anderen schlossen sich ihnen an. Hilde führte die Truppe auf dem asphaltieren Wirtschaftsweg an, den Kopf bewegte sie in regelmäßigem Rhythmus nach vorne, nach hinten, nach vorne und so fort. Ihre Mitfahrer lachten lauthals. Manfred dankte im Stillen der einzigen Frau in der Truppe, dass sie die Stimmung hochhielt.

Links sahen sie die Spitze von Schloss Mildenrath, zogen an Gelderath vorbei, kämpften nun nicht mehr nur gegen den Wind, sondern auch gegen die lange Steigung, und fuhren stetig ihrem Ziel, dem Grawenhorster Juliapark, entgegen. Hilde hatte dauerhaft die Führung übernommen, seit ein paar Kilometern wieder in normaler Fahrposition. Manfred ließ sie.

Schäbe rief erneut an. »Die Mertens ist ausgeflogen. Wir waren in der Wohnung. Die hat gepackt und ihre Konten geräumt.«

»Brockmann?«

»Keine Spur.«

Schäbe versagte die Stimme, und er legte auf.

Sie kämpften sich auf die kleine Anhöhe, von der sie links gerade noch die Spitze der Grawenhorster Kirche sehen konnten. Oben angekommen, belohnte sie der Blick über den malerischen Sibalsee.

Manfred stutzte. Da stand Rolfs Wochenendhaus. Schon von Weitem konnte man das hochherrschaftliche Haus erkennen. Manfred hatte plötzlich einen erschreckenden Gedanken. Er erhöhte sein Tempo, überholte Hilde, fuhr wieder vorweg und überraschte die anderen, die diesen Streckenteil heimwärts bestens kannten, durch einen scharfen Linksschwenk. Er fuhr schnurstracks auf das Anwesen zu, stoppte kurz davor und sah auf sein Handy. Kein Netz. Er fragte die anderen. Daniel und Friedel hatten kein Handy dabei, die anderen schüttelten nur den Kopf. Hier hinter der Anhöhe waren sie in einem Funkloch ohne jeden Empfang. Keine Chance, Schäbe zu informieren.

Vielleicht besser so, dachte er. Noch wusste er ja nicht, ob seine Idee überhaupt Hand und Fuß hatte. Nachher schickt der Schäbe die Kavallerie für nix.

Manfred führte die Gruppe in die Einfahrt, schwang sich vor dem Gebäude vom Rad und stellte es ab. Die anderen folgten seinem Beispiel und sahen ihn fragend an. Er hatte keine Ahnung, wie er ihnen seine Idee erklären sollte.

»Wartet mal 'nen Moment, bin gleich wieder da.«

Vorsichtig umrundete er das große Haus, lauschte an den Fenstern und Kellerschächten. Dann stand er wieder vorne, ging kurz entschlossen auf die Haupttür zu, fasste dagegen und erschrak, weil die schwere Tür nach innen aufschwang und mit lautem Knall gegen die Innenwand schepperte. Manfred rutschte das Herz in die Hose. War das ein Einbruch, oder was tat er da?

Um sich selbst und den anderen Mut zu machen, drehte er sich um und fragte: »Wer ist dabei? Freiwillige vor!«

Die fünf standen wie angewurzelt neben ihren Rädern. Überrascht sah Manfred, dass nicht Hilde, sondern der eher zurückhaltende Daniel einen Schritt vortrat, sich umsah und die anderen mitzog. Am Eingang aber wollte er wissen: »Was um alles in der Welt machen wir hier?«

»Vielleicht einen Menschen retten.« Manfred fiel nichts Besseres ein, doch er merkte, dass es Zeit für eine Erklärung war. »Der Kripomann ist verschwunden, der die Morde untersucht. Der wollte zu Rolfs Frau, Elke Mertens. Die ist auch weg und hat ihre Bankkonten geräumt. Bei ihr zu Hause haben die Bullen den Brockmann nicht gefunden. Und das hier, das ist das Wochenendhaus von Rolf und seiner Frau. Sie ist nicht da, aber die Tür steht auf. Und ich geh jetzt hinein und such den Bullen! Seid ihr dabei?« Er wartete keine Antwort ab, sondern marschierte zielstrebig durch die offene Haustür in die mächtige Empfangshalle. Die anderen trotteten unsicher hinter ihm her. Manfred hielt an und signalisierte ihnen, dass sie leise sein sollten.

»Brooockmann!«, schrie er danach aus Leibeskräften. Sie lauschten. Nichts.

»Teilen wir uns auf.« Wieder war es Daniel, der die Initiative ergriff. »Jeder durchsucht einen anderen Teil des Gebäudes.«

Hilde und Werner stiegen über die breite Treppe nach oben. Daniel und Karl durchforsteten das Erdgeschoss. Manfred blieb mit Friedel in der Halle und wartete ungeduldig.

Nach endlosen Minuten kamen die beiden Trupps zurück.

»Nix«, gab Daniel bekannt.

Hilde schüttelte den Kopf. »Bei uns ebenfalls nicht.«

Manfred war auch ratlos, doch dann hatte er eine Idee. »Passt auf, wenn der Bulle hier irgendwo ist und noch lebt, müssen wir ihm signalisieren, dass wir hier sind. Jeder greift sich irgendein Werkzeug, irgendwas, womit wir Lärm machen können. Okay?«

Alle liefen wie die Hühner umher. Die praktische Hilde hatte die richtige Idee, ging zum alten Treppengeländer und riss mit einem kräftigen Ruck eine der verschnörkelten Streben heraus. Die anderen taten es ihr nach, und kurz danach polterten sie mit den robusten Hölzern auf Manfreds Kommando etwa zehn Sekunden gegen die Wand.

Manfred legte seinen Zeigefinger an die Lippen.

»Klock.«

Das hatten alle gehört und redeten nun wild durcheinander. Diesmal war es Hilde, die sie mit beschwichtigenden Armbewegungen zur Ruhe rief. Danach war es wieder totenstill.

»Klock, klock.« Erneut ertönte das Geräusch.

»Das kommt von unten.« Hilde war außer sich und unterbrach selbst die befohlene Stille. »Wo ist der Keller?«

Wo war der Keller? Sie liefen kreuz und quer durch das weiträumige Erdgeschoss. Manfred untersuchte die Empfangshalle, aber eine Tür nach unten fanden sie nicht.

Daniel, er arbeitete als Immobilienmarker, hielt sie auf. »Wartet mal. Dieses Haus könnte aus der Zeit stammen, als die Keller von außen oder von der Küche bedient wurden.« Er rannte in die Küche und fand die Tür.

Kaum hatte Daniel die Tür geöffnet und den Lichtschalter daneben betätigt, sahen sie Brockmann, der am Fuß der Treppe lag, mit einem unnatürlich verdrehten Bein, um das ein dickes Seil gewunden war.

Manfred eilte die Treppe hinunter und wollte das Seil lösen, doch Brockmann stoppte ihn. »Vorsicht, nichts anfassen, vielleicht Arsen!« Danach sackte er zusammen.

Werner reagierte als Erster. »Einer muss auf den Hügel. Schnell, wir brauchen einen Rettungswagen. Hilde, machst du das? Ruf die 112 an, schnell!«

Die wilde Hilde war sofort weg. Manfred ging wieder hoch, beschwor alle, ja nichts anzufassen, und betete inständig, dass Brockmann nicht mit dem Gift in Berührung gekommen war.

Werner wollte nun auch runter, um Brockmann zu versorgen, aber Manfred hielt ihn davon ab.

»Werner, das ist gut gemeint, doch es macht keinen Sinn, wenn du dich auch in Gefahr begibst. Deine Kollegen werden sicher gleich da sein.«

25 Minuten später kam der Rettungswagen. Der Notarzt brauchte fünf Minuten länger. Manfred informierte die Sanitäter über das Arsenproblem. Die zogen gleich zwei Schutzhandschuhe übereinander an. Mit größter Vorsicht

wickelten sie das Seil von Brockmanns Bein und schleppten den Ohnmächtigen über die steile Holztreppe nach oben.

Da kam der Notarzt, untersuchte den Kripobeamten, schüttelte den Kopf und wandte sich zu Manfred. »Sind Sie ein Verwandter?«

»Der Bruder.« Manfred log spontan, er wollte wissen, was mit Brockmann war.

»Machen Sie sich keine Sorgen, Ihr Bruder ist nur ziemlich erschöpft. Hat einen glatten Bruch des Wadenbeins, das wird schon wieder.« Der Notarzt instruierte die Sanitäter.

Manfred unterbrach ihn. »Bitte achten Sie auf eine eventuelle Arsenvergiftung, ja?«

»Ja, sicher.« Der Notarzt verdrehte die Augen. »Hier liegt ja auch überall Arsen herum.«

Manfred erklärte ihm den Zusammenhang mit den Arsenmorden. Der Notarzt wurde blass, sah auf seine ungeschützten Hände. Aber er hatte den bewusstlosen Kommissar nur am Kopf untersucht, nicht an den Beinen.

»Vielleicht …« Manfred schaute abwechselnd die Sanitäter und den Arzt an. »… vielleicht ziehen Sie ihm besser die Hose aus. Denn wenn, dann war das Gift wahrscheinlich am Seil.«

Vorsichtig öffneten die Sanitäter dem Verletzten die Hose und zogen sie aus. Die kaputte Wade musste höllisch wehtun, aber der Arzt hatte Brockmann eine Spritze gegen die Schmerzen gegeben.

Manfred atmete auf, er konnte keine äußere Verletzung an Brockmanns Waden sehen, keine Schürfung oder offene Wunde.

Zehn Minuten später waren die beiden Rettungsfahrzeuge wieder weg. Nun fuhr Manfred mit seinem Rad auf die Anhöhe, erreichte Schäbe, informierte ihn und kehrte zu den anderen zurück.

Die fünf Tourteilnehmer und Manfred hockten sich auf die Eingangstreppe und stierten stumm in die Gegend.

»Was für eine Tour!« Daniel sprach aus, was alle dachten.

Mit quietschenden Reifen fuhr Schäbe vor. Sie hatten seinen Wagen schon früh gehört und gesehen, wie er oben auf der Hügelkuppe abgehoben hatte und danach mit lautem Quietschen wieder auf dem Asphalt gelandet war.

»Der braucht jetzt neue Stoßdämpfer«, kommentierte Werner in seiner trockenen Art.

DREI

Am Donnerstag gönnte Manfred sich einen freien Tag, und Britta ließ ihn schlafen. Er war am Vorabend erst um zehn nach zehn zurück gewesen. Um acht war er ein zweites Mal auf die Anhöhe gefahren, weil ihm Britta eingefallen war, die sich sicher bald Sorgen machen würde. Er hatte ihr vorgelogen, dass sie alle zusammen durch einen großen Scherbenhaufen gefahren seien und nun drei platte Reifen flicken müssten. Das könne dauern, es würde spät werden.

Noch in der Nacht hatte er ihr die Lüge gebeichtet und alles haarklein erzählt. Wie sie Brockmann endlich gefunden hatten bis zu dem Moment, wo Schäbe aus seinem quietschenden Auto gesprungen war, ihn spontan umarmt und sekundenlang fest gedrückt hatte. Dass kurz nach Schäbe die Spurensicherung angerückt war und das Haus auf den Kopf gestellt hatte. Und dass Schäbe sie befragt hatte, um den Ablauf zu dokumentieren.

Heute Nachmittag musste er deswegen wieder ins Präsidium. Manfred hoffte inständig, dass dies sein letzter Besuch für lange Zeit dort sein würde. Anschließend wollte er ins Hilla, sehen, wie es Brockmann ging.

Das größte Krankenhaus der Stadt war vor acht Jahren von den Schwestern des Hildegardis-Ordens an die Arbello-Klinik-Gruppe verkauft worden, eine der großen Krankenhausketten Deutschlands. Der Versuch, den

Kosenamen der Klinik in Bello zu ändern, war gescheitert, für die Grawenhorster blieb es ihr Hilla.

Nachdem er mit einiger Verspätung aufgestanden war, durchforstete Manfred seine Morgenzeitung. Auf der Titelseite des Grawenhorster Lokalteils fiel ihm ein Zweispalter auf. Chris Bernhard war am Dienstag in aller Stille im engsten Kreis ihrer Familie auf dem Städtischen Friedhof begraben worden.

Einige Seiten weiter fand er vier gleich große Todesanzeigen. Die erste von der Familie, je eine von ihrer Partei, der Stadtverwaltung und ihrem Arbeitgeber, der KWE.

Manfred dachte unwillkürlich an Erich. Er fragte sich, ob er auch schon beerdigt worden war und ob er dessen Todesanzeige übersehen hatte.

Dann begann er wieder, den Papierstapel auf seinem Schreibtisch zu reduzieren, und machte sich danach, wie er glaubte, zum letzten Mal auf den Weg ins Präsidium.

Schäbe empfing ihn gemeinsam mit Kripochef Lindner, dessen offizielle Dienstbezeichnung »Erster Kriminaldirektor der Direktion Kriminalität« lautete. Weil Brockmann im Krankenhaus lag, hatte Lindner persönlich die Leitung übernommen, der Fall schien gelöst. Alles Weitere war zwar Routine, aber höchst aufwendige Detailarbeit. Manfreds Aussage wurde formell aufgenommen, die anderen Mitfahrer vom gestrigen Abend würden ebenfalls befragt werden.

Manfred erfuhr, dass die Fahndung nach Rolfs Frau am Mittwochabend angelaufen und schon am Morgen auf die Niederlande ausgedehnt worden war.

Heute früh war auch Elkes Freundin nochmals vernommen worden. Sie hatte schnell eingeräumt, dass sie bei ihrer ersten Befragung die Tage verwechselt und Elke versehentlich ein falsches Alibi gegeben habe. Schäbe ließ durchblicken, dass ein Kollege deshalb einen ziemlichen Rüffel bekommen hatte, wegen der oberflächlichen Prüfung der Aussage.

»Da sind ein paar Dinge schiefgelaufen in dem Fall. Die KTU hat den Originalzettel genau untersucht, uns aber nur eine Kopie gegeben. Dass am Original ein Stück fehlte, haben sie uns nicht gesagt, und auf dem Kopierpapier konnten wir das nicht sehen.«

ZWEI

Manfred gab seiner Frau einen Kuss. »Ich bin weg. Bis gleich. Wird heute nicht so spät.« Er zog die Haustür hinter sich zu, stieg auf sein Fahrrad und machte sich auf den Weg zu seiner letzten Mittwochabendtour in diesem Jahr. Es war der vierte Mittwoch im Oktober, in ein paar Tagen war Halloween.

»Und wenn es doch spät wird, ruf wenigstens an oder schick 'ne Nachricht«, rief Britta durchs Fenster, als er um die Ecke fuhr.

»Ja, Schatz, mach ich!«

Gerade hatte sich Manfred von den Teilnehmern seiner Tour verabschiedet. Nur zu dritt waren sie heute unterwegs gewesen. Das nasskalte Wetter und die früh einsetzende Dunkelheit hatten abgeschreckt. Er hatte die Strecke auf 30 Kilometer gekürzt und die Tour über beleuchtete Straßen der Innenstadt zurückgeführt. Dafür hatten sie ein Abschlussbier am Horgweiher getrunken.

Zügig, aber nicht hektisch, fuhr er nun die lange Bemelmannstraße in Richtung Präsidium, daran vorbei und bog dahinter links ab in die Zabelsberger Straße zum Dartvatter.

Überrascht sah er auf dem breiten Bürgersteig vor der Kneipe sechs neue Fahrradabstellbügel. Zwei Räder standen neben den Bügeln. Manfred schüttelte den Kopf. Was hatte sich Harry nur dabei gedacht, so etwas aufzustellen? Niemand, der sein Fahrrad liebte, würde es in diese furchtbaren Halterungen zwängen. Er stellte sein Rad ebenfalls neben einem Bügel ab und kettete das Hinterrad seines Fahrrads daran an.

Im Dartvatter begrüßte er Harry mit Handschlag. Der zeigte auf die hintere Ecke. Brockmann und Schäbe saßen dort, er ging hin, und sie hießen ihn herzlich willkommen.

»Keine Chance, wir haben schon gefragt. Vor elf rückt der Harry seine T-Bones nicht raus.« Brockmann zuckte die Schultern.

»Dann lasst uns zum Kebab-König gehen.« Manfred grinste bei seinem scherzhaften Vorschlag.

»Nee, nee. Seit unserem Besuch mit dem SEK ist es da immer viel zu voll.« Auch Schäbe beteiligte sich an dem launigen Dialog. »Eigentlich müssten wir Provision vom Ataman bekommen.«

Harry brachte zwei Alt und ein Landbier. Sie prosteten sich kurz zu und tranken ein paar Schluck. Der Abend war früh, sie mussten anderthalb Stunden bis zum Essen aushalten.

»Erzähl schon!« Am Montag hatte Manfred die Pressemitteilung gelesen, sich die PK aber gespart. Der gestrigen RP war die Verhaftung von Elke Mertens im überregionalen Teil nur einen kurzen Beitrag wert gewesen, doch die Grawenhorster Lokalredaktion hatte dem Fall die Titelseite gewidmet.

Brockmann war genauso neugierig wie Manfred, denn der Kripochef hatte ihn am Vormittag aus dem Kommissariat gejagt mit den Worten: »Machen Sie mal schön weiter Ihre Reha. Wir brauchen Sie bald wieder, aber ohne Gips und Krücken.«

»Jürgen, sag schon! Was hat die Vernehmung ergeben? Hat die Mertens gestanden?«

Seit der Lösung des Falls duzten sie sich alle drei offiziell.

»Ja, aber der Reihe nach. Angefangen hat das Ganze damit, dass die Freundin von der Mertens den Rolf mit seiner Geliebten im Fernsehen beim ›Doppelpass‹ gesehen hat. Fünf Minuten später wusste das auch die Mertens. Die war bis dahin völlig ahnungslos gewesen, weil Rolf offiziell mit dem ADFC unterwegs war, und hat ihrer Freundin heftig widersprochen. Bis die ihr eine DVD mit der Aufnahme der ›Doppelpass‹-Sendung gegeben hat, die ihr Mann immer aufzeichnet. Da hat die Mertens nicht nur ihren Mann erkannt, sondern auch gesehen, dass der Händchen mit seiner Blonden hält.«

»Der ›Doppelpass‹ mit dem Neururer!« Manfred konnte es kaum fassen.

Schäbe fuhr fort: »Genau! In den Tagen darauf hat die Mertens penibel die Klamotten ihres Mannes durchsucht, auch sein Arbeitszimmer. Da hat sie den Vertrag zum geheimen Zweithandy gefunden, fein säuberlich versteckt im Versicherungsordner. Mittendrin das Aufreißkuvert mit der Handy-PIN. In Rolfs Auto hat sie dann in einem Fach, das sie bisher gar nicht kannte, das Handy entdeckt und darauf die ganzen Schmuse-SMS mit Blondie und seinem Versprechen, dass er sich spätestens, wenn die alte Tante endlich tot sei, von seiner Frau scheiden lassen würde. Außerdem etliche Selfies, die die beiden von sich im ehelichen Bett von Rolfs und Elkes Wochenendhaus am Sibalsee geschossen hatten. Da ist die Mertens völlig ausgetickt, war nur noch auf Rache aus, hat diesen perfiden Plan ausgeheckt und eiskalt und berechnend ausgeführt.

Zuerst hat sie euch vom ADFC angemailt mit ihrer alten Mädchenmailadresse. Dann ist sie bei dir, Manfred, mitgefahren und später auch bei einem eurer Dienstagstreffen aufgelaufen. Beide Male hat sie festgestellt, dass ihr Rolf nicht dabei war, sondern es wahrscheinlich mit seiner Blonden im Wochenendhaus trieb. Derweil hat der Mann ihrer Freundin das mit dem ›Doppelpass‹ mitbekommen und Rolf alarmiert.«

»Darum war der plötzlich wieder bei unseren Treffen dabei.«

»Genau, Manni! Da war es aber längst zu spät. Die Mertens war nicht mehr zu halten. Bei deiner Abendtour ist sie zwar nur ein paar Kilometer mitgefahren, hat aber genau zugehört, als du mit einem Mitfahrer über deine Tourenplanung in diesem Internetportal gesprochen hast. Die Mertens ist im Gegensatz zu … na ja, egal. Sie ist jedenfalls voll fit mit Computern und so. Die macht die Buchhaltung und pflegt die Website ihrer Firma höchstpersönlich. Die hatte in Nullkommanix raus, wo du an dem einen Mittwoch unterwegs sein würdest, und hat kurz vor eurer Durchfahrt den Nylondraht zwischen den zwei Bäumen gespannt. Die Bola hat sie auf einem Flohmarkt in Venlo gekauft und später im Tunnel auf eine Gelegenheit gewartet. Die Bernhard hatte einfach Pech, dass ihr Mann sie zur falschen Zeit angerufen hat. Zur falschen Zeit am falschen Ort. Genau wie Erich Normbrandt bei deiner Tour, Manni. Die ersten zwei Opfer waren zufällig gewählt, um im Vorhinein von ihrer dritten Tat, dem Mord an ihrem Mann, abzulenken.«

Sie schwiegen ein paar Sekunden. Jedem war klar, dass Erichs Pech Manfreds Glück gewesen war.

»Auf jeden Fall hat das Miststück zwei unbeteiligte Menschen getötet. Wahrscheinlich hatte sie einen unsäglichen Hass auf Radfahrer und Radtouren, weil sie durch die Bilder auf Rolfs Zweithandy auch erfahren hat, dass die beiden sich bei dieser Global Biking Initiative kennengelernt hatten. Die haben es in Norwegen wirklich überall getrieben. Auf dem Handy haben wir sogar ein Selfie-Video gefunden von den beiden im Stroh eines Bauernhofs, wo die Gruppe übernachtet hat. Zuletzt hat die Mertens Rolf zum Wellingplatz gelockt mit einer Nachricht an sein geheimes Handy: ›Ich weiß, was du in deiner Hütte treibst. Treffpunkt Wellingplatz, 1 Uhr.‹ Sie hat sich von hinten an ihn rangeschlichen. Aus dem Fahrradschlauch hatte sie vorher eine Schlinge gedreht, die sich bei Zug zusammenzieht. Die hat sie ihrem Mann um den Hals geworfen und hat gezogen wie verrückt, bis er keine Luft mehr bekommen hat. Wir haben das nachgestellt, die Hexe ist unfassbar stark, hat Oberarme wie ein Bodybuilder und macht Kraftsport.«

»Und das Gift?« Brockmann hakte nach.

»Mit dem Arsen, so ein homöopathisches Zeug davon, wurde ihre Tante behandelt. Das hatte die Mertens abgezweigt. Vielleicht hat sie damit sogar den Tod der Tante beschleunigt. Das untersucht die KTU noch, die buddeln die Tante morgen aus.«

»Und der Zettel?« Diesmal fragte Manfred.

»Gute Frage. Warum ihr Mann die Mailadresse aufgeschrieben hat, wusste die Mertens auch nicht. Wir vermuten, dass er 'nen Verdacht hatte und uns vielleicht einen Tipp geben wollte. Die Mertens hat angedeutet, dass Rolf ihr blöde Fragen gestellt habe. Wo das Nylonseil hingekommen sei, das er im Herbst zum Festmachen der Gartentür benutzt, damit die im Wind nicht schlägt. Die Mertens hat gemerkt, dass ihr Mann was ahnt, und dann musste es schnell gehen.«

Harry brachte ihre T-Bones. Sie aßen schweigend. Brockmann nicht ganz so hektisch wie sonst, aber flott. Schäbe gemütlich wie gewohnt. Manfred lustlos. Drei Morde aus Hass. Der eine hätte Manfred treffen können. Er fragte sich, ob er jemals wieder so unbeschwert durch den Wald würde fahren können. Er aß sein Steak nicht mal zur Hälfte auf, legte bald sein Besteck zur Seite. Ihm war der Appetit vergangen. Pakko würde sich freuen.

Harry kam kassieren und spendierte eine Runde Kabänes, Manfreds bevorzugten Kräuterlikör. »Geht aufs Haus. Ihr habt alles aufgeklärt, hab ich gelesen. Hoffe, ihr trefft euch trotzdem weiterhin ab und zu bei mir. Einfach so, ohne Leichen.«

Die drei Männer nahmen den schwarz-braunen Kräuterschnaps dankend an und kippten ihn, nach einem kurzen Gruß zur Theke, runter.

Schäbe unterbrach die Stille am Tisch. »Manni, Marti, nun habe ich auch mal eine Frage. Ihr seid doch Ureinwohner in diesem Kaff. Warum heißt der Berg, wo das Landgericht steht, eigentlich Primatenhügel? Könnt ihr mir das sagen?«

Manfred und Brockmann schüttelten beide ratlos den Kopf.

Brockmann schlug grinsend vor: »Frag mal einen von der Staatsanwaltschaft, die arbeiten da oben.«

Im Rausgehen hielt Manfred bei der Theke an und griff sich seinen Lieblingswirt. »Du, Harry, was hast du da draußen bloß für 'nen Schrott hingestellt? Die Bügel kannst du direkt wieder abbauen.«

»Die hab ich im Internet gesehen und direkt bestellt, weil die so preiswert waren. Du hast doch immer gemeckert, dass wir nix für eure Fahrräder haben. Was bitte ist denn verkehrt daran? Warum soll ich die wieder abbauen?«

»Weil das Felgenkiller sind, Harry. Üble Felgenkiller. Gute Nacht!«

EINS

Britta rief nach Manfred, als er gerade aus der Dusche kam. »Hast du den Brief von den Bullen gesehen?«

»Von der Polizei? Nee. Wo liegt der denn?« Manfred wunderte sich. Hatte Britta eben »Bullen« gesagt?

»Hab ich dir auf die Treppe gelegt, vorgestern schon, glaube ich.«

Manfred war in den letzten Wochen nur gehetzt unterwegs gewesen, die Fahrradmorde hatten ihn viel Zeit und Nerven gekostet. Es war einiges liegen geblieben, was er aufarbeiten musste. Und ihr Steuerberater nervte ihn, weil die Erklärung immer noch nicht beim Finanzamt war.

Er zog sich an, holte den Brief von der Treppe und ging mit dem Kuvert in der Hand in die Küche. Dort griff er nach dem erstbesten Kugelschreiber, der herumlag, und öffnete ungeduldig den grauen Umschlag mit dem NRW-Wappen der Polizei.

Eine Vorladung? Manfred traute seinen Augen nicht.

Britta stellte sich neben ihn.

»»Vorladung zur Einvernehmung wegen einer Diebstahlsache im behördlichen Umfeld‹«, las Manfred mit wachsender Empörung vor. »Was soll das denn heißen? Die spinnen, die Bullen! Da ruf ich an.«

Er nahm sein Handy, aber Britta hielt ihn davon ab. »Du, das ist heute. Um elf.«

Dabei tippte sie mit dem Finger auf den Termin im Text der Vorladung. »Das ist in 15 Minuten. Du hast Glück, Frank hat abgesagt, der kommt stattdessen morgen, gleiche Zeit.«

Manfred sah auf sein Handy und stellte fest, dass es 10:47 Uhr war. Das Auto hatte Britta gestern wieder in die Werkstatt bringen müssen, die hintere Einparkhilfe piepte, auch wenn man vorwärtsfuhr. »Das ist nicht zu fassen! Immer wenn ich die Karre brauche, ist sie weg. Britt, ruf bitte im Präsidium an, dass ich ein paar Minuten später komme.«

Manfred schnappte seine Jacke, holte sein Rad aus der Garage und wollte losfahren.

Doch Britta hielt ihn zurück. »Halt, du weißt doch gar nicht, wo genau du hinmusst.« Den Brief vor Augen las sie vor: »›Raum Z 222.‹ Bis gleich.«

»Danke!« Hatte seine Frau gerade gegrinst? Egal, er musste los. Manfred griff sich die Vorladung, steckte sie in sein Jackett und fuhr los.

In halsbrecherischem Tempo raste Manfred die leicht abfallende Bemelmannstraße hinunter, hier galt Lärmschutztempo 30. Doch Radfahrer blitzte man nicht. Manfred lachte bei dem Gedanken, verzog aber sofort ärgerlich das Gesicht, als er an die unverständliche Vorladung dachte.

Im Präsidium angekommen, fuhr er an der Schranke vorbei zum Gebäude Z. Das kannte er, da fanden die Pressekonferenzen statt. Er schloss sein Fahrrad ab.

222, das sollte in der zweiten Etage sein. Am Fuß der Treppe kam ihm Schäbe entgegen.

»Hey, Manni, wohin so schnell?«

»Habe eine Vorladung von deinen Kollegen. Schau mal hier, hast du eine Ahnung, was der Unsinn soll?«

Schäbe sah ernst auf das Schreiben, das Manfred ihm hinhielt. »Z 222, das ist gleich da drüben, steht auch dran.«

Verwirrt schaute Manfred auf die Eingangstür zum PK-Raum. Daran hing ein Blatt, auf dem groß »Z 222« stand.

»Habt ihr den Presseraum umbenannt? Das war doch ewig die 101?«

»Ich habe keine Ahnung, bestimmt irgendein Behördenumstrukturierungsschwachsinn«, raunte ihm Jürgen Schäbe leise ins Ohr und schob ihn langsam, aber bestimmt auf die Tür mit der neuen Nummer zu.

Manfred öffnete und blieb wie erstarrt stehen.

»Hoch soll er leben, hoch soll er leben, dreimal hooooch. Er lebe hoch, er lebe hoch, hoch, hoch!«

Fast 30 Kehlen grölten das Lied, und die Polizisten applaudierten ihm danach lautstark.

Manfred rieb sich unauffällig die Augen, er war gerührt und staunte nicht schlecht, als sich seine Frau neben ihn stellte und ihn umarmte. Schäbe hatte Britta abgeholt, ihn auf einer Nebenstrecke überholt, und die beiden waren gerade noch rechtzeitig kurz vor Manfred am Präsidium gewesen.

»Das habt ihr ja nett gedeichselt. Vorladung, pah! Und du hast da mitgemacht!«

Britta nickte lachend.

Brockmann kam auf ihn zu, drückte ihn fest. »Prima, dass das geklappt hat und sogar euer Steuerschrauber mitgespielt hat. Schön, dass ihr da seid.«

Einer der Beamten klirrte mit seinem Glas. Schnell verstummte das wilde Gebrabbel, und schon wieder sang die ganze Mannschaft aus voller Kehle.

»Happy birthday to you, happy birthday to you, happy birthday, lieber Marti, happy birthday to you.«

Brockmann hatte Geburtstag? Manfred wandte sich an Britta. »Wir haben kein Geschenk.«

Aber Britta war bestens informiert und hielt längst ein kleines buntes Päckchen in der Hand, mit polizeiblauer Schleife.

Kripochef Lindner trat vor.

»Lieber Herr Brockmann, herzlichen Glückwunsch zu Ihrem 50. Geburtstag und vor allem zur Genesung. Wir haben Sie vermisst und freuen uns sehr, dass Sie wieder fit und im Dienst sind, seit heute. Die Kollegen haben zusammengelegt. Ich darf Ihnen im Auftrag aller dieses Geschenk überreichen. Auf dass der Akku nie mehr leer werde.«

Lachend applaudierten alle, sahen zu, wie Brockmann sein neues Smartphone auspackte, und gratulierten danach einzeln. Auch Britta und Manfred standen in der Reihe.

»Ist ein Bumper. Aus Holz«, flüsterte Britta ihm ins Ohr, und Manfred übergab das Geschenk an Martin Brockmann.

»Damit dein Handy auch 'nen Sturz von der Kellertreppe übersteht und du auf Holz klopfen kannst, wenn es brenzlig wird.« Manfred war spontan der passende Spruch eingefallen.

Brockmann packte aus und verstand die Bemerkung, als Schäbe für ihn das neue Handy in die Schutzhülle aus Naturholz klemmte. Lachend dankte er den beiden und hob sein Glas. »Auf Manni! Und danke nochmals, ohne dich stände ich jetzt nicht hier!«

»Und auf dich, Marti! Herzlichen Glückwunsch.«

Schäbe hob auch sein Glas, und alle prosteten Brockmann und Manfred zu.

»Jürgen?« Manfred hatte noch eine Frage. »Sag mal, ihr wusstet nach dem Mord an Erich, wo wir alle zu der Zeit gewesen sind. Woher?«

»Wieso?« Schäbe verstand nicht oder wollte ihn nicht verstehen.

»Mal im Ernst, habt ihr unsere Handys angepeilt?«

»Wie kommst du denn auf die Idee? Handyortung? Für alle eure Handys? Nee, für so was kriegen wir niemals nicht einen richterlichen Beschluss. Das ginge nur bei hinreichendem Tatverdacht.« Schäbe schüttelte energisch den Kopf.

Manfred wollte nachhaken, da klingelte ohrenbetäubend ein Telefon.

Irgendwer zeigte auf Brockmann. »Marti, das ist dein neues Handy. Schöner Klingelton!«

Alle lachten sich schief, während Brockmann hektisch sein neues Smartphone aus der Sakkotasche klaubte.

Schäbe half seinem Chef unauffällig bei der Erstbedienung, und als Brockmann das Gespräch endlich annehmen konnte, gestikulierte er mit der freien Hand in der Luft herum.

Die Lacher um ihn herum verstummten.

Brockmann wandte sich zur Seite, sprach nur einige wenige Sätze, nickte dabei seinem unsichtbaren Gesprächspartner zu und steckte sein Handy wieder in die Tasche. Dann drehte er sich um und sah mit ernstem Gesicht in die Runde seiner Kollegen. »Wir haben eine Leiche, Leute. Ende Gelände. Austrinken, Feierabend. Leider.« Dann wandte er sich zu Manfred und fixierte ihn sekundenlang mit versteinerter Miene. »Schon wieder eine Leiche, Herr Hanraths. Kaum zu glauben.«

NULL

Als Brockmann Manfreds entsetzten Gesichtsausdruck bemerkte, fügte er ganz schnell hinzu: »Aber ohne Fahrrad diesmal, Manni.«

ENDE

Wenn Ihnen, liebe Leserin, lieber Leser, einiges an der Großstadt Grawenhorst und ihren Menschen bekannt vorkommen sollte, so ist das kein Zufall. Ich weiß, wovon ich rede, ich lebe seit 1954 am Niederrhein. Wenn also jemand Wesenszüge einer Person in diesem Buch wiedererkennen sollte, muss das kein Zufall sein. Trotzdem werde ich es abstreiten.

DANKE

Besonders bedanken möchte ich mich bei einem ungenannten Kriminalhauptkommissar, der mir wertvolle Tipps gab und half, einige sachliche Fehler zu vermeiden.

Großer Dank gebührt meiner Frau, die unzählige Abende meine Sprachlosigkeit und das Klicken der Notebooktastatur ertragen musste.

Ihr, meiner Schwester und meinem Bruder danke ich auch für das Lesen der ersten Fassungen und für die »Filmfehler«, die sie gefunden haben. Dasselbe gilt für die anderen Testleser und Korrektoren, Cornelia, Dirk, Michael, Sabine, Tim, Tonia und Wilfried. Danke!

Uwe danke ich für die Norwegentour, die keine GBI war, und Caty für die spontane Titelidee. So einfach, aber man muss sie erst mal haben.

Zudem bedanke ich mich bei Elmar und Franz, die einige Perspektiv- und Tippfehler fanden und etwa 1.000 Kommasetzungen korrigierten. Und zuletzt noch danke, Christine Braun vom Gmeiner-Verlag, für das Lektorat dieser überarbeiteten Ausgabe.

Thomas Maria Claßen
Mordsradler
Niederrhein-Krimi
352 Seiten, 12,5 x 20,5 cm,
Paperback
ISBN 978-3-8392-0495-5

Wie jeden Sonntagmorgen führt der Journalist
Manfred »Manni« Hanraths seine Radlergruppe an
und stolpert prompt über einen toten Mountainbiker. Auch eine schwer verletzte Radkurierin wird
entdeckt, und im Grenzwald zu den Niederlanden
findet Mannis Hund eine blutige Fahrradpum-
pe – und die nächste Leiche. Die Kripo ermittelt in
der Radfahrerszene, und Manni steckt seine Nase
unerlaubt in jeden Tatort. Innerhalb weniger Wochen
überschlagen sich die Ereignisse im niederrheinischen
Grawenhorst.

GMEINER SPANNUNG

WWW.GMEINER-VERLAG.DE
Wir machen's spannend

Olaf Müller
Endstation Rursee
Kriminalroman
248 Seiten, 12,5 x 20,5 cm,
Paperback
ISBN 978-3-8392-0586-0

Eine tote Frau liegt in einem Aachener Pferdestall,
die Katze einer Lektorin wird entführt und ein Ver-
leger unter Druck gesetzt. Die Spuren führen Kommissar Fett nach Simmerath, Zülpich, zur RWTH
Aachen und nach Lüttich. Dort braucht Kollegin Ka-
lumba seine Hilfe, denn jemand erpresst die Stadt mit
einem Anschlag auf die Feiern zum 120. Geburtstag
von Georges Simenon. Hängen alle Fälle zusammen?
Die Jagd nach dem skrupellosen Täter führt die
Kommissare zum Rursee. Als eine Schiffskatastrophe
droht, greift Fett zum letzten Mittel.

GMEINER SPANNUNG

WWW.GMEINER-VERLAG.DE
Wir machen's spannend

Manfred Theisen
**Der Pate von Ehrenfeld
und der Kardinal in der Wanne**
Kriminalroman
288 Seiten, 13,5 x 21 cm,
Klappenbroschur
ISBN 978-3-8392-0582-2

Einmal New York und zurück. Im Handgepäck hat
Marlon – der Pate von Ehrenfeld – ein Kreuz aus
Holz. Und in dem Kreuz ist das »sanctum prae-
putium«, die heilige Vorhaut Jesu. Doch kaum hat
Marlon das verschrumpelte Stück, wollen es alle.
Auch die italienische Mafia und der Kölner Kardinal
persönlich. Es geht brutal zu, schließlich handelt es
sich um eine 2.000 Jahre alte, verschollen geglaubte
Reliquie. Als dann noch ein Killer ausbricht und
Marlons Oma beginnt mitzumischen, ist das Chaos
perfekt.

GMEINER SPANNUNG

WWW.GMEINER-VERLAG.DE
Wir machen's spannend

Gabriele Goslich
Flammender Himmel über Köln
Historischer Roman
384 Seiten, 12,5 x 20,5 cm,
Paperback
ISBN 978-3-8392-0591-4

Köln, Mai 1910: Als der Halleysche Komet zum
ersten Mal über der Stadt gesichtet wird, macht sich
Panik in der Bevölkerung breit. Zur gleichen Zeit
sterben in einem einsamen Haus im Ursulaviertel ein
reicher Immobilienhändler und eine junge Fern-
sprechgehilfin. Ein erweiterter Suizid aufgrund der
herrschenden Kometenfurcht? Kriminalkommissar
Martin Ehrmanns nimmt die Ermittlungen auf.
Rätselhafte Spuren führen ihn durch die rasant wach-
sende Metropole am Rhein. Da taucht eine weitere
Leiche auf …

GMEINER SPANNUNG

WWW.GMEINER-VERLAG.DE
Wir machen's spannend